峻峰 著

打理好我们的生命花园

生命花园

Harvesting
Our Best Life

作家出版社

序言

　　《打理好我们的生命花园》初看像一本杂文集，但细细品读起来，与其说是杂文，不如说是生活感悟和随笔更确切。

　　很喜欢。

　　峻峰没有纠结载体，更不拘泥于形式，只是单纯地喜欢书写，随心随性记录生活。写自己的事，抒真实的情。无论是青春年少，同窗学友，还是家人琐事，工作心得，作者用平实质朴的文字，细腻的感受，记录着生活中的点点滴滴和自己的成长经历。那些真真切切的普通人，冒着热气儿的生活场景，生动感人的小故事，可圈可点，可感可念。

　　愿你千帆过境，归来仍是少年。

周明
2021. 6. 20

周明，中国当代作家。历任《人民文学》杂志常务副主编，中国作家协会创联部常务副主任，中国现代文学馆副馆长，《中国报告文学》杂志社社长，中国报告文学学会常务副会长，中国散文学会常务副会长。

作者序

　　法国有一位著名牧师兰塞姆，他一生曾听过一万多个人的临终忏悔。他在84岁的时候，聆听了一位布店老板的临终遗言。布店老板告诉牧师，年轻时他曾和著名音乐家卡拉扬一起学吹小号。他说他非常喜欢音乐，当时他的成绩远在卡拉扬之上，老师也非常看好他的前程，可惜20岁时他迷上了赛马，结果把音乐荒废了，要不然他可能是一个相当不错的音乐家。现在生命快结束了，一生庸碌，他感到非常遗憾。他告诉兰塞姆，到另一个世界后，他绝不会再做傻事，他请求上帝宽恕他，再给他一次学习音乐的机会。牧师很体谅他的心情，这种临终感触已经不是第一次听到，很多人离开这个世界前都留下过相似的悔恨。兰塞姆牧师的墓志铭上写着他留给世人值得深思的话："如果时光可以倒流，世上将有一半的人成为伟人。所以，反思不要在临终前，我们不要等到前途渺茫的时候再去悔恨蹉跎岁月。"

　　按照现在的年龄测算，假设再过50年，我已经80多岁了，坐在破陋的房间，老态龙钟，经济条件差，生活不能完全自理。我也对佛祖许了一个愿望："求求您给我一次机会，让我再年轻一次吧。"佛祖说："好的，仅有这一次机会，不会有第二次。"我庆幸地睁开眼睛一看，回到了2021年的今天。

这一次，打算怎么活？我心里似乎有点答案了。

每个人都想说，趁时光不老，努力活成自己想要的样子。

我是最普通的俗人，我喜欢书写，于是我鼓起勇气写一些别人看似无聊闲杂的话题。

这或许也是一个人和世界表达与交流的最好方式。

我不知道我的寿命有多长，我不知道我的未来会发生什么，我只能在凡俗之中，用自己的一点智慧和努力把自己的人生认真过下去。

这几年，我一直在忙，没有集中时间来写一些想写的东西。所谓忙事情，说得直白一些就是忙着挣钱。为了买房、买车，为了事业的提升，为了广泛和深入的社会交际。

最初打算在小孩子出生之前把这本书写完，因为担心后来的事情太多，既要忙工作又要照顾家庭。但是也担心自己的经历还不够，写得空洞不真实，同时要把过去那些安静沉睡的回忆再重新拾起。

于是，就决定放一放，慢慢完成这本书的内容，将2008年至2021年期间自己所写的一些文字整理和汇总起来。

现在看来，这确实是对的。

因为这十多年来，我深刻地感觉到人生是一个经历的过程，经历了才知道是什么滋味。

人生需要多走走看看，需要多经历，需要多思考，也需要认识一些有高度的人，也需要达到某个平台后，才能拉动自己的能量。

这也是一本比较自我的书，似散文又似杂文，不评说别人，只写我自己和自己熟悉的事情。

《喜羊羊与灰太狼》的作者黄伟明先生以自己为原型创作动画片取得了成功，《米小圈上学记》的作者北猫（刘志刚先生）也以自己的上学经历为蓝本，讲述小学生快乐又烦恼的生活，深受孩子们的喜欢。我不一定希望通过这本书获得什么功与名。我就是一个普通人，这本书是一个普通的文集，以我为主线，以周围的事物和人物为基础写的一些散文、杂文。

我不奢望被所有人认同，因为我敢肯定地说这本身不是一本上乘的佳作，甚至会有些无病呻吟，或许有亲身经历的朋友会感同身受，会产生共鸣。

我不是一个职业作家，我是一个内心平静和单纯的人。

我把这本书传递给我的朋友们，让同龄人回想起曾经一起成长的故事，让长辈们知道我们这些孩子的心声，让比我再小一些的青年朋友们获得一些成长的经验，启迪他们的思想。

峻峰

2021 年 10 月

目录

一、人生如风，生活如歌

> 我们生下来就注定与这个世界有一场不凡的故事，灵魂和生命在挣扎，也在探寻这个高度文明又让我们浑然未知的世界。我们活着，不能慢慢等待死去。我们脆弱，那是因为思想的细胞在逐渐凋亡；继续坚强，那是因为我们在无知无畏中不断求索。

二、青春老去，成长依然

那一年，你觉得自己伤心至极，倒霉透顶；那一年，你跃跃欲试，想在百米跑道上一举夺冠，成为女生心中的偶像；那一年，你认为乐队的演出极其成功，会获得全场人的喝彩和崇拜。转眼间，你的孩子也到了你当年那个疯狂的年龄，你看他们依然稚气未脱，梦想不断，付出得很多，却实现得很少。

三、恋爱如火，婚姻如水

迷宫，永远是走进来容易走出去难。人生始终是泪水与欢笑相伴，激情终将归为平淡，大爱终将归为无言。缘来缘去，我们在一起是为了永久，分开是为了再次相遇。我们述说的是那份真情，无奈的却是那份宿命。

四、创业是一种选择和态度

> 回想一下，我们这辈子做了哪些有价值和值得回忆的事情？创业成为了某些人一生的追求，那份激情和豪情，还有心酸和痛楚并行在人生的路上。我们更多的时候是为了圆心中的梦，实现一种尊严，一种责任，一种使命。

五、结果很重要，过程更美丽

> 可能起步就错了，起步就晚了，既然这样就让遗憾存在吧。迟早都要走出去，也要回归。看过彩虹，知道原来天空还可以更美丽。有些事不要等条件都成熟了再去做，没有完美的结果也无所谓，因为我们不一定都要做完美主义者。

六、安静地读书，快乐地追梦

> 追梦之路可能不会那么顺利和平静，书籍和音乐可以安慰孤独寂寥的心。路途总是充满着意外，于是我们选择随心而行，但又不想失去意义，就这么徘徊着，犹豫着。现实和理想的冲撞让我们必须出去见识风雨，也让我们累的时候静下心来读书、喝茶、思考。

七、身轻松，心自由

> 活着的结果就是逐渐衰老，老了是一种状态也是一种心态，沉淀的是岁月留下的精华，失去的是我们再也无法挽留的年少。让我们的心灵去飞翔，学会理解和感恩，练就豁达和自信，有些人不用去在意，有些事情就让它无意义下去，真实的活着才是我们想要的状态。

结尾篇

一、人生如风，生活如歌

人生就像穿珠子

喜爱手串的人，对每一个珠子都会认真对待，把它们穿好也需要一定的技巧。

电影《复仇者联盟3》中，一心想拥有整个宇宙的"灭霸"需要把五个宝石全部戴在手指上才能统治整个宇宙。因此，每一个珠子都极其重要。有的统治精神，有的统治心灵，有的统治能量，缺一不可。

对于自然人来说，每个人一辈子中都有不同的经历点，把这些点穿起来就成了整个人生。

我们首先要把人生的每一个"宝石"打磨好，同时要把这些宝石穿好才是一个完整的人生，穿不好可能就是一塌糊涂，甚至出现紊乱、混乱。

这穿的线就是人生的主线，人生的事业方向。"灭霸"的目标就是要统治整个宇宙，而我们每个人都在寻找着自己的珠子，要把它们穿成自己的人生，实现自己的理想，完美好自己的人生"小宇宙"。

今天在微信朋友圈看到一个小视频，是一首俄罗斯歌曲《多想活着》。在一个特别大的礼堂里大家齐声歌唱，我被传递的精神所感染和震撼。

歌词大意是："多想活着，去观赏火红的日出；活着，正是为了去爱与你相伴的人；黎明时分，与你一同醒来调煮咖啡……"

我看了后，一股暖流涌上心头，这就是一种伟大精神的传递。一直到最后，全场的观众伫立在那里，在屏幕上播放着民族英雄们为了祖国勇往直前的一幕幕画面。

有位导演说过："年过半百终于活明白了，让自己高兴才是真格的，其他全是瞎掰。钱挣得再多又怎么样，能带走吗？"

歌手朴树也说："我不爱过这种生活，挣再多钱有什么用呢？真的，它不能带给我快乐。"

我在想，不同的人对人生的理解是不一样的。他的经历、他的思想、他的见识、他的灵魂、他的精神永远是别人无法替代的。

同样，每个人对待自己人生的态度也不一样，有的人首先付出的是辛劳，有的人首先考虑的是贪图安逸，最后得到的结果也是不一样的。

所以在人生长度一样的情况下，尽量让我们的厚度变得不一样。

达不到一定厚度的人，永远体会不到某些真谛。所以为什么说英雄相惜，大概就是这个道理吧。有相同经历的人，遇事有分歧就不一定会争个你死我活，他们最终还是会欣赏彼此，谋求一种共赢。

我几年前在浙江的竹林里挖笋，北方人不了解竹子，后来看了一个材料才知道竹子一般在前几年时间仅仅长几厘米，大概到了第五个年头上，以每天三四十厘米的速度疯狂地生长，仅仅用六七周的时间就长到了十几米。其实，在前面的几年里竹子已经将根在土壤里深深地扎了下去。

人生同样如此，每个人都需要储备，但多少人就是没熬过那最初只长几厘米的日子。

在中国文化发展史中，弘一大师李叔同先生是学术界公认的通才和奇才，出身富贵之家，是最早出国学文艺的留学生之一。作为中国新文化运动的先驱者，他最早将西方油画、钢琴、话剧等艺术门类引入国内，林语堂、张爱玲、丰子恺对李先生都有极高的评价，先生创作的《送别》也广为传诵。

2017年，我在泉州的时候慕名到开元寺瞻仰大师的纪念馆，正好遇到一批大学生在做活动，他们在纪念馆前集体唱《送别》，那一刻我切身感受到一种不一样的浓重氛围，仿佛自己也可以抵御千百般诱惑，进入超凡脱俗的境界。

在电影《超体》一开头，塞缪尔教授就说过一句话："比起存在，人类更关心拥有。"在还未曾见过这世间的广袤与繁华时，我们总是对这个世界跃跃欲试、蠢蠢欲动，想要去征服所有，去掌控一切。但当你见过的世面越多，对世界的感知越深刻时，对自己的认知就越清醒，就懂得了接纳，懂得了包容，懂得了取舍。

村上春树说："我能感受到非常安静的幸福感。吸入空气，吐出空气，呼吸声中听不出凌乱。"

我想说，我们人生的珠子不要那么绚烂夺目，也不要那么价值连城，只要细细地打磨一串属于自己的珠子，珍惜它，爱护它。就像朴树的歌曲《平凡之路》里写到的："我曾经失落失望失掉所有方向，直到看见平凡才是唯一的答案。"穿起自己的珠子，走好自己的平凡之路。

五层目标

几年前，我看了一期央视纪录频道讲述吴越国钱俶建造雷峰塔的故事。为把佛祖释迦牟尼的舍利子藏于塔身之下，钱俶本意要建造十三层塔身，表达对佛教的崇尚之心。

但是当时北宋想统一中原，暗示他投降，在痛楚之中，钱俶为了保全祖上延续下来的安宁稳定的社会环境，不给老百姓带来战争灾祸，也就不再继续修葺宝塔，历时六年，雷峰塔就建造了五层。

钱俶建造的雷峰塔从十三层定格到了五层。我们的人生目标何尝不是如此，当初设定的宏伟目标，都会随着环境和情况的变化在调整和改变。

不要因为没有实现目标而懊悔，客观地接受现实，人生就会获得更多内心的从容。

成年后，我们会觉得每天都过得很快。

倘若你过完某一天，第二天将无缘再和这个世界见面，你肯定会无比懊悔，悔恨没有好好把握和珍惜之前的日子。

其实，每一天虽然看似普通和短暂，不一定在这一天能做些什么重要的事情，但是只要认真地看待和过好这一天，把每个月、每个季度、每一年积累起来就会有收获。

把每一天的事情都做好，把每一天的情绪都调理好，每一天都努力付出一些，每一天都充满感恩地生活，时间就没有被浪费，我们在过程中就会享受生命带来的属于每个人的精彩。

记得我有一年回到农大，路过教学主楼前的广场时，我想起了大一那年爸爸妈妈送我上学的情景。想起来那几年考大学时的煎熬岁月，转学、备考、恋爱、补习等一系列学生时代面对的事情，很多艰难都一步步挺了过来。

我刚开始认为，进入大学顺利毕业后就是什么都有了，人生学习阶段就此完美结束了。但后来又为继续上研究生，为找工作发愁。接着又要考虑结婚、房子、车子、孩子这些摆在面前的事情。若干年后又要考虑换大房子，换好车子，自己工作职位的提升，学历和职称的提升，父母的养老，子女的成长等等这些问题，活着就不容许有丝毫的闲逸。

有时候不自觉地问自己，将来何去何从？想一想生命中充满未知，但似乎又平淡无奇。

我记得有一次早晨上班路过一个垃圾转运站时，看到两个工人从垃圾车中捡出一个别人扔掉的篮球对拍了起来，顿时欢笑几声，传到早晨路过这里人们的耳中，让人有了几分轻松，忘掉了昨日的疲惫和烦恼。

这个年纪，我会偶尔问自己"活着是为了什么？"这个问题。

记得在2008年，我有一次去农场劳动，一起劳动的还有三四个临时雇来的村民。其中有个大爷70多岁了，干活聊天之间得知他是附近一个村的老村长，有四个子女，工作都不错，自己现在也有退休工资。

大爷说儿女们前几年把他接到市里生活，但他不习惯，现在回到了老房子里住反倒挺自在，做些农活也很开心。不是为了挣钱，就是觉得这样身体很舒服，不然坐着就浑身难受，这些都是不让孩子们知道的。

我问他这么大岁数了，觉得人生是个什么滋味？他说："人生很难，生下来就意味着你自在不了，要折腾一辈子。但反回来说，人生需要知足，你挣得多，挥霍得也多，子女也不把你的钱太珍惜，富不过三代就是这个道理。奔奔波波为了谁？钱没有穷尽，主要还是看你的心是否快乐。"

那一天的劳动虽然很辛苦，但是意外收获了这么朴实的一个人生道理。

生活的原动力就是看着一个个属于自己的希望在手中慢慢实现。

同时，我们每个人必须承认生活本身的烦琐和乏味，必须接受出现的挑战和困难。也不必要担忧将来的快乐或悲伤，更不必懊悔于过去的失落和遗憾。

挺起腰板，永远满怀希望地走在现在的路上，做好当下的事情，生命即是饱满的。有时让节奏慢下来，你会听到自然的声音，同时你也能感受到自己身体与自然相融的变化，你的人生花朵将时时绽放芳香于你的内心。

不要放下你身上的负重

我在"抖音"上看到一幅漫画，深受启发。

讲的是几个人同时背着木板向前走，在行走的过程中其中一

　　　　　　　　　　　　　　一、人生如风，生活如歌

个人觉得太沉、太重了，他把这个木板其中一头锯掉一截，又走了一段觉得还累，就又锯掉了一截。负重少了，自然轻松一些，于是他走到了队伍的最前面。

不巧的是前面发现一条鸿沟，慢慢赶来的人都将身上背负的木板搭在鸿沟的那端，自己从木板上走了过去。而这个为了减轻负担，消减了木板尺寸的人，在鸿沟面前就傻眼了。它的板太短了，搭不到鸿沟的那端，因此只能慢慢看着别人走过去，自己被困在了原地。

虽然是一个非常简单的漫画，但看了之后我心里顿然明白了人生中有些重负不一定非要卸下来，你必须要背负着它，这才是真正的人生。

就像我们生活在地球上，就要习惯地球对万物的引力。

成年后，我们发现能经受压力和挫折的朋友在工作中会得到领导的肯定，在个人事业上发展得会更快。相反，靠运气上升的人，一旦遇到困难就不知如何面对，心智和情绪会受到影响，获得不了理想的结果。因此，有些负重我们需要有，那是为了更好地练就自己，未来可以保护自己，成就自己。

适当挑战一下自己

我上大学的时候，第一次坐飞机是从呼和浩特到北京，当时就有恐惧感，总害怕掉下来。

但是工作后不断地出差，飞机、高铁、汽车轮回交替，慢慢地就适应了。曾想，如果有条件我一定要学一下飞机驾驶，战胜我内心的恐惧。

现在的真人秀节目越来越多，东方卫视的《极限挑战》中，演员王迅完成了高层建筑玻璃清洁的任务。电视上看着轻松，实际体验的时候非常挑战选手的心理承受能力。回想起我有一次爬到上海东方明珠电视塔那层玻璃外延区域的感受，当时我也特别害怕和恐慌，一动不敢动，生怕玻璃裂掉。

我分析了一下，主要是自己心里恐惧，担心后果。

就像去开创一件事情，如果担心这担心那，肯定是裹足不前。如果分析到位且信心坚定，就不会时刻瞻前顾后。

对于出国这件事，我过去认为是一件很遥远的事情，也是一件比较难的事情。

记得 2009 年冬天，研究生同学启程到荷兰读博时，我送他到首都国际机场，内心既祝福又伤感，想想他要在国外一个人求学四年，如果还要继续开展博士后研究工作，或者留在国外工作几年，那岂不是见一面很难了？

但是后来随着自己学习交流、项目考察、旅游休闲等活动，这几年也慢慢地实现了出国的愿望。

其实，这些年很多有条件的家庭已经在孩子很小时候就开始设计出国计划了，每逢假期都有游学活动，让孩子从小就接触国外的环境，了解海外文化，为将来打造国际复合型人才做好铺垫。只是我们从县城长大的孩子，从小没有经历这些，不知道这些事情的来龙去脉以及难易程度，往往突破一步似乎感觉很难。

从我自己来说，后来身边很多同窗好友陆续出国求学，有的

一、人生如风，生活如歌

毕业后继续留在国外工作一段时间。排除疫情和国际间经济政治事件影响外，不论是出于学习的目的出国，还是旅游出国，还是商务往来等等，我想有条件的话要到国外去看一看。在地球上生活了一辈子，也要看看其他国家的情况，了解不同文化和思想。经过对比，方可知道彼此的差距和差异，才能知道我们的优势和不足，才会体会自己更适合什么样的环境。

挑战自己，从走出去开始。虽然当前世界各国受新冠疫情影响，但未来全球经济文化交流还是会日益紧密。

这几年，我去过大大小小十多个国家，今后可能要去更多的国家。因为现今到世界各地走走已经是很普遍的情况，走出去看看，确实觉得世界不一样，人生也会顿悟和豁朗很多。

人总是要成长的，总有一天我们都会学会理解，学会包容。当我们以一种博大的胸怀去看待和接纳这个世界和社会的时候，我们的内心同时也获得了无比宽广的自信和豁达。

身体和灵魂

我的身体在有限的年岁里陪着我的思想一起路过和经历这个世界。

我的身体是在遗传力的作用下，将祖上的基因延续到了现在，有了现在的容貌特征。

而我的精神世界则是在特定的国家、民族、年代、环境、教育、机遇等条件下形成了特有的个体属性。

我的身体和精神在和谐统一着，也互相矛盾斗争着。

我并不是人类学家，也不是社会学家，也不是哲学家和心理学家，我只是一个思考家。我只是觉得人是一个非常复杂的个体，身体需要贪婪的器官感受，同样精神也需要崇高的标榜。

今晚在江西一个农家乐吃饭，虽然吃的土鸡土鸭，但是听当地的朋友讲，他们过去能吃到很多山里的美味，虽然现在有些动物是人工特种养殖的，但总觉得人怎么能吃掉这么多的生命呢？那些生命本来活得很自在，却难逃人的餐桌。

今天看到厨师摔死三只牛蛙，一个个亮着大白肚皮躺在那里，我心里极其不是滋味，晚上的牛蛙汤也没有胃口喝了，幸好笼子里的鸽子没有被朋友点到，我非常不愿意看到它们被宰杀的过程。

当然，可以想象过去的帝王和权贵们，不也是宰羊烹牛来祭祀祖先或者欢度佳节吗，这作为人类社会活动中的一种礼节，已经延续了上千年。换个角度思考，人类大脑和智商的进步与食肉是密不可分的。

但是野生动物确实不能杀戮和进食，一方面是对自然的尊重和敬畏，另一方面野生动物身上携带的多种病毒会对人类产生致命的伤害。

人是一个多么复杂的动物，饮食的复杂，思想的复杂，行动的复杂。每一个中文词汇都能恰当地描述人地特征，比如贪婪、懒惰、执拗，或者勤劳、智慧、善良等等。

人的可塑性极强，在特定的环境中就能成为特定的人。两年前，我们小区里有一个男孩子和儿子玩得很好，后来男孩子随着父母做生意就到了其他地方。今年看到他们又回来了，但是这个小朋友的说话和行为显然比我们家孩子开放很多，那些成年人的话会脱口而出，一下就能感受到不是我们这个小区孩子的风格，能想象到，这两年来这个男孩子所处的环境肯定是与这里不一样的。

归根结蒂，人就是一个生物体，身体供给养分，大脑发挥想象，释放情感。你在支配着自己的智慧和情绪，同时也是智慧和情绪在管理着你。

我们都是高级动物，从生物学和遗传学角度来讲，在一个人来到这个世界之前，它已是脱颖而出的个体，在上亿个精子中跑得最快、质量最优的那个最终完成了自己的升华，与他的伴侣组成独一无二的受精卵。

我有的时候看着儿子会偷偷地乐，心里在想，你小子怎么这么厉害，偏偏是你。

人来到这个世界上，快乐和喜悦总是遗忘得快，但忧愁、艰难、怀疑、恐慌总是被深刻记忆。

我们要知道自己其实就是一个生命个体，就像自然界的各种动物、植物、细菌、病毒一样，只不过我们是人类，是一种智商较高的哺乳动物，我们要面临和其他生物一样的境遇，要经历宇宙中的各种现象，比如地震、海啸、火山爆发、台风、飓风、疾病等各种自然灾害和侵袭，甚至是外来星体撞击地球、地球运行轨迹发生变化被吸入黑洞等毁灭性灾难。

唯一特殊的是我们大多数时间是活在由人类组成的社会体系中，这么多高级动物在一起，有时候你会觉得其乐无穷，充满人间温暖，充满人间乐趣。有时候你会觉得不舒服，感觉到周围充满欺骗、伪善。相反，你和大山、流水、湖泊、草地、树木等在一起时，你会觉得轻松、舒适，在大自然的陶冶下，时而你会觉得自己仿佛是一个智者。

就像你可以肆意地去折掉一片树叶，树不会痛骂或者报复你；你也可以遗弃不想抚养的小猫小狗，但是你却不能轻易遗弃自己的亲人。

我们的身体和灵魂，有的时候是相互欺骗着对方，有的时候是互相迁就着对方，我们都希望身体和灵魂互相都能高质量地陪伴着对方。只因为我们太复杂了，细胞的复杂，结构的复杂，思想的复杂。这些高智商的群体在地球上给自己创造和发明了很多东西，能够愉快的生活着，但有时又无比无奈地寂寞生存着。

你不需要想象中那么优秀

中国人的传统教育理念中，教育孩子从小就要优秀，这似乎已经是家长评价孩子的一个核心指标，似乎从小优秀将来就会优秀。

我想"优秀"这个词是相对的，要有参照标准的，是要在一定的条件和环境下才能得出一个恰当的结论。但是我们的父母却并不一定按照这个规律和标准来执行，他们大多是以内心的预想和周边机械的对比来得出结论。

和很多家长一样，前几年妈妈觉得我没有考上公务员，没有稳定的收入，没有找到她心仪和满意的儿媳妇，他们和别人比起来脸上似乎没有光彩。曾经有一段时间我能明显感觉得出爸妈对我的生活和工作状态不是很满意，那是因为他们心里是有预期的，我还没达到他们预期的状态，这让我内心感到极大的伤痛。

自从工作后，我给自己发展水平的评价是很中性的。如果我作为别人的参照标准的话，有比我发展得好的，也有不及我的，而且这种状态随着时间的推移会发生变化。

我20岁左右还会和其他人比较穿什么牌子的鞋子，戴什么牌子的表。现在30多，快接近40岁了，我更看重自身内心世界的需求。

但是细细一想，每个人都有自己的评判标准，又有谁真的会天天关注这些、评价这些呢？大多是自己给自己找的压力，自己给自己设定了局限。

不管在什么类型的单位工作，一方面是由于客观条件造成的，比如公务员考试发挥不佳、面试不顺利、学历不够、专业不对口等等。另一方面也是与每个人的判断和选择有关联的，或许有的人确实不适合在体制内工作，有的人就喜欢在公司里发展，甚至喜欢自己创业。有的人报考了医科大学，但是对艺术感兴趣；有的人父母都是大学教授，学科带头人，但自己却不想从事科研工作；有的人家里有产业，父母帮忙选择了对口的专业，希望将来接班，但孩子毕业后还是不愿意接手家里的产业。种种情况都有可能出现。

有些东西，其实真的没有内心设想的那么严重，最关键是自己要在有限的自然寿命里让自己的人生价值得到最大的体现，给家庭和社会创造出财富。换句简单的话说，就是让自己过得健康开心，不给国家和社会带来负担，如果能自给自足保证家庭收入的同时，又能参与到社会建设和社会公益中，那就是更美好的。

我们都需要对自己说："其实我不需要多么优秀。"

我更希望健康、自由和快乐，因为优秀和这三样并没有直接的因果关系。

现在家长们会谈论自己的孩子幼儿园、小学、初中、高中在什么高端学校，假期参加了什么特色活动，平时上了什么名师的辅导班，自己在孩子身上花费了多少钱，什么时候准备送孩子出国等等。

或许只有这样才能体现出自己的实力和能力，与其说你的孩子优秀，不如说是想告诉别人你如何优秀。但是父母优秀并不一定代表孩子也优秀，孩子有出息也并不一定代表父母就很有本事。

世界很大，所有投入都不一定有等值的回报，但是没有对自我投入的人生，肯定是有所欠缺和遗憾的人生。

不如让我们自己，也让我们的孩子自然朴实地在这个世界中生活，不需要让自己和孩子冠以必须"优秀"的称号。

不油腻的中年

我有一次去参加儿子班级组织的活动，才发现一半以上的家长都是年轻的爸妈，我们之间的年龄差距最大的有十岁左右，一个班里面同时有"80后"和"90后"爸妈，我顿时感觉自己不再年轻，原因是自己属于晚婚晚育，别人是早婚早育，这一早一晚，差别就很显然了。

没有对比就没有发现，我的中年时代已经来临。

有一段时间流行一个说法，叫"油腻的中年男"，其实我觉得自己一点都不油腻，反而是干巴巴的，这个年龄上有老下有小，虽然是一种幸福，但确实是赤裸裸的压力。

今天非常想念爸爸妈妈，已经快一个星期了，忙得都没有给家里正式打过一次电话。再者也是虚荣心作怪，自己创业了之后远比之前安稳的工作艰辛许多，怕爸妈担心自己的发展，很多困难都是自己在扛着。

我总想在年底的时候多对接一些业务，第二年订单会来，项目会有，总是充满必胜的期待，认为付出总会有一定的回报。

"为什么是这个样子？"辞去原本安稳的工作，现在完全要靠自己去打拼。有时自己问自己，但是内心还是不肯向自己妥协，那种跃跃欲试，不到长城非好汉的创业壮志一直在鞭策着我的心。

路途上很多心里的话没法和其他人述说，表面还要装出来自己发展得比较好，事业蒸蒸日上的样子，其实有很多心酸在心里藏着。

有一次时间到了凌晨一点半我还睡不着，为第二天要去扬州出差谈项目而劳心。

以前睡不着的时候使劲寻找睡意，现在睡不着的时候索性把灯打开，让自己再重新回到清醒的状态，自我叙说和梳理一下心情后再入睡。

这种情况一旦有了，还是希望天赶快亮起来，让心也明朗一些，继续开展白天的事情。

创业后虽然有政府的创业人才扶持资金，也有投资人的有限资金，但搞研发，开拓市场，依然感觉很难，确实让人非常难受。但我还是一直在硬撑着，我希望把生活理顺，把事业理顺。有一次听到红豆集团一个朋友讲他们的一个供应商老板一直亏着钱做一款产品，最终还是得到采购方的认可。我由衷地敬佩这些老板们，似乎找到了一些安慰，这个世界上和我一样有执念的人看来也不少。

前几天河南的一个朋友来无锡，我们在古运河边上散步之时，他说自己身边但凡发展较好的朋友，基本是朝着一个方向走，三年五年不一定看出什么，十年过后，日积月累，水滴石穿，在一个行业内就能积淀一定的能量。听了他的这番话，我受到一些启发，觉得不能再这样下去，项目不能再那么杂，我确实要确立一个方向扎实地走下去。不然就渐行渐老，一事无成。

在别人眼里面，我们这些"80后"已经不再是大哥哥和大姐姐，而是叔叔和阿姨、伯伯伯母，再过几年即将成为爷爷奶奶、外公外婆，听起来似乎是一件可怕的事情，但是我们心里还时不时像个孩子。

岁月匆匆，现实多么残酷和真实，我们已到壮年，已不再青春年少。想起来初中的时候有一本杂志叫《少男少女》，后来又争相传阅《花季雨季》这本书，讲述改革开放前沿阵地深圳的少男少女的生活。那个时候大家上课都在偷偷地看，班里面只有个别同学有这本书，大家互相借着看，书被老师没收了不知道谁又从哪里弄了一本。那个时候看书的效率极高，一天就可以看完一厚本书，对生活在深圳同龄人的生活和学习状态真是羡慕不已。

我后来又迷恋上《奥秘》《科幻世界》这两本杂志，年少的内心激荡着对世界和宇宙的奇妙幻想，对未来充满了无限期待。看到那么多翻译的国外优秀的科幻小说作品，真期待我们本土作家能写出那么好的科幻大作，没想到20年后刘慈欣老师给我们带来了最棒的作品。

这个社会和时代，发展和变化得太快。有时想想随着年龄的增长一下子就到现在这个状态了，我在30岁到40岁这十年之间才恍然对生命有一些感觉，这个阶段的同龄人正在进入一个差别显著的时期，有没结婚的，没生小孩的，没买房的；也有结婚又离婚的，生了两三个孩子，房子好几套的；有拿固定工资的，也有获意外之财的；有对人生失去期盼得过且过的，也有雄心勃勃想朝着更远更高的目标前进的。永远不要看别人怎么样，因为起点不一样，思想不一样，勤勉程度不一样，机遇不一样，造就的结果也不一样。

说人到中年似乎有些紧张，说人到壮年，似乎还犹有能量，这个年龄正在回忆过去，也在奔波向前。

别把长辈的话当耳旁风

这几年，我接触了很多老前辈，有上市公司的老总，有销售几个亿的职业经理人，有的是政府退休老同志，有的是某个领域的名人等等。和这些朋友会不间断地在一起交流，思想碰撞。我发现在这些前辈身上原来真有人生的宝藏可挖，他们都是一座座宝矿。

比如有的人曾经是政府官员，如今又是知名企业老板，有的人既在基层锻炼过，又在政府多部门工作过，或者在企业中多板块调动过，这样的人大多是具有丰富履历和人生智慧的人。

在社会交往中，你和某些人在不知不觉中有了缘分，进入了一个又一个圈子，并且越来越紧密，你就会获得比过去更高远的视野。

比如看似一个普通的教授，或许他的发小可能就是省里的某个常委，或者部队某个转业干部，他的老领导就是一个很牛的人物。

成功并不只是赚了很多钱，拥有相对优质的人脉资源是别人难以复制的。

这几年来我越来越感觉到一个人只要愿意付出，真诚相待，大家都愿意帮助他发展。有些前辈也说，他们都是经过这个历程的人，自己当初发展不容易，一路也得到了别人的帮助，如今能帮助到上进的年轻人也是他们的一种快乐。

这里想提到的就是我的爸爸和妈妈，因为他们也正是这个年纪的人。以前觉得爸妈的话是耳旁风，现在想来他们告诉我的都是多少年来积累下来的宝贵经验。

我们年轻的时候都自以为是，在和这些长辈们的交往中，我越来越感觉到爸妈原来讲的话确实有道理，长辈的经验之谈要听。

昨晚几个朋友小聚，大家谈到单位里年轻人受到领导批评的话题。有些人经受不住批评就辞职离开或者工作上表现得消极怠工，如果这种批评是为了纠正错误，那么不接受批评就等于是自己主动放弃了进步的机会。工作中受到上级批评，大多是为了更好的推动工作，并无纯粹的人身抨击。

我们都要接受来自各方面的批评，多听"逆耳"的话或许不是坏事，这样我们不至于走偏、走歪。

前段时间，我和一对做投资的夫妇吃饭，他们的女儿和他们已经好几年思路不统一了，还是唱反调、闹别扭。我能看得出这对夫妻的无奈，虽然他们为孩子创造了极其优越的条件，但是让孩子理解父母是需要一个过程的，并且是自己为人父母之后才会有切身体会。

现在新到公司里上班的大多是"90后"了，我才突然感觉到自己被推上岸了，"后浪"们一波接一波，自己被迫成了"老人"，但是内心还感觉自己是个孩子。

但我也不排斥自己在独处的时候仍回归自己，呈现孩子的状态。但我已明白自己是不小的年龄了，也要做"90后""00后"的榜样。曾经前辈帮助了我们，我们今后也会作为长辈接过接力棒去帮助年轻人成长。

学会感恩

人都要学会感恩，第一感恩的就是父母和家庭，不管父母过去和现在的思想如何，不管父母做了哪些让你不痛快的事情，但他们不变的是爱儿女的情怀。这种爱的确是无私和伟大的，我有了孩子之后才体会和理解做父母的心。同时，自己的家庭永远是最温馨的港湾，因为无论你在外面多么风生水起或者狼狈不堪，家庭永远是最舒适，最温暖的地方。

其次要感恩的就是自己的恩师，我觉得自己最幸运的是在每个学习阶段都能遇到好的老师。我是个懂事上进的孩子，老师也喜欢用心培养这样的学生。我认为老师传授的并不简简单单的是知识，因为每个老师都有其教学水平的局限性，但他们对每个学生人生的引导则是可以无限制的，这是更高一个层次的事情。

第三要感恩的就是自己的贵人，人生中不仅仅有一个贵人，每个阶段都有扶持和帮助你的人，但是能起到决定作用的贵人往往就是那么一两个，要感谢他们把你带到一个新的发展阶段，为你铺路，为你助推。有了贵人帮助，就能上一个平台。"平台"这个词非常重要，因为即使你很优秀，很有能力，但是没有进到平台，就等于自己始终是坐着小舟兜圈，而别人是在大船上远航。

无论你的生活是怎样的状态，无论你前一天是怎么样的懊恼和痛苦，当你第二天清晨起来看到阳光，呼吸到新鲜空气时，新的一天又向你展开了。

这就是现实，进入30岁以后，上对老人，下对子女，越来越觉得家庭的责任与日俱增。大家都在努力，光有努力的动作还不够，最终还是要用事实说话，因为结果不会撒谎，解释和掩饰都是苍白无力的。

过去听别人讲"感恩"二字，没有太多的感觉，现在才真真切切地有所领会。

活着就有希望，你就要时刻心怀感恩，就有无限的可能和奇迹出现。

设计并努力

洛克菲勒说过一句话："每个人都是他自己命运的设计者和建筑师。"

从学校毕业走向社会，我们虽看到很多人成功的例子，但常常无动于衷。只是因为那些人离我们很远，不熟悉而已。直到有一天你发现身边的某些人突然有了意外的成绩，跨出了成功的第一步，紧接着一步紧跟一步，直至甩开你很多距离的时候，你可能开始慌了，按捺不住内心的澎湃了，心中的感想开始汹涌了。

有时候你会被日常生活的节奏束缚，失去精神和动力再做过去曾经憧憬和向往的事情。看到别人成功了，你再奋起直追，或许已经晚了。

那么，你就要保持一种持久的斗志和勤奋的习惯，从一开始就要规划设计自己的路子，尽管目前还没实现心中的愿望，但是始终要朝着那个方向去努力。

记得大学时，学院院长的一句话对我启迪很大，至今我还记着这句话，大意是说他们那个时候只要瞄准方向一直努力的人，现在都有了一番成绩，要么是科研领军人才，要么是政府领导，要么就是有实力的企业家。那个时候的我在想，院长肯定是见证了很多成功的例子才这么说。果不其然，自己成长的这几年，也是在观察和见证一些人的发展。比如某学院的某位教授，如今已经是学校的一把手校长了。这位老师年轻时就已经崭露头角，很多人嫉妒他的才华和成绩，但他不管这些议论和评价，一直朝自己的目标迈进，在事业发展的路上冲破阻碍，直抵成功的彼岸。

当然，成功是相对的，没有绝对的可比性。

更重要的是让自己这辈子过得属于自己，活出自己的世界来。

我有时候在问为什么别人已经成功，自己却还在路上摸索。

但是静下心来仔细想一想，每个人都在不断前行，只是快慢不同而已。有些朋友的生意已经很大，仍然在继续往前奔走，对事业追求永远没有止境。

我有几个60多岁和70多岁的朋友，他们依然在管理自己的公司，在为自己80岁的事业规划着。最典型的是我的导师，我们都以为导师把几个学生带完之后就退休了，然后告老还乡、安度晚年。没想到老师又开启了自己新的事业，越老越精神，越有战斗力。

我最近参加了一个规模较大的行业大会，规格非常高，主办方请来了十多位院士，仔细观察这些大科学家你会发现他们精神都极其好，在做报告的时候头脑也相当敏锐。不管是专家学者追求的科学事业，还是企业家追求的财富梦想，或是人生的信念追求，他们的心都不会被年龄所征服。

我还认识一位校长，他之前经历过荣誉、辉煌，后又经受过刑罚，如今人生开始创业，再次获得了成功。他说自己60岁了才开始懂得人生，原来人生没有一帆风顺，人生没有那么容易。

过去的几年，我一直以为自己成熟了，其实我还有很多事不明白。

这几年，我才知道只有经历风雨才更能体会真知，只有努力去实现一件事情的时候，生命中才有了力量。

生活就像一场竞走

我有一次在杭州萧山机场候机楼逛书店，看到一个小女孩买了一本星云大师写的《人生就是放下》，孩子的妈妈当时又想制止又很不情愿地给女儿买下了这本书。

看到这一刻，我挺欣赏这个孩子的超前意识，也敬佩孩子家长不拘泥小节的教育理念。现在的孩子思想越来越与大人同步了，人生总要面对，早点面对，早点想通，着实说是件好事。

生活中，我们都要受到很多约束和限制，有很多无奈，但我们还必须要一直往前走。

就像竞走一样，它对运动员的动作有着严格的要求，一是运动员必须始终保持至少有一只脚与地面接触，二是前腿从着地的一瞬间起直到垂直位置必须始终伸直，膝关节不能弯曲。

正因为这样，竞走看似比马拉松要残酷很多，违规了就要被裁判罚下场，累了也只能坚持向前走。对参与者的个人耐力、意志力和技术动作的要求极高，这才让竞走充满魅力。

生活就像一场竞走，我们的生活不可能随着自己的性情随意发挥，要脚踏实地地走，不可违规违法，又要有足够的耐力让你去坚持走到最后。因为走着走着就有掉队的，最后坚持下来的都是有着强大体力和意志力的人。

奥运冠军王丽萍女士有一次在接受记者采访时说："无论是

退役前，还是退役转型后的再创业，我都遇到过困难，也都纠结过，但运动员骨子里的不服输精神激励我一路前行。"

只有经历过磨砺，才不会轻易倒下，不会轻易说放弃。

一个人走路容易孤单和迷惘，所以我们需要有个伴。起步时互相鼓励，困顿时互相勉励。

人总有脆弱的时候，也有不如意的时候。人在脆弱的时候要么憧憬未来的美好，要么想到的是过去的不如意。

有一次爱人生病了，我晚上也没有睡好，等她睡着之后，我也久久不能平静。

以往忙于工作，忽略夫妻之间的感情。静静地想，其实夫妻之间一定要有恩情的，不仅仅是爱恋或者简单地过日子，其实彼此都要给对方以一生的感恩和关怀。

前几年，我为自己曾经没有像别人那样有一场风光的婚礼而感到遗憾，但是后来发现有些朋友不管之前的婚礼多么隆重和气派，几年后还是分开了。于是，我就安慰自己不要注重形式，还是看结果。

或许，是因为我的婚姻起初进行得并不是那么顺利，都是一步步艰辛地走来。因此，在每个困难关口总不会轻言放弃。

我以前总期待自己人生每个阶段都是成功和顺意的，但是我现在已经明白，很多事情受到客观和主观交织因素的影响。

我们一辈子就像竞走在自己的赛道上，走得快不一定走得好，走得好不一定走得稳。

行走在自己人生的里程上，千万不要让别人干扰了你的节奏。快慢自己调节，节奏自己把握，汗水还是泪水都需要自己体会。

　　　　　　　　　　　　　一、人生如风，生活如歌

《菜根谭》中写道："岁月本长，而忙者自促。"就像竞走一样，太匆忙了就容易乱了步伐，忙中出错，欲速不达。高质量的成功不是轻易就能获得的，一个人想要在某个领域有所作为，就必须耐得住寂寞，沉得下心，一步一步地前进。

不论怎么样，过好每一天是最重要的，如今有很多人一天最大的愿望并不是挣多少钱，而是回到家后能安安稳稳、踏踏实实地睡上一晚，哪怕第二天和这个世界不再说早上好也没有关系。

一场无法征服的循环

我偶尔会失眠，昨晚一点多了还睡不着，辗转反侧已是快凌晨两点了。恍然之间想想自己已到35岁了，奔四在即，虽然在50来岁的老哥们看来这不算什么，才刚刚是一个起步年龄，是一个风华正茂的阶段。

但对于自己来说，似乎这是一个让人有点恐慌的年龄。

究其原因，还是要回到内心深处，可能我是一个比较注重未来发展的人，再加之这几年接触的人和事，同样的年纪有的人已经是部里的中层干部，有的是地级市副市长，有的是规模企业的老板，有的是国家级科研单位学科带头人，自己到现在还处在事业一事无成的阶段，于是内心在不断地催促自己快马加鞭。

很明显，我的这种状态和局面是自己给自己找压力。殊不知，很多人取得成绩的背后有多少辛劳和付出，同时也与他们拥有和可支配的社会资源有很大关系。

有一年回老家过年，见到了好多年没见的同学"大头"，同学们说他抑郁了好几年，但是今年和我们在一起吃饭时，我觉得他还是比较正常，能自己客观地面对自己的情况，饭桌上和我们侃侃而谈，饭后又带着妻儿去看电影，据说当年病情发作时要好几个壮汉把他压住才能控制住局面。

我也有过抑郁的时候，那个时候也去看过心理医生，经历了某个过程就学会了自我调节。

我前几年会习惯性地每隔一段时间就会夜晚失眠惆怅。惆怅未来，惆怅人生，我害怕失去，害怕痛苦。

我是一个对未来充满美好期待的人，但我又是一个担心未来不确定因素发生的人。

我懂得今天和明天，现在和下一秒的关系，但是我又不肯完全地去接受，这需要很大的勇气，或许也需要一定的积淀，我可能还有些浅。

我感觉很多事情还没有去做，还有梦想没有去实现，我要珍惜时间，与时间赛跑，甚至创造出属于我的时间。

我知道人生简单得不能再简单，复杂得不能再复杂。

我也知道事情永远没有结尾，告一段落，便是最好的结果。但是，还是做不到那么理性和客观。

年轻的时候，常听同龄人说要如何特立独行，但是常规的人生都是一样的路径和归途。

人生是一场无法征服的循环。

你要学习、要工作、要结婚、要生孩子、要照顾父母、要自己老去、要照顾孩子，也要被孩子安顿，如此等等。

　　　　　　　　　　　　　　　一、人生如风，生活如歌

人世间的繁杂无法避开，父母走过的路，晚辈们也要走，我们都要认真体会生命的每一个阶段。

20来岁的时候，总觉得自己太稚嫩，想早点到30来岁，到了30来岁，又觉得马上要40了，仍然一事无成。

每个人都有自己的故事，也有对未来的憧憬。现在回头看看，每个阶段都是一座山峰，一道风景，都不好直接跨越，也都不要匆匆错过那时那地的风景。

人生苦短

王阳明说："知之真切，笃实处即是行；行之明觉，精察处即是知。"这便是"知行合一"的解释。

人生是苦闷的，也是苦短的。

这个星期我本来想去拜访一位朋友，电话打过去是他爱人接的，我才得知这位老领导前几天突然脑梗住院了。记得两个月前还在一起相聚，这个月突然就发生了这样的事情，让我内心感觉难过不已。

老领导这几年基本每一届的马拉松比赛都要参与，很多年轻人都以他为榜样，能够有这么好的精神、这么好的态度参与运动给我们带了个好头，而且领导为人和善、朴实、乐于帮助年轻人成长，不求回报，对于我们来讲非常地感激和感恩。因此，看到领导有这样的情况，真是内心难过不已。

古语云："春有百花秋有月，夏有凉风冬有雪，若无闲事挂心头，便是人间好时节。好来好往好聚首，春去秋来再团圆，苦尽甘来人自省，平平淡淡悟一生。"

经常听人说："哎呀，我已经老了，不能和你们年轻人相比呀。"但是反过来想，这些说自己老的人，在他们年龄之上又有比他们更老的人，40岁的人相对于20岁的人是老了，但相对于60来岁的人来说还依然那么身强力壮。

但是从体质来讲，30到40岁之间，确实没法和20来岁相比，最起码从喝酒就能看出来，前几日和几个朋友吃饭，20多岁的小伙，能连续喝两瓶红酒都没问题，我则自愧不如。

一晃眼，当年从小学、初中、高中、大学一路走来的同学们都已成家立业，每次相聚时提到的那些在校时的点滴片段都历历在目。

如今，我们自己的孩子们都已到了自己原来成长的阶段，那个纯真的学生年代只能在他们身上找到缩影了。

借用春晚常用的一句话："一年又一年"，只有在年末春节临近的时候，才非常明显地感觉到时间过得飞快。

一年到头似乎什么都没干，一抬头发现自己皮肤褶子多了，多了白头发出来，孩子在渐渐长大，父母明显比原来老态多了，于是自己内心越来越矛盾，越来越清晰，也越来越感慨。

努力活着

朋友开了一间民宿，里面有一个别致的小院子，前面是缓缓流淌的运河水。

整个人浸泡在冬日午后温暖的阳光里，忽觉悠闲。

真想把节奏放慢，把时间拉长。

可惜现在工作节奏太快了，这种短暂的休闲每次都倍感珍惜。

我们都太累了，哪怕还算有些本事和财富的人，也是在辛劳中过完一天。

35岁到45岁大概是男人既坚强又非常脆弱的一个年龄阶段。

一个男人的成熟总得在成家立业之后，只有这个时候才会觉得肩膀的担子越来越重，有压力才有动力，一个普通家庭成长的男人到了中年阶段，要让家人过得好，让父母晚年幸福，让孩子优质地成长，就要去努力地拼搏和奋斗。

杰出的大企业家是有数的那么几个，大多数人还是在跌跌撞撞中成长和发展。

每个人都不容易，不管起点是什么，在追求理想的路途上，每个人都能写一本艰辛的奋斗史。

男人的肩膀扛着很多责任和理想。

我有时也提醒自己不能太拼，该停歇时就要停歇。

努力活着，才是最真实的现在。

不用谈生命的意义是什么，因为老想意义是无意义的。

对于现代人来讲，虽然物质文明和精神文明极其发达，但是活着的压力却很大。要想活好，活出自我的精神世界来，活出高质量来，还必须得努力。如果不努力，那你很可能被社会淘汰，被自我淘汰，被竞争淘汰，被压力淘汰。也许你不觉得什么，但就像温水煮青蛙一样，慢慢地你就失去了知觉，失去了动力，失去了方向。

前段时间看了几期倪萍大姐主持的《等着我》这档寻亲节目，才能感觉到一个人活在世上命运是多么的无常。有可能从小遇到家庭的变故，生活的窘困，疾病的困扰，意外的伤害等等。一旦遇到突如其来的事件，那么你的人生轨迹就完全变了。你要用十多年甚至一辈子的时间来弥补，不仅仅是努力地活着，更是艰辛和艰难地活着。

就像我今天从无锡到南京一样，出了高速收费站以后突然接到一个电话，虽然边开车边打电话是不对的，但是有的时候重要的电话你必须得接，于是乎错过了入口，走到了另外一个方向。无奈之下，多走了二十多公里才绕到一个收费站下去后重新上高速，才扭转了方向驶入正确的高速。

有很多突然事件或意想不到的情况，让你的路径发生了变化，好在有些人能够及时转弯，及时调整。但有些情况下，你必须得承受和承担，只有让时间和精力去扭转和改变，然后才能回到原来的坦途上。

一场接一场的选择

我在高架桥上开车时看到一只小猫在沿着内侧的隔离带跑，心里暗叹这又是一只命运可见的猫，一只踏上不归路的猫。

经常在高速路或者高架上看到有被撞死的小猫、小狗，这个也没有办法，因为它们一旦走上这条路，就是一条不归路，这上面哪有那么多吃的，跑一天可能都饿着肚子，晕头转向的时候就被来往的车辆撞得粉身碎骨。

我心里想它们是怎么跑上来的，很难去追寻足迹，但是肯定是从一个通道上来的。这个通道就是一个最关键的地方，在这个地方没认清方向，没把握好就会一步步走向深渊。

所以说，道路的选择很重要，要找到最适合的道路。

我们人类也是如此，一旦走错路，你就会越走越累，越走越远，越走越迷茫，越走越错，直至把自己的生命耗尽，但是最终人们可能自己都不知道这是一条什么样的道路。我们就像这只小猫一样，走着走着就丧失了自我。想想这几年来，很多事情的延续和发展都是基于选择的结果，在任何有准备的情况下，发生预期的变化也是始于选择。

选择和某人恋爱，选择留在某个城市，选择一份工作，选择远行，选择坚持一段婚姻，选择创业等等。

选择跟一个人的性格、爱好、思想、理念、所处的环境、接受的教育、处事的积淀等等都有密不可分的关系。

结果都是基于选择基础之上产生的，一个选择之后就会伴随着另外一个选择的发生，遇到环境的变化就会做出相应的选择，而一个接一个选择的不断扩展和深化就串起了人生的不同境遇，人生的不同故事。

常听说一句话讲："选择比努力更重要"，虽然努力是必经的过程，但选择却是重要的前提。

2010年前后，同学们陆续硕士毕业，一部分同学和师弟师妹们陆续出国读博士，有的选择到美国、加拿大；有的选择到德国、英国、尼德兰（荷兰）、挪威；有的选择到澳大利亚、新西兰；有的选择到新加坡、马来西亚。毕业后有的选择回国，有的选择先在国外工作。

如今，同学们每个人都在自己的人生路上前行。前段时间我在深圳开会时，恰逢剑桥毕业和兰大毕业的博士同学都在，本来是三个人一人一个房间，但是突发奇想，大家都愿意挤在一个房间畅谈交流，呼呼大睡，其乐无穷。我们晚上聊了很多事儿，回忆了好多人。

一对师弟师妹为了在一起，选择共同到国外留学，但是又分开了，现在回到国内各自在做博后研究，又各自到大学工作还是各自单着。还有一对师弟师妹，为了在一起，他们先结了婚，然后一起到国外读书和生活。

人生有太多无奈，有太多可选择也不可选择的东西。过去清纯的感觉，如今只能有短暂和片刻的停留与回味。

每次和老同学们短暂的相聚后，第二天大家又各自忙碌，我们在各自的人生路上演绎着各自的故事。

手机里的音乐正好放到零点乐队的《永远不说再见》现场版，从1989年零点乐队成立到现在已经30多年了，但是中间他们解散了，留下很多经典的作品。永远不说再见，可分别这件事却天天发生。因为有人选择相聚，也就意味着有人会选择分开。

一、人生如风，生活如歌

飞机里的那些小发现

（1）一只苍蝇的旅行

有一次出差，飞机起飞之后我突然发现机舱里还有一只苍蝇在盘旋。

于是我脑海里头闪现出一种崇拜之情，这是一只非常荣耀的苍蝇，它已经超越了千千万万的伙伴，有机会来到了万米高空之上。虽然它自己可能意识不到有这样的经历，但是作为人类来说，已经认为这是一只了不起的苍蝇了。

我借题发挥并分析一下，这只苍蝇首先借助了飞机这个平台，扩展了自己的经历，提升了自己的高度。

当然，随着飞机的起降，如果它出了机舱，可能就到达另外一个生活环境，它面临的是和原来不一样的气候，是否能找到合适的食物，是否能够找到合适的伴侣，是否能继续生存，还是一个未知数。

所以，一只苍蝇的旅行经历和人一样。有的时候是主动的，有的时候是被动的。满怀希望的时候得到的也许是一个空无的结果，就像你打开一个坚果时发现里面是空的，没有任何果实。有时漫不经心，反而和好结果不期而遇。

（2）冲破暴雨就是阳光

今天傍晚从长沙到南京的航班偶遇大雨，我平时对坐飞机还是有些紧张的，再加上天气变化更是心理紧张。坐在飞机里能明显感觉到外面的雨滴噼里啪啦地敲打着窗户，看着飞机外茫茫的世界，心里在默默地祈祷着平安。

飞机还是按时起飞了，从经验推断应该是没有问题，不然也不会起飞，再说飞机强大的动力抵抗这些自然现象应该是不成问题。

飞机一直在上升，我能明显感觉出来比往日晴天里的速度要快，可能也是要尽快冲破云层到达平流层。事实显然是这样的，飞机到达平流层以后我真的看到了夕阳，夕阳映照着云朵，我顿时感觉温暖了很多。

有的时候，其实未来的晴朗是可以预见的，只是眼前的乌云遮住了视野，于是要克服困难，要有坚强的意志力和强大的动力冲破目前的困扰，温暖的阳光就会到来。

（3）保持能量，一直向前

现在出差频率越来越高，根据项目情况，行李箱一拉，或者简单的一个背包就随时踏上旅程。有一次陪领导在北京刚吃完早饭，就接到任务要去广西出差。虽一北一南，但也不去在乎有多大的差别了。不管是京津冀、长三角，还是粤港澳，飞机、高铁、汽车，交通工具转换得多了身体就感觉没什么适应不适应，到哪里似乎都是一样。

适应了就不会对一些状态敏感，反而会对这个过程开始琢磨。想到最初人类为什么发明飞机，是怎么发明飞机的，飞机是怎么测试的？当然这是非常系统、科学的知识，我只是自娱自乐地遐

　　　　　　　　　　　　　　一、人生如风，生活如歌

想一番。

飞机在高空要抵抗非常巨大的压力和寒冷的温度，它只有用强大的动力和最快的速度一直向前，才能保证它这么大的体积和重量不至于掉下来。人也是一样，要想持续地发展，就要让自己具有强大的能量一直向前。

（4）逆风飞

这几天流行玩一个小飞机玩具，儿子对这个玩具爱不释手。

我起初也是配合着玩玩，后来发现越玩越有意思。

飞机造型很简单，用手使劲抛出，它就会滑翔。

我和孩子一起玩儿的过程中才慢慢发现一个规律，这个小飞机可以平飞也可以回旋飞，当有风来临的时候选择逆风飞，它就会展现出回旋的姿势，它会飞得更漂亮更高远。

有时逆风会激发出一种力量，比顺风时会飞得更有姿态。

念念不忘

我在高中时喜欢过一个女孩子，曾经有一些青涩又暧昧的小故事，当时她周围的朋友，包括我们自己都觉得马上就会在一起了。后来她中途转学了，遗憾的是直到她走我也没有向女孩正式表达过心意，再后来就慢慢断了联系。直到都彼此大学毕业后通过同学帮忙才渐渐有了联系，但是生活中就是很自然的平行线了。但是当时的难以释怀让我难受了好几年，悔恨当初不够勇敢。

我初中同学是心理学博士，毕业后在某高校任教。有一天她在朋友圈发了一篇《未完成情结》的文章，我看了之后颇有感触。这个概念来源于心理学中的一个分支学派，完形心理学。完形心理学认为，很多心理问题的出现，都与人们过去没能完成的事情有关。

　　例如我刚提到的未能表白的暗恋就算是一个例子。也例如有的朋友幼时渴望却不曾获得的关爱，因条件限制无法实现的愿望等等，这些令人放不下的憾事似乎都有着某种相似性，那些当初没有实现的心愿还让许多人念念不忘。

　　完形心理学认为，不论是在视觉上还是心理上，人都会追求和构造一个完整且闭合的图形。人们近乎偏执地渴望生命中每件事都有始有终。早年没有结果的事情，或者未被满足的愿望都会被人们带入日后的生活中。

　　每个人都有自己的未完成事件，它可以是宏大的事，诸如财富梦想、升职目标、学术成就。也可能就是儿时的一个梦想，比如学习一门乐器、一个旅行计划，长大后把这个梦想再逐步实现一部分，让内心得以满足。

　　知道了这个道理，我似乎可以让自己的思想偷懒一下，不再执念于过去的一些愿望或者欲望。首先让大脑平静，再让内心平静。

吃饭喝酒交朋友

　　曾经有一段时间，我过着从家到饭店，再到茶室，再继续到

　　　　　　　　　　　　　　　一、人生如风，生活如歌

饭店然后到 KTV 的生活，后来就累倒了，在医院住院将近一个月。或许有人会问我，既然这样的生活不规律、不健康，为什么还要这样？但是作为生活中的一些过程，它也有它经历和存在的道理，有得也有失，有失也有得。

有时候人和人之间就是一顿饭、一场酒的距离。在办公室是谈不出事情的，约上几个重要关联的朋友，一起打会儿牌、吃顿饭，反复几次，几个人的感情就拉近了。

当然，熟悉了并不见得一定能办成什么事儿，但这是一个必要的开端，真正能做成事情并且把事情做好的人，往往是要交往多年的朋友，因为信任是点点滴滴建立起来的。

非常有趣的是，只要你认可一个人，就要深耕一个人。如果这个人是一个具有较大能量且是正能量的人，他同时具备社会活动家、领导、商人、文化人、学者等很多特质，在他的平台上你可以获得很多的信息和资源，获得真正的提升。

当然，这并不是说利用别人的平台，窃取别人的价值，而是说人其实是一个靠圈子生活的高级动物，在进入某个人的圈子之前，如果你是被认可的朋友，他们就会拉你成为共同在这个圈子里面的人，这样你就自然而然地成为他们其中的一员了。

我交往的朋友涉及的领域很杂，这跟我个人的性格有关系，我喜欢交朋友，喜欢了解新鲜的事物，喜欢和不同的人打交道，当然也有所侧重和筛选。我会用平常心去与人交往，不期待马上有什么收获，收获都在不经意之间，这种状态反而让心灵会更快乐。

学会筛选和平静

每个人生活的高度和广度都不一样，因为每个人的品位和追求不一样，经济收入和社会地位不一样，自从有了人类社会以来，这种结构已经从古至今延续下来了。

但是回归到每个家庭来讲，生活中所遇到的琐事谁也避免不了，生活就是柴米油盐和儿女情长。再富有也是一天吃三顿饭，睡一张床。只是经济条件好的人住高级酒店，条件一般的住普通酒店；条件好的出国旅行，条件一般的周边转转。

在未踏入社会之前，青年人对生活总是充满期待，充满激情，或者是充满偏执，在青春期的时候甚至还会充满敌意。

但是，经过社会的洗礼之后，才慢慢明白生活的一些内涵。

生活中需要学会筛选和平静。

可能多数人和我一样，已经形成了这样的习惯，早晨醒来第一件事不是迅速起床而是下意识拿起手机看微信。

我们有时候经常是面对面吃饭无交流，而是自己埋头看手机。短视频、直播等极大地丰富了人们的生活，这些碎片化信息充斥着我们，已经占据了我们太多的时间。

有可能一条资讯还在阅读中，突然系统推送了另一条饶有兴趣的文章，你又点开阅读，上一条信息的后半段就被轻易抛弃，越来越多的快餐式的阅读摧毁着长效阅读。

想想我们自己有多长时间没有完整地去做成一件事情。比如说，原来我们从地铁口到家边走路边回顾一天的工作生活，认真思考一下自己和人生。虽然思考人生并不一定能真正意义上改变什么，但是人总是要思考这些问题，只有思考才能让精神更饱满。如今从地铁口到家里，是边走边看手机，一不小心可能就会遇到交通安全事故。

我们已经很少去认真地品味一顿家人做的可口饭菜，认真地听一次讲座，认真开一次会，许久没有花长时间看纸质书了。

我在创业的时候，经常参加各种活动，例如总裁研修班、演讲班、养生班、佛学班、茶艺班，以及微信营销班等等。那个时候与不同地人组建过不同的群，比如读书群、旗袍会群、品茶群、健康群、书画群、摄影群等等。那个阶段，每天都有不同的饭局，我也乐此不疲地参与各种有趣或者无趣的活动。

那个时候我想认识不同层面和不同层次的人，但是牺牲的是与家人团聚的时间。

我没有去甄别和筛选身边的资源，都是眉毛胡子一把抓。

这个社会上太多的虚假消息和虚情假意。

有时候不想有太多的应酬，因为一上了酒桌就意味着要表演，演出结束后很多事情还是该怎么办就怎么办。

很多信息都是带着利益传递的，听起来比较顺耳和让人激动。

经历多的人往往能一眼看出事物的本质，能避开那些浅薄的迷雾。

《论语·子罕》中写道："知者不惑，仁者不忧，勇者不惧。"读书做到从厚到薄，总结归纳；做事也要做到筛选和甄别，不乱心，不惑智。学会了筛选和平静，我们就真正懂得了人生，懂得了社会。

你是和时间赛跑的人吗

今天，我看完《复仇者联盟4》都快要凌晨一点了。我有的时候发现人类在地球上过得真是太无聊、太寂寞了，创造了这么多有趣的角色来陪伴我们，和我们在这个地球上一起既现实又虚拟地"生活"着。

我这段时间工作太饱和了，太累了，很多事情在自己想象之外发生。所以就要自己调节，累了就睡觉，饿了就吃饭，馋了就吃点好的，无聊了就看场电影。

很多年前我一直看科幻小说，那个时候，我曾想万一某一天地球以外星球上的生物来侵犯地球，那个时候地球人大部分精力在对付这些不速之客，保护自己家园的重任不容懈怠。所谓个人的理想抱负在那个时候就显得意义渺小了很多，生存才是首要的任务。

不知从哪里看到了这么一句话："人间走一趟，碧海蓝天，桃花朵朵。"觉得简单又有诗意。

有一次在机场安检，我边看微信边往前挪动，不一会儿就轮到我了。我顿时有种感慨，年龄仿佛就像机场安检排队，不知不觉就到了前面，后面顶上一串人。

你不可能再退回去重新排队，只能向前。

还有一次和一位领导交流，他说："聚是一团火，散是满天星。"我觉得很有蕴意。

一、人生如风，生活如歌

也许我们无法活得像理想中那么畅快，但我们至少在岁月前行的路上可以不那么始终在乎得失的意义，更多地去为自己寻找一些快乐。

我自从懂事起，经常和时间赛跑。

哪怕做个汇报材料也要提早完成，等人也要早点到，明年的事情可能前年就在铺垫张罗了，真羡慕那些事到头来才开始干的人，用一句俗话讲："心大。"

人生苦短，我偶然会慌张，又拼命向时间索取什么，唯恐担心岁月会落下我。

我拼命和时间赛跑，想活出自己的真性情，想活得真实和自在。时间疾驰而过，我们都在努力奔跑，想用时间换出更多的空间。因为我们深感已不再年轻，"青山在，人未老"是多么美好的期待。

生活本就不易

把"生活"两个字分开来看，第一个是"生"，第二个是"活"，我顿时觉得超级有意思。

一个人从出生以后，接下来就是一个漫长的活着的过程，怎么活，活出什么样子来，活得品质怎么样？每个人都不相同。

一年之中，我们都会不断地张罗和参加朋友们之间的各种酒局饭场，你会感觉到身边的圈子说大也大，说小也小，在不同的城市跑来跑去，不断地折腾，乐趣无穷。

人和人的交往，每一个饭局总是有一定的目的和意义。看似不经意，其实都是有一定的渊源。虾有虾的道，蟹有蟹的路，于是你会发现，一个事情的成功都是这些虾兵蟹将折腾来折腾去的结果。

当然，有时饭局也是轻松的，不管是生意伙伴之间，还是朋友之间，不论在哪里，随时一个电话就聚在一起。

不管一个人本质是怎样，哪怕再坏的人他都有自己最好的朋友，再好的人可能也不一定幸福长寿，任何事情都没有那么绝对。

站在几百米高的建筑上面往下看，基本都是漂亮的风景，然而站在底层建筑往下看，看到的往往是周边脏乱差的环境。人生亦是如此，如果没有高度的话，整日烦心的都是那些鸡毛蒜皮的事。

有时候你会发现真正的牛人，平时是不会多讲几句闲话废话的，而且他们是极其低调和少语的人，当然有的人性格外向，有的人好为人师，他们既是演说家又是实力派。

而那些一瓶子不响，半瓶子晃荡的人，反而像个赶场子的小丑，到处给别人展示自己虚弱的肌肉。这个社会中有很多事情难以捉摸、难以形容、难以想象、难以评判、难以平衡。

我们大多数都是凡人，看到的东西都是表象，就像自然科学和宇宙奥秘一样，很多未知的东西我们都难以触摸、难以感受、难以分析。我们现有的科学知识只是宇宙中的沧海一粟，太多浩渺和宏大的未知领域有待我们去发现和探索。

因此，表象的东西是最容易迷惑人的，很多人走了很多弯路，就是因为看到的是表象，而没有真正领悟事情的本质。

讲到"生活"，人首先要活着才有希望。

昨晚从长沙高铁南站出来，已经快十一点了。检票口的人们熙熙攘攘，有的匆匆忙忙往家赶，有的接到亲戚朋友后说说笑笑，一片欢乐，还有的团缩在角落不知何去何从。这段时间，我在检票口因为要等一个同事过来，简短停留了五六分钟，就在这短短的几分钟，看到人们的聚散，从吵闹到回归平静。

我突然想，这些人从哪里来到哪里去？平时自己也是这样匆忙奔波的样子，也是这万千人中的一员。

站在这里看他们，才知道原来我们都是一路人马，我们的源头都来自远古，祖上经历了风风雨雨、饥饿战争、灾荒动乱、和平稳定，一代一代传到了现在。这些人的归宿又很规律，那就是生老病死，回到自然界中，化为无机物。

人活着也就这短短几十年，匆匆忙忙有所获也无所获。

有一次在重庆出差，我一觉醒来想到的就是忙完当天的工作，再晚也要赶回到家里，因为第二天早上儿子班里面有活动，一个学期里我总要陪孩子一趟。马上下个月又是老婆的生日了，要想着怎么给老婆准备生日礼物，再过三个月又要过年了，考虑今年是要回家过年，还是请爸妈过来过年。看似简单的事情，一个人活着，总会牵动上下老小的事儿。

就比如昨天吃饭的时候，总裁讲到一次在香港坐出租车，因为司机开得太快，又加上司机突然心脏病发作，造成交通事故，人也受了重伤，幸亏及时急救转危为安。

领导是单位里面的核心人物，非常关键。一个人的缺失说小是一个公司一家单位的损失，说大可能就是国家的损失。

有些事情不一定会朝着既定的目标往前走，你的存在与家庭相关，与工作事业相关，甚至与国家相关。活着，不仅仅为自己，还要为他人。

我有一次在广西南宁机场遇到飞机延误，机场给每个人发了盒饭，大家也有说有笑，一片热闹。这让我想起上次从呼和浩特飞南京的航班也是由于天气原因，中午的航班到半夜才出发，凌晨三点多才到南京，很多事情都是有不可预测性。这个时候才感觉到时间不受自己的控制，无可奈何，只能接受现实。

大多数人活得太注重结果，而且总希望过程顺利。

生活本就不易，能快乐一点就尽量快乐一点。

我只能说快乐一点儿，不能说快乐一些。经常快乐一点儿，积累起来就等于快乐一些了。

在过去几年里，我是个一板一眼的人。对自己要求严格，这种所谓的严格，我总希望一件事情能尽善尽美，善始善终，其实是一种完美主义倾向的表现。一旦有所不顺，就会对心情有很大的影响。

但事情往往十有八九不能尽如人意，这个时候总要自我反省，给自己加砝码、加压力。

太苛求完美的态度会让人疲惫，但我们的人生也不能像小猫玩毛线团一样，纠成一团麻，玩到哪里算哪里。

我们的生活需要随时进行梳理，每一个阶段都要进行回顾和总结，这样生命过得才舒坦。千头万绪，甚至心情烦躁，就很难明白一些事情的价值和意义。

一、人生如风，生活如歌

二、青春老去，成长依然

青春无悔

年轻的时候不懂什么是青春，年长了才知道青春已远去。

刚才听到老狼唱的一首《青春无悔》，我心潮涌动。

我决定放慢脚步，享受一下自己的后青春时代。

我曾经有一段时间对"青春"这个词觉得俗，但现在却觉得它很有生命力。

学生时代的那些日子很青涩，很快乐，忧郁中伴着奋进。

那个时候，对异性同学会充满小小的痴情，会遇到学习中的压力，积极参加校园中的各种活动，开始对这个社会有小小的初探。

和很多住在县城里的同龄人一样，我的成长之路简单、快乐。记得小学时经常玩游戏机，一个游戏币能打通关，有一次因为玩游戏很晚回家而被爸爸揍了一顿；初中的时候，在班主任的鼓励下我第一次参加演讲比赛，让我对今后各种活动都增强了自信心；高中阶段因为要高考，我认为那是一个灰暗的时期，没有一样东西是我满意的，包括学习成绩、恋爱、高考结果。记得我有一学期成绩不好时，平生第一次开家长会没有通知家长而内心感到谴责和懊悔。

如今看来，即使再难，那也不算什么，因为步入社会后的困难远比校园时的困难大得多。

记得在2008年"世界草地与草原大会"期间，我有幸成为一名志愿者，一次工作餐时，农业部原副部长洪绂曾先生来到了我们坐的餐桌旁和我们小组边吃饭边聊了起来。

洪老说"你们真年轻"，可以看得出他流露出的欢喜之意，从长者身上我突然觉得我们这个年龄段是如此美好，我们拥有大把的时间，能创造更多有意义的人生价值和社会财富。

我有一次读到俞敏洪先生的一句话，大概意思是："一个成功结束之后，下一个成功还会到来，一个艰难解脱之后，也还会有另一个艰难面临。这就是生活的乐趣和本色。所以生活的方方面面永远没有尽头。"说得如此有道理。

我曾经有一段日子，总是回忆过去，现在又总是担心未来。

有一次听到红星美凯龙一位董事的话，我才豁然懂得一点，她说："有些事总要经历，或早或晚。"所以我尽量让自己的内心放平实。

我最早从2006年开始写一些东西，陆陆续续，到今年已经十多年。20来岁的时候总觉得时间很慢。如今看来，一晃眼就过去了，自己的孩子已经到了原来自己还是少年的时候。就像抖音上的《少年》所唱的："我还是从前那个少年，没有一丝丝改变。"我只能从孩子的身上找到自己当年的影子。

我想再不及时整理，未来的十年又将覆盖之前的过往，毕竟我不是强大的计算机存储设备，也不是大数据中心。

人生的每个十年都能数得过来，除了偶然的事件让你大喜或者大悲外，大部分时光需要一个人平静地前行。过什么样的生活，取决于一个人的思想、追求、心态和坚持。不管未来风雨彩虹，我们都可以坦然面对。

所以，如果你现在正衣食无忧，那就要好好珍惜现在的时光，好好对待你身边的事，用真心爱你身边的人，因为不知道他们何时离开，也不知道自己何时离去，把每一次简单的相聚都要当做久别的重逢。

滚烫的后青春

青春就像攥在手里满满的一把细干沙，越想攥紧，越流失得快。

已经慢慢步入了中年的我们，根本来不及思考很多，岁月就推着你步履蹒跚地往前走。

我已明显知道自己虽然是年轻的，但不再青春。所以我就自己给了一个定义，叫"后青春"，因为有的时候也能挖掘出一些青春的影子来，只是没有那么深刻的印记罢了。

我们都要有很多历程，经历了之后就变成了大人，再经历得多了就变成了老人。

今天和朋友们唱歌，有人点了一首歌叫《狂浪》，我从来没听过这首歌，第一次听觉得节奏感很欢快，而且歌词写得也还是比较轻松和富有寓意的。

狂浪是一种态度，人有的时候生活得太沉闷和单调，偶尔狂浪一下其实也是一种心情的愉悦和放松。狂浪其实并不是多么的狂野放荡，而是一种内心精神世界的疯狂和浪漫。

狂浪是一种态度，这种态度是一种豁达的、严谨的，也是一种幽默的态度。之前看到有一段话讲："人活的就是一种心态，不乱于心，不困于情，不念过往，不惧将来。"能做到真的很难，只能接近这种态度。

结尾的时候，我唱了一首郑钧的《天下没有不散的筵席》，正因为我们所有的一切都会失去，所以我们不要伤心难过，不要回忆过去，不要埋怨自己，该狂妄的时候就狂妄一下，该低沉的时候就让心情低沉。

著名作家铁凝女士说："我们都太喜欢等，固执地相信等待永远没有错，美好的岁月就这样一日又一日被等待消耗掉。"诺贝尔物理学奖得主朱棣文在哈佛演讲时说："生命太短暂，你必须对某样东西倾注你的深情。"

"后青春"的我们再没有那么多的时间来挥霍和释放，我们是需要倾注一些深情，对需要去做的事情集中精力。

曾经看到《一个男人最难熬的状态》这篇文章，写当前"80后"或者"90后"的状态。文章中提到："一个男人最难熬的状态是什么？就是眼里操心着不再年轻的父母，脑子里装着乱糟糟的事业，心里藏着一个不可能的姑娘，胸膛里还盛着遥远的远方……"

人到40岁左右的阶段，就突然感觉到父母不再那么年轻，该退休的基本都退休了。在自己的事业上能帮扶的已经送上一程，后面的路程完全要靠自己去奋斗了。

很多人和我一样都有同样的感受，那就是感叹自己依然不成器，虽已成家生子，却还是父母最放心不下的人，在事业上跌跌撞撞地前行，没有足够的时间来多陪伴父母。

好在经历了工作、创业、熬夜、吃苦、受罪，体会着理想抱负的美好与现实的残酷之后，才明白人生原本就是这样，迟早都是要经历的。

现在很多"90后""00后"的朋友们普遍感觉找一个既有恋爱感觉又能稳定生活的人着实太难。那是因为还正值青春，可选择的余地还比较大。

好在"80后"基本工作和家庭稳定，只是失去了当年的万千宠爱的那种光环，只有默默前行，内心残存一丝青春的热度。

"80后"又无比羡慕那些目前还单身的"90后"和"00后"们，最起码城市里长大的孩子们生活没那么大压力，"诗、远方和田野"可以成为他们生活的一部分。

眼睛是肿的，咖啡是冷的

我有时在想，青春就像一个小男孩，奔跑着到你眼前又马上跑开了。青春的节奏让人来不及反应，想去抓住它，又无能为力。

"80后"这已经不是一个年轻的名词，它渐渐成为一个即将遥远的记忆了。"90后"也快要面临如此的境况了，"00后"已经是最活跃的一批人了，"10后"也在逐渐壮大。"20后"也已经问世了，我不知道到了2080年以后，那个时候的"80后"与1980年开始的"80后"如何区分。时间就是一把利刃，将岁月这块布切割得如此彻底。

有时候和朋友们喝茶聊天，大家都在感慨几年前我们还在校园，还是父母手心的宝，现在都已经成了孩子的爸妈，家庭的主力，骨子里还是保持稚嫩和年轻，但是体貌上已经和"90后""00后"没法相比，明显疲惫一些，且对父母的依赖和寄托已经荡然无存，反而要考虑父母的未来。

我偶然看到一句话："眼睛是肿的，咖啡是冷的。"心里超级有感觉，这些正是自己青春年华的写照。想到自己的初中、高中、大学，好像自己的日历很快就翻过了这几页，甚至被风吹得零乱，找不到那些想要的记忆。

有一天，大学朋友圈突然有人冷不丁发了一张以前拍过的集体照片，看到那些稚嫩的身影和熟悉的面容让人顿感亲切。如今男的皮肤都黑了，肚子大了，身材臃肿了。女的已经没有当年的清纯美丽了，都是孩子的妈妈了。

大部分男的每天除了工作，尽是做一些不着调、不靠谱的事情，大部分女的除了工作外，带孩子就是永恒不变的主题，已经没有了自我。

以前喜欢的东西，成年后已经掉落一大半，以前还坚持的信念，成年后已经不知了去向。

咖啡不敢喝冷的了，也不敢轻易熬夜了。

三十已末，四十在即

曾经听过一句话："你的每一天都是你相对于未来最年轻的一天。"

大概从接近30岁的时候，我对时间流逝的感觉明显起来。

　　　　　　　　　　　　　　　二、青春老去，成长依然

以前日子照旧过着，没有想太多。如今却不一样，每一天都是没有剧本，没有彩排，都是现编现演。都是直播，没有录播，不可能返回来再来一次。于是有时我会刻意地让某个场景变得深刻，方便自己回忆。就像某一个夏天，我在山上竹林里的茶室喝茶，喝到一半突然下起雨来，雷声大作，雨越下越大，起初我有些扫兴，但后来我索性就在雨帘下听雨喝茶，让时间慢慢地拉长。

时间仿佛是在水中消失的眼泪，让人根本察觉不到。很多人把时间留给了别人，因为有的时候处于客观原因没有办法，人要工作，要交往，要应酬。但是我认为每个阶段给自己留些时间很有必要，真正独处时你才能静静地审视自己、了解自己，生命或许会获得新的提示。

20岁的时候觉得自己太嫩，30岁以后，好像人生大院的那扇门才渐渐打开。

家庭、工作、社会、事业里面各种事情都开始真正地去体会了。

30多岁也是一个较年轻的时候，我今天把今年体检报告拿到的时候，发现很多指标还可以，就像一部车子刚开了3万多公里，还可以认为是比较新的车。

早几年，我感觉要"奔三"了，心里挺惶恐。如今马上要"奔四"了，也多多少少有些忐忑。

但是回头想想，内心也从容淡定了许多，"奔四"就"奔四"吧，因为身边好多老兄们都已是"奔五""奔六""奔七"，甚至"奔八"的人了，我和他们比起来还算是年轻，心里也略微有些安慰。

爱因斯坦说："并不是每一件算得出来的事都有意义，也不是每一件有意义的事都能够被算出来。"

30 来岁没谈恋爱，没找到喜欢的事业方向，买不起房子，没完成很多同龄人都完成的事情，30 多了依旧彷徨着，憧憬着。这也不要紧，不要担心害怕。

　　人生充满变数，也正因如此，未来才充满期待。不患得患失，不随波逐流，不忘初心。

　　快接近 40 岁的时候，才真正懂得如何爱自己、如何爱生活。

　　这个年纪，在职场中更多了几分干练和从容，对生活充满热爱。

　　我热爱现在的自己，对于十年前，大概想象不到能遇到现在的自己。

　　如今，内心满足，拥抱希望，继续前进。

　　2020 年，最早的"80 后"也已经 40 岁，最早的"90 后"也已经 30 岁，似乎都已不再年轻。

　　对于已经到达或者接近 40 岁的男人来说，生活中不容许有"脆弱"二字。

　　早年间，蔡康永对成龙访谈时问到拍电影累不累，没想到成龙在节目里哭了很长时间。可见再刚强的男人，也有内心柔弱的时刻。

　　心理学研究表明，男人 40 岁左右最为脆弱，要背负很多压力和责任。

　　最近两年，我感觉自己已不是原来的自己，已经开始"浑浑噩噩"了。

　　开心的时候，全身心地让自己开心，难过的时候也不想难过，还是想着开心的事儿，遇到困难的时候想想未来的美好。不管跟

　　　　　　　　　　　　　二、青春老去，成长依然

谁，何时何地，一桌人总要喝得开心尽兴，聊得欢畅淋漓。

可能确实是年纪大了，对生命看得比以往更加透彻一些，明白要珍惜当下的所有。人生难得此刻的开心，这种开心并不是挥霍，并不是无休止、无秩序的混乱，而是在规则之下让内心得以放松。三五好友一块聚聚，大家不谈工作，不谈事业，只谈社会杂闻。让内心在当下得以放松，让大脑微醺。酒足饭饱之后，大家各回各家，一顿呼噜大睡，第二天起来还照常该到单位上班的上班，该到公司开会的开会，一切又恢复正常。

因为只有在这个年龄阶段，家庭和工作的压力才涌现出来，同时责任感才慢慢体现出来。

时光不容倒退，三十已末，四十在即，从容地迈进，继续迎接下一阶段的历程。

那些年匆匆而过

《青春再见》主题曲的歌词这样写道："最后一班午夜列车，悄悄带走了青春，最亲爱的人，最美的时光，渐渐刺痛了回忆，留不住什么，换不回什么，青春终究要散场……"

张爱玲说："到中年的男人，时常会觉得孤独，因为他一睁开眼睛，周围都是要依靠他的人，却没有他可以依靠的人。"

少年不识愁滋味，我有时看到儿子伤心号啕大哭时，反而会忍不住笑起来，爱人在一旁开始批评我，说我怎么忍心笑得出来。其实真正的原因是我看到了人类最本源的纯粹，儿子虽然哭，其实是自我释放的一种方式，我为他还能有这样的机会而感到高兴，因为我已经没有这样的机会了。

成年人就只能让眼泪往心里流了。

人到中年就会掩藏住自己的锋芒，避免意气用事，因为美好的生活来之不易，没办法得过且过地生活，一旦留下失误和伤痕，就很难去弥补。

姜文在《狗日的中年》中说："中年是个卖笑的年龄，既要讨得老人的欢心，也要做好儿女的榜样，还要时刻关注老婆的脸色，不停迎合上司的心思。中年为了生计、脸面、房子、车子、票子不停周旋，后来就发现激情对中年人是一种浪费，梦想对于中年是一个牌坊。"

早上街头卖煎饼的大妈，白天和晚上不停歇送餐的外卖小哥，工地上起早贪黑忙碌的工人，下班后跑代驾的年轻人，写字楼里熬夜加班的白领，甚至周末也在加班的公务员，都在忙碌着，辛劳着。

每个人都有一份给自己的愿望，给家人的一份爱心。

或许为了正在读书的孩子，为了生病的家人，为了一份更高的薪水，为了实现心中的理想，为了自己更安心的未来。

我们天天在自己建造的城市中的高楼大厦和地铁桥梁中穿行，在网格中忙碌，在食物链中享受美食，在社会交往中获得荣耀，尽量拼命奔跑，忍受所有的不易，幻想脱离平凡的人生。

我有一次看到网上探讨这样一个问题："为什么那么多男人开车回家，到了楼下还要在车里坐好久？"有人说那是一个分界点，在车上把歌曲完整地听完，或者最后抽一根烟，世界属于自己，整个大脑处于安静。一旦推开车门，你就要面对柴米油盐，就要在父亲、儿子、老公等角色中转换，唯独找寻不回最初的自己。

我原本没这个习惯，看了之后也偶尔把车子停到车库后稍事休息一下，忽然感觉真的是车里的空间很安静，完全属于自己。一旦打开车门之后，外面的世界又开始侵袭而来。

我现在和身边的年轻朋友，公司里的年轻同事都说男的不着急结婚，因为在30岁以后正是处于一个独特的年龄阶段，我们才开始慢慢深入接触社会，开始思考人生，才更知道哪些是自己想要的又能得到的，哪些东西是想得到但自己暂时还把握不住的。

中年经不得闲境

2017年流行一个说法叫做"油腻的中年男人"，着实说，我一点都没感觉到油腻。

还有一句话非常流行，叫做"人到中年不如狗"，说得没有错，这就是这个年纪所必须面对的生活，同时也不得不面对中年带来的各种危机。

人到40岁左右，就会感觉到身体的机能在衰退，皮肤不紧致了，皱纹多了，白头发出现的频率加快了。

中国古语讲："三十而立"，其实我觉得40岁才真正能立得住，站得稳，30岁还有点嫩。

卢梭说过："青年是学习智慧的时期，中年是付诸实践的时期。"这一点不假，中年时期才正是与社会打交道的时期，也是肩负事业发展，家庭建设的时期，开始了有包袱和压力的时候。

曾国藩有一句名言："少年经不得顺境，中年经不得闲境，晚年经不得逆境。"曾国藩组建湘军的时候已经40岁，此后南征北战数十载，到了54岁还主办洋务，连他自己后来都不得不慨叹："此生中年不得闲。"

汪国真的《人到中年》里有这样一段关于中年人的描述："到了中年，生命已经流过了青春湍急的峡谷，来到了相对开阔之地，变得从容清澈起来。花儿谢了不必唏嘘，还有果实呢。"写得真好，我以往会叹息自己不再青春，看了汪国真先生这番话，我还期待有收获果实的机会。

我一直穿着妈妈以前给我买的一件睡衣，品牌就叫"半日闲"，这里不是刻意做广告，我觉得自己真是希望每天都有半日的清闲。

有的时候工作忙，连续出差，单位的项目一个接一个，都没有完整的时间回家团聚。有时候会莫名地很晚睡觉，一直劝告自己，每天要有充足的睡眠时间，要早点休息，要抽时间多锻炼，但还是办不到。

已经形成了一种不规律的节奏，再想调整到规律的状态确实需要有很多约束在里面。如今特别害怕时间走得太快，因为岁月不饶人。在20多岁的时候，非常想让自己尽快成长，总觉得自己太嫩，不经世事。到了30多快接近40岁的时候，又不想让自己马上到40岁，因为感觉40岁是一个不上不下且沉重的年龄。这个年龄段，上有老下有小虽然是一种幸福，但其实也是一种有形的压力。

我害怕岁月过得太快，但是也无能为力，每天都在不断地

二、青春老去，成长依然

奔忙。

我和身边许许多多的人一样，或为了一份收入，或为了心中的理想，或为了事业的腾飞。

有的人选择一项事情就会不断地坚持，哪怕遇到非常大的困难。有的人过得没头没脑，在时光消逝中自己也随之消亡。

作家古龙说过："一个人在少年得意，未必是福，而少年时的折磨，却往往使得日后能有更大的成就。"

中年不得闲适，应该是件好事，就继续像一个园丁一样，不断给自己的树苗和鲜花浇水、施肥，打理好自己的生命花园，才能摘得日后的果实。

学习是件痛苦并轻松的事

我最近总在想，2008 年对于我来说是内心矛盾碰撞最为激烈的一年，整个 2008 年是带着迷茫走过的一年。

因为在这之前我不敢想象去了北京之后的学习生活状态是什么样子，25 岁之前的我从来没有在那么大的城市中生活过。

我是 2008 年 8 月 7 日来到北京，正好是奥运会开幕前一天，据说为了安保需要，北京已经收紧外地人进京的政策了，可能是我的火车票买得早，又是学生身份，顺利来到了首都。就这样懵懵懂懂地到所里报了到，开启了我的北京生活。

这是我人生中重要的一个里程碑。

如果现在的年轻人有机会，我建议一定要到"北、上、广、深、杭、宁"这样的大城市待几年，因为这里会给你的人生注入不一样的血液和精髓。

在 2008 年之前，我只有在上小学六年级的时候，第一次参加学校组织的暑期夏令营时到过北京。长大后，曾有一段时间很多人都以去北京上学和工作为荣，就像上海周边城市的年轻人愿意到上海工作，广州和深圳周边城市的年轻人愿意到广州和深圳工作一样。我也曾经有过到北京工作的憧憬。

事情都是在发展和变化的，刚上大学的时候，我也幻想着毕业后留校做个大学辅导员，和学生们在一起简简单单，比较快乐和年轻。但是随着毕业临近，我想考研继续学习，志向不仅仅是做辅导员了，想将来留校做个教师，带学生搞研究，于是思想就指引我的行动继续向前。硕士毕业后，觉得如果真想搞学问的话，我目前的知识层次不上不下，科研思维和科研能力还有不足，所以又想把博士考下来，但又不想把时间一直消耗到学习中，校园外面的世界在不断地吸引和召唤着我，加之那个时候谈恋爱，就决定工作一段时间后再继续学习。

记得在 2008 年的 8 月到 10 月间，我在北京熬过了炎热的三个月，这三个月中我差点想放弃，几次想回到温暖闲适的内蒙。记得我和要好的同学基本每个周末都要约着一起吃个烧烤，喝点啤酒，互相安慰一下，释放一下身体和心里的压力。因为在国家级科研单位的学生是非常辛苦的，要完成导师交给的课题任务，从文献检索、户外取样，到室内实验、撰写大小论文等等，别看说起来轻松，每一样事情都是劳心劳神劳体力，都是耗时间一点点向前推移。如果学生能如期毕业，那就同时了却了导师和学生

二、青春老去，成长依然

最大的心愿，终于可以谢天谢地了。被延期毕业的同学总是内心沮丧，个别还会闹出了师生矛盾。

在本科的时候，我常常是第一个到实验室的人，打开电脑看几篇文献，然后就做实验，再随时听令，跟着老师或者师兄师姐去干活。

到了北京之后我发现自己不是最勤奋的那个人了，无论早晨还是下午，实验室都有人在，甚至半夜和凌晨也有通宵做实验的人，实验室配备了非做实验用的电磁炉、折叠床、冰箱等，为同学们 24 小时做实验提供了条件，大家都在忙自己的事情，没有那么多闲散的时间。

我是一个在科研上没什么成绩的人，只能顺顺当当完成毕业。因为我经常会把身边做的事情和人生哲理联系起来，缺乏真正做科学研究的潜质。有一次我用高速离心机甩菌剂，高速离心机要达到每分钟上万转。我看到起初的几秒里它的起步很慢，也就是从 10rpm—20rpm—30rpm—40rpm 这样的速度增加，慢慢的从 100rpm—200rpm—300rpm 这样的速度上升，直到迅速地从 1000rpm 增加到 10000rpm 的转速。我顿时有了感悟，觉得手头的实验不会永远那么枯燥和缓慢，所处的时间不会永远那么平淡和无奇，都会有一个积累和升华的过程。我那个时候就靠这个给自己心理暗示和解压。

这可能是最初来北京求学的朋友们共同的感触，北京的节奏和压力比其他城市要快和大，通常比普通地方院校节奏快两到三倍，这需要好几个月的时间来适应，只是有的人适应的时间长一些，有的人短一些。适应了之后，内心就被锤炼强大了。

很多故事没法一一展开讲，这里只能简要地叙述一下。

十年后的某一天，我有一次去看一个楼盘，一个很帅气的售楼小伙子听我有点北方口音，于是问我："哥，是不是被女孩子骗到了江南？"我说是被吸引而来的，他说："别说得这么官方，被骗就是被骗。"于是两个人笑了起来。

这就是我为什么又到了江南的原因。

临近毕业，我处在了人生第一次比较重要的选择关口，我不忍离开北京这座城市，但又无能力在这里安家，那个时候北京北三环附近的房子已经在三四万了，我自认为自己是个孝子，掂量一下自己的家底，不想给父母带来太大的经济负担，就像汪峰唱的《北京北京》一样，对于年轻人来说生存压力很大。况且远方的女友还在秀美的江南等着我，于是我还是选择了到江南城市实现自己的爱情与事业理想。

为什么讲学习是一件痛苦并轻松的事，那是因为工作后的压力远比学习大。在校期间有家庭和学校的小环境作为庇护，虽然学习压力大，但是一个人可以不用担忧外在的纷扰。但是走向社会后，你会知道学生时代才是最无忧无虑的。不要把学习看作是件难事，人一生中再没有比学生时代再纯真幸福的时刻了。

北京梦

过两天就要离开北京了，把最好的青春故事留在了这里，累过、坚持过，每次想放弃时最后都是咬咬牙坚持了下来。

二、青春老去，成长依然

如今我确实要离开，昨晚打包整理东西时，我知道这次的离开就真的是和自己的青春告别了，离开学生时代到江南去工作，很多憧憬，很多忐忑。

很多人为了一个梦想来到北京，包括我。最后，有的人梦想实现了，有的人没有实现。梦想让多少人为之改变了生活轨迹，在一个城市中奋发或沉沦。

我以前打过一个比方，把一个城市比作男人手里的香烟，一旦上了瘾就让人欲罢不能。

这一生我们都会去很多城市，但是只有那么一两座城市是让你沁心沁脾的，让你一辈子都喜欢和牵挂的。

为什么在北京学习、生活、打拼过的人大都会感慨万千，那是因为在这座城市让你欢喜让你忧，让你成长也让你衰退，让你清醒也让你迷茫，让你收获也让你失去。

就像江南城市的家长都希望孩子考大学考到上海的复旦、同济、交大，南京的南大、东大、南理工、南航等知名高校，华北地区的家长都希望孩子们能考到北京的高校，华南地区的家长却希望孩子们考到广东的高校，哪怕是第二第三梯队的都可以。

我这几年来经常各地出差，发现北京、上海、杭州、南京、深圳、广州等这些城市都是人们向往的地方，也就意味着只要选择这些大城市，你就要接受这座城市带给你的种种诱惑，同时也要承受种种压力。

在我毕业即将离开北京的时候，我已经深深地并且彻底地感觉到今后在北京长期待的时间会很少了，充其量是出差停留或路经时在北京转一圈，看看老师和同学们。所以说人一旦知道未来一定时期内的工作生活状态的时候，在你即将要离开一个熟悉的地方和熟悉的人的时候，那种心情是非常复杂和沉重的。所以说在那一段时间，就会格外珍惜与身边每个人相处的时光，珍惜每一件事。甚至对实验台、仪器、宿舍的床等这些物件都开始提前怀念了。

作为内蒙长大的人来说，在北京求学和工作，似乎是从小根植在思想中的一个愿望。那个时候有同学很早就转学到了北京，户口落在了北京，让我们着实羡慕。虽然不能够在北京生活，但是在北京求学，我觉得也是一段非常好的经历。那个时候，记得和同届的同学以及师弟师妹们几乎玩遍了北京所有的景点，八达岭长城、故宫、颐和园、香山、天坛、后海、三里屯，甚至天津、廊坊等周边地方。

那个时候学习的压力和完成课题的压力非常大，基本每个晚上都在实验室，周六日有时候也要加班赶实验进度。现在想想都不知道从哪里挤出来的时间，大多时候是趁着导师去开会或者到国外探亲的时候，我们这些不安分的人就开始活动了。我们带着下面的师弟师妹一起玩，把他们也"带坏"了。那种压抑之下小心翼翼的玩，比全心全意放松心境的玩更加过瘾和难忘。

毕业后，大家聚会的时候，师弟师妹们都会提起那个时候跟着我们三个师兄一起疯狂的故事。在北京可以让你有很多免费享受精神文化的空间和机会，比如说你可以到清华、北大、人大听讲座。高校里有一些国内外的演出，针对学生的票是比较便宜的，那个时候用二三十块钱就可以买到一些音乐会、话剧、名人演讲的票，可以畅快淋漓地参与到这些活动中。

那个时候还有很多去央视参加节目录制当观众的机会，听艺

二、青春老去，成长依然

术家讲述传奇故事，到工体和首体听演唱会，到鸟巢看体育赛事。那个时候也不讲究，百十来块钱买一张最便宜的票就可以听我最喜欢的一些摇滚演唱会了，那个时候最常去的就是雍和宫附近的星光现场。

其实，像北京梦一样，很多人也有上海梦、杭州梦、南京梦、广州梦、深圳梦、成都梦、西安梦等等理想，这些大城市都是周边城市、县城、乡镇这些孩子们的向往，能够到省会城市或者沿海经济发达城市去工作和生活是他们的追求。

当然，在大城市里你要付出很多努力，承受很多压力，因为城市虽然看似无机的结构，但它是由成千上万的人口组成的一个庞大且复杂的社会群体构成，非本城市土著居民在一个城市中要想实现自己的梦想，也并非是一件容易的事情。

本城市的土著居民依托祖上遗留下来的资产也好，关系网络也好，生存起来相对容易一些。外来人口在一个新的城市想要实现自己的愿望和梦想，还需要一些勤奋、努力、机遇，再加上一些贵人相助等各方面的因素。

所以说，北京梦也好，其他城市的梦也好，它是一些人选择之后并持续奋斗，扎根发展的一种经历，梦想最终会以多种多样的形态呈现出它应有的样子。

陪读

2020 年的"新型冠状病毒"疫情突如其来，让人们措手不及。

七月份刚刚过去的高考，让本年度的莘莘学子们经历深刻。在这特殊时期，我不由得想到了2003年的"非典"疫情，然后又不由自主地想到那一年我的高考，想到高考我就很自然地想到"陪读"。

写到"陪读"这两个字，我不禁眼眶湿润。

2000年左右，在我生活的地区"陪读"是个新生事物。因为对于初高中生来讲，还处于一个不成熟需要照顾的阶段。因为有的学校离家相对较远，对于习惯了独处的独生子女来说，住集体大宿的话可能会不适应，影响学习成绩，所以那个时候很多家长放弃了自己的工作，在学校附近租个房子，帮孩子做饭、洗衣，做好后勤保障工作。

为了给我创造更好的学习环境，妈妈把大好的时光无私地奉献在儿子的学业上。

其实我完全可以和其他同学一样，自己来处理和完成应有的学习、考试和住校生活过程。但是妈妈还是不放心，为了更好照顾我的学业，妈妈从单位内退了，全身心陪我读书。

我平日里对"高考"这个词几乎淡忘了，只有每逢高考的日子，很多朋友们在谈论这个话题时，当年那些画面和故事才又浮现在自己脑海。

2003年"非典"疫情来袭的时候，好像任何事情都是那么艰难，妈妈在辛苦地陪读，我在艰难地复习备考。那个时候还没有全面停课，学校教室里面气氛紧张，大家学习压力大，加上那年的考题特别难，我认为自己几乎没有任何希望了。

那个时候，我在苦苦挣扎和选择之中。

起因是我当年没有考上重点高中，就到离家50公里左右的一个县城里较好的学校上学。我过去一直有种埋怨的态度，觉得是妈妈的陪读导致了我缺少了和其他同学一样的自由时光，我的学习和生活完全在家长的监督之下度过。那个时候陪读的人毕竟是少数，总感觉自己是班里一个另类，别人都在大集体中学习和生活，而我却独自享受优越的待遇。

对于一个高中生来说，虽然学业繁重，但还是想追求自由的环境，不想受束缚，不想被人管，有自己的思想，不想听别人理念的灌输。所以说陪读了以后，我的个人生活就不自由了，不管是跟同学出去玩还是谈恋爱，这些事情都在家长的监控和管理之下。

那段时间我经常和妈妈闹别扭，但是回头想想，那段时间也算是自己最幸福的时候，一个人在外地能有家长的关心照顾，衣食无忧，确实减轻了不少的负担。那个时候还有一部分从农村来的同学，他们周末和寒暑假还要帮家长务农，或者出去打工，我这个没吃过苦的人是没法亲身经历和体会的。

从另一个角度看，我要感激妈妈的辛劳和付出。全天下确实有很多这样的父母，在孩子成长过程中不管用哪种方式，不管对于教育家来讲，这些方式是否可取，但是从出发点来看，都是父母对孩子的一片苦心，我们应该为在孩子成长过程中付出艰辛努力的父母表示感谢。

我之前看到一段关于钢琴家郎朗的一个故事，郎朗从小练习钢琴，那个时候很多学校都不接收郎朗，他的父亲就三番五次带着郎朗找学校领导自荐。如果没有郎朗父亲的这一番苦心，可能也不会成就郎朗先生今天的成就。

如今，为了孩子学习的需要，一段时间的陪读是比较普遍的，也是大家都基本能接受的，比如在城市里面租个房子，甚至学校附近买个房子，有钱有闲的家长要花一定的时间和精力来陪着学习是容易实现的。但在20年前，这还是需要家长付出很大的艰辛和勇气，有的家长甚至辞掉工作专职陪读，勇气和精神可敬。

是否继续学习

工作后，是否继续读硕士或者读博士，这是一些人很重要的选择。

这或许并没有什么道理可讲，就是一种内在的对自身的期许和要求。

因为我身边的一部分朋友，一直心怀出国梦，最后还是陆陆续续实现了这个梦想。有的人心里有个硕士梦或者博士梦，所以就没有放弃这个想法。

这和每个人的其他想法一样，每个人都有自己或大或小的一个理想，有的人很快实现了，有的人慢慢实现了，有的人一辈子没有实现。

我一直都有一个博士梦，因为不想再做科研，就选择了管理科学与工程专业，终于在被某"985工程""211工程"高校经济管理学院录取了。但是那个时候爱人怀孕，过几个月小孩就要出生，考虑到放弃工作读四年的博士，家庭经济会有压力，另一方面考虑读书后与社会是否会渐渐脱节，博士毕业后是否又能找到合适的工作，被一系列问题所困扰了。

人就是这样，在信念不坚定的时候，就会被很多不是困难的困难吓倒。我再三考虑之后还是决定放弃了。

还记得导师和我语重心长地做思想工作，我还是无奈地拒绝了。考过硕士和博士的都知道要提前联系导师，要到一个名额且通过笔试和面试被最终录取确实不容易。后来才知道是导师推掉了几个关系户后最后看中凭实力上去的人，而我却退出了。好在后来我们还是保持很好的关系，也有一些后续项目的合作，我也感谢每个阶段关心和帮助过自己的老师们。

没有读博，利弊都有。本是读博的这四年里我反倒是思想解放了，更多地去接触社会，开拓事业，我想如果我四年博士学习生涯结束后，我会不会头发少很多，家里生活虽说不上困难重重，但靠爱人一个人挣工资养活家庭是比较困难。就像我一个师弟和我说过一句话："师兄，别看我是个博士，我已经结婚了，每月2000多块钱补助怎么养家糊口啊！"所以我特别理解他。但是四年后，跟着导师一起奋斗的人，毕业后也留在了导师身边工作了，行政科研两不误，苦尽甘来，这基本也是正常规律。

昨天老同学从深圳来无锡，我从东站接他到江阴基地的路上聊到他在职博士毕业后的打算，关于他毕业后继续在上市公司工作还是在河南某城市做个大学老师，老同学让我给个建议，我一时不知道怎么给他建议，我觉得都可以，只要是自己选定的一条路，总会遇到坎坷，也总会走向光明。后来老同学还是回到了洛阳，如愿做了大学老师，过上丰衣足食的日子，替他感到高兴。

我突然想到我一个师兄，他辞掉县里农业局的工作后考到了农大的硕士，后来又考上了农科院的博士，博士毕业后又回到农科院下面一个研究所工作了。本是一件喜事，可惜不到两年就因交通事故意外不在了，把伤痛留给了家人。

我一个朋友辞掉工作后读博士，要完成学习和课题任务，照顾家庭，兼顾自己的工作和事业发展，四年来非常辛苦，但是毕业后如愿到一家科研单位工作了，也算是付出和收获有对等的回报。

我后来工作中还是需要有更高学历的支撑，也是内心对自己的一个目标要求。于是先后又考了两次，终于在第三次实现了自己的愿望。这次考上的是一所"双一流""985工程""211工程"教育部直属全国重点高校，圆了一个心中的梦。在职学习，在实践中促进理论系统提升，让我感受到了"知行合一"在终身学习和人的全面进化上的伟大力量。

在人生短暂的时光里，某些时光是要用来实现自己的学业梦想，有些时光是要努力挣钱，有些时光是要实现自己的工作和事业价值，有些时光是要留给自己和家人。每个人都希望努力之后迎来美好的生活，但结果并不是如人意愿，但不努力的话目标又很难靠近，就是这么矛盾。尤其近年来很多博士毕业以后出现几个情况，本土的博士毕业留在院里或者所里工作，打拼若干年以后，发现很多在国外读书的同门，甚至师弟师妹取得的学术成就远远高于自己，没过几年就破格晋升为教授、博导，而自己还一直在副教授徘徊，内心也冲突不断。

人生就是这样，没有得到的总是觉得美好。是否在学业上继续深造，如何深造，这个要根据自己实际情况来定，事情做了决定就不要再纠结，敞开胸怀，让生活过得更自然和快乐一些。

找回自己

以前看到一句话："每个人的内心都住着一个孩子。"所以说，再大的人内心都是有孩子特性的，这点在奶奶身上有明显体现。记得她老人家80多岁的时候还和我这个孙子一起打闹、起哄，"老小孩"说的可能就是这个情况。

我们这一代人，呈现一种工作中生活，生活中工作的特点。

我一个好朋友是做设计出身的"80后"女孩，自己创业做老板，业务做得不错。她和公司里同事们的关系都很好，她的成功得益于她完全掌握和了解"90后"的思维和心理，因为在这之前她本身就是大学教授，天天和这些年轻的孩子们打交道，于是她们相处很融洽，工作和生活处理得特别到位。

我的研究生同学，他现在是研究员、博导。带着手下的研究生做课题，要求十分严格，都是以国际高标准来要求，年底课题组排名时一跃成为所里的前两名，仅次于所长的团队，但是我们私下还是很嘻哈，我觉得他情商不高，他觉得我智商不高。

这些朋友并不是一开始就那么优秀，他们都是在反复的摸索和磨炼之中越来越清晰了自己的目标和定位。

我们都会迷茫，但都要在一定的时期内找回我们自己。

2019年初的时候，老同学从英国洛桑实验室回来了，我们与另外一个同学，约了时间在苏州相聚，虽然这几年相聚的时间不多，大家见面之后还是觉得那么熟悉和亲切。

晚饭之后在吴江的旗袍小镇溜达溜达，大人们畅谈交流，孩子们嬉戏玩耍。

晚饭后在回家的路上，我边开车边在想本科读书时的一些场景，一些故事。我这位同学像个小伙子一样意气风发，当年我们都是两个班的团支书，经常在一起开展团日活动，因为搞得有声有色，当年所在学院团总支还获得了团中央的表彰。后来我们各自发展，我原本以为她要考公务员，做个有点霸气和才气的女领导，没想到她一路读书，进了高校工作。

这次发现她头发白了很多，出于对同学的关心，我说："不要那么拼，差不多就行。"后来发现曾经还有点科研背景的我似乎不应该和科研工作者说这个话，老同学已经进入这个状态，她的人生目标就是要在科研和教学岗位上做出自己的成绩，那种追求学术高峰的感觉已经成为血液流动在她的身体里。

就像有一次聚餐时，一位企业领导和某高校一位教授讲："来我们企业工作吧，年薪100万，比你在高校高多了。"虽然彼此都是好朋友，但是看得出来，专家心里面还是觉得生意人不理解他们，老板们也不能完全体会科研人员追求学术成就和学术地位的艰辛和快乐，这就是各有各的追求，各有各的感觉。

我有一次问上幼儿园的儿子喜欢什么，他说喜欢敞篷车，还喜欢跑车。他说喜欢那种迅速启动，迅速开出去，又有轰鸣声的感觉。从孩子身上可以看到追求不分年龄，不分层次。于是我带他去坐朋友的跑车，感受一下也是需要的。

追求的过程其实是美妙的，在努力追求的人看来一点也不辛苦，追求的过程也是找回自我的过程，因为人走着走着就会偏离最初设定的方向。

我们身边的人就如每年枝头的花，来了又去，去了又来，年年岁岁，周而复始。

曾经总想和挚友相伴到老，与恋爱的人永久相爱，与制造麻烦的人尽早远离。

一路走来才发现，当初约定好一辈子的人，早已不见了踪影；当初如胶似漆的人，现在已形同陌路；你想要的平和与安宁，这个嘈杂的世界并不会主动为你清净。

人这辈子，我们都试图找回当初的那个自己，但始终是在迷失和寻找之中度过。

宿舍那些事

自从上高中以来我就开始住宿舍了，本以为工作以后买了房就不用再住宿舍了，但是工作期间有两个阶段还是在住宿舍，看来没有什么事是一成不变的。

曾经我也算是北漂族的一员，毕业后曾有一年在北京临时工作了一段时间，我自己定义叫作"暂漂"。这和在北京学习的时候是截然不同的心态和局面，虽然都在北京，但是当学生的时候是没有任何负担的，工作后就有了经济压力。

那个时候为了省钱，就请导师帮忙，导师安排了课题组的宿舍一个床位给我住，每天要换三次地铁，先坐四号线倒一号线，再倒八通线，历时两个小时才能从海淀的魏公村到达通州区。后来在南京工作时期，因为要经常出差，也为了节约开支，请要好的老师帮忙又在中科院南京分院的宿舍里住了一段时间。

住了宿舍当然就有舍友，就多了几分乐趣。

大多数情况下，舍友的感情超过了班级其他同学之间的感情。不管是集体大活动还是小聚，围坐一桌的大多是舍友。有人遇到困难，第一时间伸出援助之手的还是舍友，宿舍是一个集体生活中最基本的载体，在人的一些经历中会留下难以忘怀的记忆。

（1）高中宿舍

我真正住宿舍是从高中开始的，但是只住了两年，第三年妈妈就来陪读了。中考的时候成绩不是特别理想，没有考到所属市里的重点高中，那个时候心里还是非常失落的。后来托关系到邻近一个县里的高中去读书，当时这个县的高考升学率很高，据说一年能考好几个清华北大。当然在江浙地区，一所名校每年考入清华北大的数量极其多，但是在北方小县城里能有几个考上的学生已经是不容易了。

当然，我并不是奔着清华北大去的，因为我对自己还是很清楚的，断定自己不是能进这样学校的人。只想通过努力能够考上一所一本或者二本院校。我从小到大在一个安乐的环境中长大，刚住宿舍的时候非常不习惯。还记得住校时头一天晚上，我到校门口的小卖部买东西，突然发现有一个男生在小卖部的电话机旁哭得稀里哗啦，后来才发现原来是自己的同班同学，这个同学也是第一次离开家，不知道如何独立生活。2000年的时候没有现在这么多的通信工具，没有手机，只有BP机，没有高铁，只有大巴车，离开家后一切都是陌生的面孔和陌生的环境。

那个时候，住宿条件比较差，刚开始 18 个人住在一个大宿舍里，后来新的宿舍楼盖好之后才搬到 6 个人的宿舍里面。因为那个时候学校里面来自于农村的同学比较多，我们这些来自县城和市里的孩子显得整日游手好闲，一部分人的心思不在学习上。

还好，我是个比较自律的人，在这样的环境中非常欣赏那些刻苦拼搏的同学。我的成绩在全班基本可以排中上等位置，但是离我的目标还相距甚远。于是我和这些学习好的同学靠拢，努力提升自己的学习成绩。但又沉浸在那些外地来的同学们的圈子，因为有网吧、足球队、乐队、谈恋爱等各种丰富多彩的活动。我们把城市里面的东西在这个县城淋漓尽致地呈现着。

（2）大学宿舍

真正有乐趣的时光还是大学本科时期。舍友的友情一直保持到现在，应该说是同学里面情谊最深厚的一群人。

记得上大学报到的那一天，我刚进宿舍就发现一个五大三粗的人在那里铺床被，我也没有太去在意，以为是家长在给孩子铺床。后来我们几个人回忆起来，大家都有这种感觉，因为大家陆陆续续进入到宿舍以后，都发现有一个家长在里面忙碌，到晚上还在宿舍里晃悠。后来我们才知道那是我们一个舍友，因为他长得成熟，看起来比我们要大很多。但是这位舍友有一个最大的优点就是能攒钱，他每月的生活费基本花不完，于是他就成了我们的借款机，到了每个月下旬的时候，他都会向我们伸出援助之手。

记得应该是住宿舍的第二周，我们这些人就按捺不住了，终于从家里解放了，能看得出我们这些人在高中时候就不老实，大家突然说想看"片儿"。有一个同学从家里带了一个 DVD 机，从学校门口租了影碟，于是我们宿舍的人就开始大饱眼福了。结果一不小心走漏风声，旁边宿舍的人也蜂拥而至，于是宿舍里上铺、下铺、地面上都满满站了两个宿舍的人。到了大二和大三阶段，开始流行玩网络游戏，魔兽、传奇、暗黑之类，舍友们都开始玩儿了，只有我抵住了诱惑。那个时候我热衷于学生干部工作，同时也在校园广播站担任骨干。因为既要开展学生工作又不能挂科，同时还要留出时间谈恋爱，于是就没有太多的时间去玩游戏。两个学期下来之后，几个舍友陆续开始挂科，到了大三的时候，有一个舍友已经留级了，虽然仍和我们住在同一宿舍，但是已经留到了下一个年级了。每个孩子都会长大，如今大家都成家立业，各有成绩。

（3）研究生宿舍

读研究生的时候，住宿舍其实是一件非常无聊与枯燥的事情，大家都有各自的导师，有各自的课题和实验内容，有各自追求的生活方向，用"同屋异梦"来形容非常恰当。不像本科那样，一块出去玩儿，一块上自习，一块追女孩，一块通宵，一块回宿舍。

研究生阶段，大家的行动已经没有那么整齐划一了，已经是各有各的行踪。但该有的集体活动肯定还是有的，包括宿舍的聚餐等等。

不管是哪个阶段，聚餐是一个永恒不变的主题。记得高中时代，大家为了吃一碗传说中的特色拉面要走好几公里的路，从一个学校到另外一个学校。本科的时候为了吃一顿新年晚餐，舍友们从城市的东面冒雪溜达到西面，也就是这么一溜达，留下了那个时候美好的雪中合影。我有几次和爱人聊天，总觉得她们这些女孩子太单调，集体活动很少，她们总是买回宿舍来聚餐，没有男生那种在外逍遥，大口吃肉大口喝酒的乐趣，这也是男生和女生的差别所在。

研究生舍友之间有不同研究方向，好处是大家可以彼此丰富自己的专业知识，走向工作岗位后，说不定还会相互补充，相互合作。

师恩难忘

讲到教育，我认为这是一件非常系统的事情，更确切地说是一项重大工程，从幼儿园到大学，每个阶段都是不能忽略和轻视的环节。古语讲"百年树人"很有道理，对一个人的培养是教育工作者最神圣的使命。

自己既当过学生也当过老师，深知教育对一个人的重要性。

记得2010年2月6日看电影《孔子》时，我落泪了好几次，我想起自己的初中班主任了，被当年老师对学生的爱和谆谆教诲所感动。班主任是我青少年时期最好的老师，启迪着我的人生之路。老师是全国特级教师，带出了很多数学奥林匹克冠军，可惜我那个时候数学成绩勉强能过关。在我人生的每个阶段，老师都给予了我最重要的帮助和引导。

记得当年老师在黑板上写的"一诺千金"，教导我做事要履行诺言，记得老师鼓励我做"值日班长"，记得老师在我作业写得不认真的时候写的批注，记得老师鼓励我第一次参加演讲比赛，记得老师在我病后鼓励我不要着急慢慢跟上课程的关心，记得在下晚自习后和老师一起回家的路上畅谈理想。

那个时候的我比较要强，自认为没有考上重点高中，没有考上重点大学，也没有考上理想的研究生。看到其他同学在工作中成绩斐然，自己还在为毕业发愁，为毕业后是否能找到一个像样的工作而头疼，这些未来的事情在烦扰着我，觉得非常愧对老师对我的关爱，辜负了她对我的期望，内心极其难受。

我在每年过年正月里基本都会给老师拜年，但是有了以上的想法后，我就怯于经常去看望老师，每年正月总是迟迟不肯打电话，终于鼓起勇气打了电话后，心里又念叨着千万别有人接，就怕听到老师的声音后无言以对。

同学说："等有了成就还早，不要想那么多。"其实老师和父母一样，他们都期盼学生有好的发展，但也不会放弃任何一个学生。

写到这里，想到我的研究生导师近期要来无锡，不免心里沉重起来。因为我能感觉今后老师来无锡的次数会越来越少了，一是随着项目合作临近结尾，二是老师年纪逐渐增大，或许老师把最后这一批学生带完之后就去养老了。想到这么多年的师生相处有很多难忘的记忆存留心间，想到这些也顿时有些伤感。从读书、毕业、工作、创业，从我个人能力的锻炼，事业的发展，我的两位研究生导师都给予了非常重要的帮助和支持。

记得有领导对我说，我挺适合当老师的，我也这样认为，我

二、青春老去，成长依然

自认为是一个比较循循善诱，善于发现每个人特长、缺点，并因材施教的人。这确实是要归功于在我过往的一系列学习和成长过程中，其他老师给予我的引导和帮助。

一个人的成长、成才和成人与老师的教导是密不可分的。

这又让我想起过去看到的一句话，大体意思是：人生的路上，不同的人都在陪你往前走，只是有些人和你走过一段路程后就要换另外的人同行。因此，多么希望在这路途上都能遇到人生的良师益友。

工作后，几个大学里的专家对我支持很大，从院士到千人计划专家，再到普通的教授，他们都在不同层面上给予了我很多帮助。因为毕业之后我的各种工作都与技术有关，都需要这些老师们的鼎力支持，老师们都是非常无私地在帮助我。

毕业10多年来，我与许多专家保持着真挚的友谊，因为我敬佩他们的学术水平，欣赏他们身上那种独特的学者气息。

记得一位教授和我讲过，他说："任何事情努力了不一定有期望的结果，但是不努力的话一点希望都没了，要放开胆量去做想做的事情，人生就这么一回，要选对路子，忠于理想。"

人生的幸运之一就是遇到好老师。

庆幸的是在我的学习生涯中，我都遇到了好老师。

蓝色的蒙古高原

"望不尽连绵的山川，蒙古包就像飞落的大雁，勒勒车赶着太阳游荡在天边，敖包美丽的神话守护着草原，我蓝色的蒙古高原，你给了我希望，从远古走到今天，你就是不灭的信念……轻轻牵走记忆的长线，漂泊的白云唤起我眷恋，梦里常出现故乡的容颜，阿妈亲切的背影仿佛在眼前……"

　　这首《蓝色的蒙古高原》歌词写得格外美，充满着温情。我是曾经生活在高原上的人，无论走到哪里，当我回到家乡的时候，首先那一股高原上清澈爽朗的空气就会瞬间穿进鼻腔，浸润到心脾。这一刻，就已经证明我又回到了高原的怀抱，抬头仰望蓝天，踏着脚下坚实的土地，我的心在那时那刻无比的踏实和坦荡。

　　沟壑万千的黄土高原，承载了上万年的故事，我尤其最爱秋天的高原，看那漫山飘落的树叶，呼吸那深凉的空气，沁入后脑，感觉精神飘然。

　　记得小的时候，妈妈下班后从露天矿的山坡上剪几串沙棘枝，回家倒在锅里熬几分钟，再放几勺白糖，那滋味真的是酸甜美妙。

　　我也不禁想起那个时候，每当春天来到，自己爬到榆树上抓几把榆钱儿塞在嘴里就吃，根本没有污染不污染这个概念，那股特有的清香味让人久久不能忘怀。秋天到来，蛐蛐儿多起来了，我和同学们到河边的石坝下面捉蛐蛐，在半干的河滩上放风筝，风筝是自己亲手做的，样子是那种一个头带一个长长的尾巴，像一条长蛇一样。风筝越放越高，我的心也随着飘荡在蔚蓝清爽的天空中。冬天到来，河面结了冰，我自己还会打造简易的冰车，在冰面上滑冰，打冰猴。那个时候自己完全是生活在黄河两岸纯朴的西北小孩。

　　记得有一年，我国庆假期回到老家，同学带我到乡下去体验生活。我们开着车在高原上行驶，看着旁边沟壑万千的山谷，让人想象到上亿年前这里曾是广袤的原始森林，如今现代人在这里繁衍生息，劳动着，创造着。车子行驶了一个来小时，其中穿过了一片长长的沙棘林，我们停下车子，摘了几颗放到嘴里，那种自然的酸甜瞬间弥漫在喉咙里。

到了乡下，我们吃着鲜美的羊肉，再吃点烩菜、油炸糕，简直是心满意足。饭后我们躺在山坡上，看着头顶的蓝天，脸上拂过清凉的风，那种放松和悠然，让我忘记了城市中的疲惫，真想长久地驻足在这蓝色的蒙古高原。

矿区成长记

（1）生活在西北的孩子

我成长的地方是一个非常独特的地方，也是一个非常有趣的地方，只因为太熟悉，我都从来没有特意去描述过它。只是有一次在出差的过程中和同事偶尔聊起两个人的成长故事，我娓娓道来之后，同事说原来有这么丰富有趣的成长经历。

我的祖上是从山西到内蒙，推算起来可能是从明朝中期开始，距今已有近500年历史了。当时山西受灾，祖上长辈挑着扁担从山西经杀虎口来到内蒙呼和浩特这一带扎根，开始了晋蒙一家亲的生活。发展到了爸爸这一代，又开启了"三十年河东三十年河西"的故事。

当时我们家住在河东，也就是黄河以东，在黄河九十九道弯

"几"字形右上角的那个地方，分为东西两侧。九十年代初，当年爸爸也是三十多岁，那个时候响应自治区第一个大型露天煤矿的开发建设号召，八十年代勘探，九十年代建设和投产，来自五湖四海的建设者们从全国各地会集到这个地方，包括黑龙江、吉林、辽宁、山西、陕西的人们都会聚到这里，除了煤矿工人，还有铁路工人和电力工人。

我们家从河东来到了河西，对于早些年不远行的内蒙人来说，已经是很大的一个迁徙。

河东大部分汉族居多，河西就多了很多蒙古族同胞。生活习惯和语调略有差异，但整体是相通的。到了我这一代，又从遥远的蒙古高原和黄土高原来到了美丽富饶秀丽的江南。想想人生真是一个又一个迁徙的过程，也是一个确定又不确定的过程。

90年代初，爸爸带着一家老小一块迁移到这片新开发的热土。我只记得那个时候自己还小，县城里没有几栋高楼，爸爸第一次带着我和妈妈来的时候，几栋高楼就把我吸引了，我觉得这已经是我脑海中城市的概念了，于是就办理了转学，就跟着爸爸妈妈从呼和浩特来到了鄂尔多斯。

三十年河东三十年河西，这确实是爸妈的生活写照，对于我来说是一个全新的世界，所有搬迁过来的人，大家生活习惯都不一样，语言不一样。

这个城镇非常新奇，那个时候来自德国、美国、英国、澳大利亚等国家的机械工程师来安装调试大型进口设备。周末他们在外宾楼户外的炉子上烧烤，大声放着音乐，我第一次觉得人生会是这样的丰富有趣。爸爸妈妈所在单位买了很多运动健身器材，比如臂力器、跑步机、室内自行车之类，还有室内乒乓球、羽毛球、篮球场地等，就像现在的健身房一样，只是没有游泳池和教练而已，我放学后就进去免费玩耍。

初中的时候，从我第一次接触摇滚乐之后，那个时候我就再也不想听那些软绵绵的音乐了，喜欢上了有节奏感，歌手自己作词作曲，自己演唱的这类音乐。从小学和初中那个时候，我开始学习电子琴和小号，虽然比起现在的孩子来讲有些晚，在当时已经是不错了。我参加了学校的军乐队，每周一升国旗的时候，我们自己演奏国歌，运动会的时候演奏《运动员进行曲》，那个时候课余生活很丰富。

现在看来，虽然不及"北上广深"这些大城市的同龄人，但相对于西北来讲，我还是生活在一个比较舒适的环境中，初中的时候学校已经有电脑可以上网，高中开始流行 BP 机，上了大学开始有手机和个人笔记本电脑。

很多故事是说不完的。

有一年我们去三下乡，看着乡下的学校里那些破旧不堪的桌椅、学生们简单的文具用品话、艰苦的学习环境对我触动很大，我第一次知道原来高原上除了矿区的孩子条件还算可以外，周边地区的孩子们还是那么不容易。

直到我上了大学之后，同学们来自五湖四海，才知道很多农村和牧区来的同学家庭条件参差不齐，有的同学为了获得每学期的奖学金会争得很厉害，起初我不以为然，后来我才明白那些奖学金对他们来说帮助很大，可以缓解很多生活上的压力。

我以上描述的这些情况，只能代表类似我这样的一些群体，跟我有同样成长历史背景的人可能会有深切的感受。

（2）小学时光

写学生时代，并不是要写传记，而是为了回忆和纪念那个美好的时期。

说小学的时候顺带提一下幼儿园，因为那个时候幼儿园的生活非常单调，印象中幼儿园就是不大的一片地方，几间教室和一个小小的活动场所，里面有一个旋转小木马和滑梯，下课后大家玩得很开心。也会想起放学以后姥爷来接我，有时来晚了，看着别的小朋友被家长接走，我心里特别担心和着急。

幼儿园的时光很短暂，不像现在的孩子，幼儿生活非常丰富，有各种兴趣班，幼小衔接班，国内外的旅游，各种亲子活动等等。现在幼儿园的孩子开学有仪式，毕业还有仪式，这些活动都会留在他们的记忆中，对未来的发展产生一定的积极影响。我那个年代，幼儿园注重的就是安全，不出事情就可以，谈不上科学的教育和培养。

我整个幼儿园到高中的生活，都是在县城中和旗里度过的。也会听一些朋友讲述他们在农村的成长和生活经历，比如北方的孩子放羊、放牛，帮着父母掰玉米棒子，南方的孩子插秧种水稻、抓鱼、抓螃蟹等经历。我没在农村长大，体会不深，我只能讲讲在县城的故事。

时间很快就过渡到了小学，在我的小学生活中，印象最深刻的就是读科幻小说。那个时候《科幻世界》和《奥秘》是我最喜欢的读物，总感觉每期来得太晚，上一期看完了就迫不及待地等

二、青春老去，成长依然

着下一期。

我上小学的时候，从一年级到六年级一共换了四所学校。好在从一年级上到三年级是连贯的，我认为这是打基础非常关键的三年，遇到一个好的班主任，对学生的基本功有很大的帮助。从四年级到六年级时期因为新建学校，我所在的班比较特殊和幸运，被整体转移到另一个学校后一分为二，过了一年后又有新的学校建成，我所在的班又比较特殊和幸运，又一分为二。

就这样从小学四年级到六年级，我的生活总是充满了变化和期待。这或许也成为我后来思想和性格特征的一个影响因子，我总是对积极向上的新鲜事物充满好奇和期待。

（3）初中时光

初中的时候，我可以归结为是德智体美劳全面发展的三年，这个时候我的成绩并不是很突出，在班里只能排中上游。其实那个时候，同学们对成绩还是非常重视和在意的。这一点在后期的多次同学聚会中都能感觉得出来，聚会时很多同学对当年的排名都记忆深刻，我们对班主任对每个同学的态度，对任课老师的性格和教学水平都有自己的判断。

因为那个年龄段大家没有别的信息来源，天天都是围绕着上课、考试、家长会，因此，一个成绩的好坏对一个孩子的促进力或者打击力是非常大的。在几次同学聚会中，我们才互相了解到，有一些同学在那个时候是非常骄傲的，比如家庭条件好，学习成绩好，得到班主任的重视。有一部分同学是自卑的，比如自己学习成绩差，受到同学的排挤、老师的批评、家长的指责等等。

每个同学对老师和其他同学的评价都很直接，原因就在于那个时候作为学生的我们对这个世界和社会的考评参数以及考评指标太少了，以至于会得出非黑即白，非对即错的这种结论。

我的初中阶段，学习成绩方面没有让自己展露锋芒，但是不至于掉面子。我把更多的时间投入到了足球队、篮球队、排球队、羽毛球队、校园广播站、军乐队、歌咏比赛、演讲比赛等这些课外活动中。因此，最大的收获就是让自己有了广泛的兴趣爱好，年级各个班级的同学和老师对我印象非常深刻，以至于毕业多年以后，很多同学见到我就马上直呼出我的名字，这让我内心感觉到欣喜。

初中阶段，还值得提及的一个事情就是交笔友。那个时候我在北京、上海、深圳、贵州东南西北四个方位各交了一位笔友，就是想了解不同地区的情况。其中北京和上海的笔友从最初的书信、QQ、电话、见面、微信都没有间断过，20多年过去了，虽然没有很紧密的联系，但是能保持"存在"已经是很难得的了。

（4）高中时光

高中这个阶段大概是对职业发展初见端倪的一个阶段，因为高考就要选择专业。专业是一个人今后工作的基础，如果一个人不再继续提升学历的话，大概率情况下读完本科以后就要从事与专业相关的工作了。

20岁左右是一个人人生中精力最充沛的时候，从我的经验来看，高中阶段为什么有很多的奥林匹克冠军出现，那是因为这个时候通过智力和潜能开发，是可以获得很多成效的。因此，一个

二、青春老去，成长依然

人经过初中的基础学习以后，到了高中阶段，不管是对数学、物理、化学、机械、电子、生物，还是对历史、哲学、文艺、法律等学科都会有一个初步的倾向。

因此，我认为高中阶段是未来职业规划的一个关键塑造阶段。当然，从我自己的高中状况来讲，我认为还是老样子。学习成绩中不溜，甚至有些时候还不如初中时候排名靠前，记得初中的时候，最好的一次还能到达年级前十名。到了高中，别说年级前十名了，在班里能排到前十名的次数都寥寥无几。

我高中的时候，从各种活动和爱好的过程中我知道自己最喜欢什么，最适合做什么。一直到了大学以后，那些学生会里面丰富的社团活动，严谨生动的团总支工作和党支部工作深深吸引着我，大学中我尽量确保自己不挂科，我在这些校园活动中就像一条快乐的小鱼一样，在这彩色的海洋中欢快地畅游。为了平衡学生工作和学习的矛盾，我只能晚上在自习室加班加点地学习巩固课程。

因为那个时候我始终秉承一个理念，学生干部一定要在成绩上站稳脚跟，不能像有些学生干部把忙工作而挂科当做借口，这在我后来的工作理念中起到了很好的作用，在专业技术和综合能力上齐头并进。

关于恋爱，我上高一的时候就开始喜欢女生了，比起那些小学和初中时候就开始谈恋爱的人来说算是比较晚的。那个时候我和同班一个女孩都彼此喜欢对方，加上她闺蜜的撮合，我们就好了半个学期。后来因为她转学，我们就好长一段时间没有联系上，再后来我们高考没能考到同一个地方，我在内蒙，她在北京，大学期间的学习和思想差异最终还是没能让萌动的心发芽。

关于高考补习和陪读这两个话题，我在其他文章中也有聊到。我第一次高考成绩不理想，选择了补习，补习那一年是2003年，正好是"非典"疫情期间。补习的压力很大，主要是精神压力大，有过补习经历的人都能有同感。对于保研的人来说，他们不曾体验到统考人的内心经历，那种设定目标为之努力的过程是永远记忆深刻的。

刚刚在开车时听到广播里放周杰伦的一首歌，又一次把我的思绪拉回到高中时候。

高中的时候，有一段时间大家都在听周杰伦、王力宏、孙燕姿、范玮琪、郑钧、许巍、汪峰等歌手的歌，所以每每听到这些歌曲，思绪就会被拉回到那个时候。对我来说，高中是一段非常难熬的时期。但我们也算是跨世纪的一代，高中的时候听着朴树的《NEW BOY》，黎明的《快乐2000》，新世纪初的感觉真好。

喝酒和吃羊肉

作为内蒙人来说呢，喝酒是一个必备的能力。没有酒就没有醉，没有醉就没有深刻的印象，没有深刻的印象，就没有深入的沟通和交流，没有深入的沟通和交流，就没有深入的合作和发展。

关于羊肉，我最爱吃的是爸爸妈妈做的炖羊肉。每次回家，爸爸妈妈就准备一锅炖羊肉，我说的这种炖羊肉是带着骨头的，一般是小的羊排、羊棒骨、羊脊骨混在一起炖。羊是来自鄂尔多斯高原上的山羊，做法也很简单，放些葱姜蒜，大火和小火炖一段时间就可以吃了。我一口气能吃一大盆。剩下的羊肉汤可以做成烩菜，也就是里面放一些土豆、豆腐、粉条，形成一锅最美味的菜肴。

我吃过甘肃、新疆、山东、安徽、苏北、东北、四川、云南、贵州等地的羊肉，不管怎么说我还是钟情于老家的羊肉。

在内蒙吃饭，包厢里时而会传出大家唱歌的声音，边吃边喝边唱，兴致高的时候，如果包厢够大，还会载歌载舞，气氛浓烈。

喝一大口酒，再用肉来解酒，满口弥漫着肉味儿和酒味儿，昏昏沉沉、快快乐乐的一晚就这样度过了。

说到喝酒和吃羊肉，不得不说到大西北。

直到几年前，我完成新疆之行后，对大西北才有了一个更全面的认知。

我思想概念中的大西北包括内蒙、山西、陕西、甘肃、宁夏、新疆、青海等西北地区。

人们的思维习惯、风俗习惯、饮食习惯、经济情况等都有类似的地方。整个大西北具有辽阔、粗犷、热情、憨实的典型特征，虽然省市不一样，但都有相似的地方。因此，每到一个地方总不会觉得特别陌生。

到了山西，我爱吃山西醋和面，听得懂山西话，会用山西话来交流几句。到了陕西也能听得懂陕西话，用不太正宗的陕西方言也能说上几句。

当然，不论走在西北的哪个地方，总有一种气息是会穿过鼻孔，萦绕在胸腔，那就是黄土高原、蒙古高原、青藏高原的那种天然的、融合的味道。尤其是秋天的时候，站在高原上呼吸着从远处传来的空气，会让胸腔顿时的清新爽朗起来，让心瞬间清净。

有的时候看见沙枣、酸枣、海红、苹果、蜜瓜、沙棘果这些水果还有牛羊肉，以及西北面食就倍感亲切。这也难怪自己生活在江南的地方，也常常不忘吃一些西北美食。

有的时候在城市中待久了也会忘记自身来自哪里，很多时候只有通过美食才能唤起对家乡的眷恋。如今我常去的一家餐厅是西贝莜面村，地道的家乡味，让人感觉仿佛回到了故乡。

我对自己说，等自己退休后就每年回内蒙老家度假几个月，那里夏天清凉，冬天家里有暖气，这两个季节比较舒适，其实更多的是想找回成长的记忆。

因为那里有我曾经的世界，有祖祖辈辈生活在那里的先人。

现在每次回家，如果不坐飞机，我就从北京坐火车，愿意买那趟 K89/K90 车次，这是内蒙人往来北京最经典的一个车次，伴随着轻快的草原晨曲早晨到达呼和浩特的时候，让人倍感亲切，虽然现在高铁已经通了，但是那种记忆是永远抹不去的。

人不管走多远，都不能忘记家乡，都不能忘记自己的根。

成长和理解

有一首歌《长大后我就成了你》，虽然赞颂的是教师的伟大和教育事业的传承，但是各行各业都是如此。

我每年回家乡都是感触颇深，20 年过去了，原来的小伙子和小姑娘现在都已为人父母了。同学们在黄土高原这块热土上继续开垦和奋斗，有在采煤系统的，有在发电系统的，也有在铁运系统的，就像当年的父辈们一样为着能源事业继续前行。

我有一次和一个钢铁系统的朋友聊天，他和父亲、爷爷连续三代人都在钢厂工作，钢厂多的时候有十几万人，从小就没出过这个大环境，说起来都是满满的回忆。

90年代初，爸妈是自治区最早的露天煤矿开疆拓土的那一批人，建设者们分别从四面八方来到这片热土，把光秃秃一无所有的黄土高原建设成了生活富裕的现代化城镇。

爸妈作为普通的工人，他们一生朴实无华、默默无闻、兢兢业业地奉献着自己的青春的力量。随着爸妈工作调动，全家从黄河以东搬到了黄河以西，我从原来的地方小学转学到了煤炭集团下属的子弟小学上学，从那时起就开始了不一样的生活环境。

如今，父母年纪越来越大，爸爸已经退休，妈妈从1998年开始内退，所以对于我在外地工作，他们是忍痛割爱。当初到江苏来工作，他们确实舍不得，这正是出于对我的爱才依着我的选择，放手让我离开内蒙。

如今的内蒙和过去人们想象中的不一样，尤其是我出生和成长的"呼包鄂"地区，经济条件是非常好的，当年很多同学毕业后都陆续选择留下来工作。远在深圳工作的同学和我交流过几次，他也深感离开内蒙不能和家人团聚心里非常遗憾和愧疚。

当我成家后，因为气候和生活习惯，爸妈不会和我常住在江南。因此，想念之情会让我有时不能很好地入睡。尤其在周末的时候总会想到爸爸妈妈在家里做什么，我不在身边，他们两个人一定会很孤单。

人生就是一场接一场的选择，摆脱不了，就要面对，就要去改变，去创造。

有一天我看到这么一句话："孝顺父母很简单，佛说：供养我、念我等，不如回家去供养、念你的父母亲，只有他们才会给你带来平安，带来和谐。佛告诉我们：父母亲才是现世的佛，在家里的佛。"

如此一段话，让我深受启发，一个是活佛，一个是信仰中的精神引领者。

周国平先生说过："父母在的时候，我们来路清晰；父母逝去的时候，死亡的大门向我们轰然打开。"

随着自己年岁的增长，随着处世的深入，自己也为人父母以后才慢慢知道父母的恩情。

中国的爸妈始终离不开对儿女的牵挂、担忧和期望。不管孩子年龄多大，尤其是儿女远在他乡，这种状态就更加明显。

十年前的自己还经常嫌弃爸妈的唠叨，如今都会格外珍惜一年仅有的一两次回家探亲的机会。每次回家都会发现爸妈的白头发又多了，背也弯了，心里又涌上一阵酸楚。

爸妈生病住院也从来不和我说，他们说得最多的就是："你不用操心，别耽误工作。"

过去总觉得要多理解父母，但是理解什么？如何理解？却是一片茫然。

以前还对父母有各种不满，各种挑剔，如今不再嫌弃那些唠叨，只想好好的爱他们，陪他们慢慢变老。

人只有长大后才能真正理解和懂得父母。

就像很多文学作品中写到的一样，父亲的爱是宽厚的，他有时候不会那么直接地体现出来，所以你需要去体会，直到你自己成为一位真正的父亲之后，才知道父爱原来是什么感觉。

父亲对子女爱的思考角度与交流方式和母亲是不一样的，父亲对儿子爱的角度与父亲对女儿爱的角度也不一样。反过来讲，男孩子与女孩子懂父亲的角度也不一样。

无论如何，作为儿子来说，我对父亲的理解是接近30岁的时候，尤其是自己有了孩子之后才对父亲有更深刻的体会。

细数过往的岁月，自从考高中、考大学、工作、结婚这一连串事情到来的时候，爸爸已经开始操心了，他把很多话语都埋在心底，平时不会多说，每次都是喝了酒才和我吐吐真言或者责备几句。很多人生的困苦和不容易父亲都不会轻易讲，他用最大的努力去为家庭和孩子创造和付出。

我从上初中、高中，再到上大学的这段时间，不知道为什么对家庭社会地位看得很敏感。因为那个时候自己已经懂事了，会分析比较，甚至攀比了。虽然自己的家庭不缺什么，但是总是希望父母不是工人，而是领导或者做生意的老板，觉得那样很荣耀。

如今，我觉得我的父母很实在，普通的职工，普通的百姓，最真实地在了为了儿女和家庭默默付出。

随着人生的成长和经历的丰富，我已经懂得平凡就是伟大。

说到父亲，当然也会想到爷爷。爷爷是老实忠厚的生意人，当年经营着县里一家集体商业店铺，一斤一两毫不差错，诚信经营，颇有口碑。老人家89岁去世，那个时候我还在上小学，我希望把好的美德和传统一直传承下去，到我这里有义务将家风延续，代代相传。

讲述了爸爸之后，要讲讲妈妈。妈妈是最疼爱我的人，在我人生道路中一直悉心照顾我，耐心教导我。妈妈一辈子很勤俭，辛苦，有时候想到自己的大手大脚真是极其惭愧。

母亲对子女爱的方式和思考方式与父亲是不一样的，儿子对母亲的认识和交往方式与女儿对母亲的方式也不一样。这几年来，我只感觉妈妈没有再生一个女儿是亏的，我作为儿子自从上高中开始就渐渐远离家里，没能陪在身边照顾他们。

中国古语讲："养儿子防老。"如今看来养儿辛苦，但并不一定防老。

随着我们年纪的增长，每个人对母亲的认识在逐渐加深。"妈妈"这个心中神圣的词汇是无法用语言来准确描述的。

记得 2009 年的一天，我准备去吃晚饭，从院北门出来，走到中关村北京友谊宾馆对面的那条路上，看到一个初中生不知道什么原因在踢她的母亲，最后接近厮打起来。我当时很气愤，真想上去揍那个男孩，心想不管怎么样都绝不能打自己的母亲。因为我第二天要去考雅思，担心帮忙不到位反而被警察拘留起来，心里想不要去多管闲事，就忍住没去理会这件事，但是心里久久不能平静。

中国谚语说："不当家不知柴米贵，不养子不知父母恩。"时间是最好的解读大师，也是一剂良药。

自己做了父亲以后，才知道一个完整和睦的家庭对孩子的成长是多么重要。孩子对你的依恋会让你更加觉得自己有责任感。

二、青春老去，成长依然

同时随着孩子的成长，需要自己用新的思想、观念，新的方式跟他们相处。

我们回想过去自己跟父母相处的时光，也是从最初的依恋到青春期的反叛，再到成年后对父母的理解，这需要一个过程。

不管我们跟父母的关系是成为朋友间的亲密无间，是传统的孝顺，还是夹杂有很多矛盾，我们都需要去理解他们，去感恩他们，去关心他们。

长大了才知道爸妈更多是需要心理的安慰。

父母并不绝对期望儿女在能力上有多大本事，并不一定要求在金钱上给他们多大回报。

他们更多的是希望儿女平安幸福，他们自身在精神上愉悦、安然。

子女对父母在精神上的关怀和关心更会让父母心里得到幸福感。

当然，对于一些从农村出来发展的朋友来说，在物质上给予父母关心，改善和提升父母的生活条件，无疑是最实惠和具体的事情。

从最近几年来看，有些家长在物质追求上可能并没有那么迫切，因为现在的城乡差距越来越小，城市化进程越来越快。

每年春节，都有很多坚守在基层一线的工作人员不能回家，甚至有些人连续好几年都没有回家。这有多方面的原因，有的确实是工作条件不允许回家，有的是生意不好，不情愿回家。

其实，父母希望的是一种团聚。

对于在城市中工作的白领，城市中的娱乐生活会非常丰富，朋友同事平时的活动也比较多，因此和爸妈的交流会相应地减少，久而久之形成一种懒于和家里交流的习惯。

其实，我们和家人交流的方式可以多种多样。比如离得远的每天可以打一个电话，过节寄一些礼物，定期回家看望一下爸妈；离得比较近的可以周末回家吃饭，周末组织附近出游等等。我一个朋友出差谈生意的时候会经常把他的爸妈带着，他忙自己的生意，让爸妈在当地旅游几天，我觉得这也是非常好的一种方式。

不管怎么样，总要找到一种跟父母更多精神沟通的方式，创造一些机会，从点滴的事情串联起和爸妈的交流。

中国式的家庭，中国式的父母，他们不能脱离了儿女而存在，他们更不能脱离了自己对儿女给予期望的存在。

在中国，我认为父母的后半辈子还是需要儿女带给他们更多的快乐，他们更多需要的是内心的平和与愉悦。

珍惜这辈子和父母相处的机会

创业的时候，向爸妈拿了本钱，如果没有爸妈的支持，单纯从外面借款或贷款压力就会很大。我一介书生，没有底子，没有背景，创业起步相对较难。另一方面说明自己从能力、机遇方面还是有欠缺。也有的朋友只有小小的启动资金就能走上快车道，也有的人需要积累很久才能收获第一桶金，很多事情只有经历了才有体会。

一路走来，我从读书、工作、成家，爸妈都对我倾注了无私

二、青春老去，成长依然

的爱。

小的时候，总认为爸妈对我管得严，我一度要挣脱这种管教，常常羡慕那些家长忙碌生意不管孩子的同学，他们可以任意地玩游戏，吃零食，和同学出去鬼混。就像我现在会限制儿子吃冰激凌的次数，所以他对我说长大后最大的愿望就是"冰激凌自由"。现在看来，教育孩子就像种农作物一样，一分耕耘就有一分收获。对孩子不能事事放任，也不能处处限制。

我以前一直在想一个理论，那就是任何爸妈都是希望孩子有出息，后来我才慢慢领悟到不管孩子有没有出息，家长都是爱他们的，平安快乐才是家长对孩子最大的期望。

爸妈在我成长的过程中倾注了无限的关爱，一遍遍的叮嘱和唠叨，哪怕再小的事情都会替我操心，即使我放弃稳定的工作，选择创业后，他们也在鼎力支持我。

我有一次和几个朋友聊到孩子教育问题，总结出中国人都是往下溺爱，大都是对自己儿女关心得多，反而对自己的父母关心得少。

说到这里，我觉得我们要改变一下，关心父母和关心孩子都是同样重要，不能有所偏颇。

因为中国的父母确实是太辛苦，所做的一切都是为了孩子。从胎教、早教、幼小衔接、小学、中考、高考、继续深造、找工作、结婚，下一代教育处处都要操心。

家庭教育是社会教育的基石，不管贫穷还是富有，任何人都要感谢父母的养育之恩。

但是，现实中父母和子女间不能互相理解的情况经常发生，甚至在婚后因为家庭生活和财产发生争执，走向法庭的数不胜数。

当我们成长到一定年龄段的时候，容易忽略父母的能量和智慧，总觉得他们不理解自己，没有自己看待问题那么超前和智慧。

一部分孩子容易把父母的话当成法则和宝典，任何事情都听从父母。其实我们要珍视父母的智慧，要参考他们的建议，同时也要培养自己独立思考的能力。

知名主持人梁继璋曾给儿子的一封信里这样写道："亲人只有一次的缘分，无论这辈子我和你会相处多久，也请好好珍惜共聚的时光，下辈子，无论爱与不爱，都不会再见"。

看后方觉原来缘分真的不容易。

记得2008年2月份，我看《星光大道》2007年总决赛中有一个男生比赛当天正好他的妈妈去世了，他悲痛万分，说以后再也得不到妈妈的爱了。

有一位老艺术家深情地对这个小伙子说："妈妈虽然不在了，但妈妈的爱永远在。"

我们总把亲情当做理所当然，我们经常把遇到新朋友叫作"缘分"。花很多时间和精力去维护新的缘分，但不曾意识到父母情才是今生最大的缘分。

随着年岁增长，今后不管和爸妈的理念是否一致，我们都永远不要忘了多花点时间陪伴他们，不管我们是否荣华富贵，只要用心去陪伴就是对父母最好的回报。

常回家看看

记得《常回家看看》这首歌在 1999 年中央电视台春节联欢晚会首次播出时，那个时候我总觉得这首歌俗气，认为怎么会有这么直白的歌词，加上这么简单旋律的歌曲会在春晚上亮相。

"找点空闲，找点时间，领着孩子常回家看看；带上笑容，带上祝愿，陪同爱人常回家看看。妈妈准备了一些唠叨，爸爸张罗了一桌好饭，生活的烦恼跟妈妈说说，工作的事情向爸爸谈谈。"如今看来，歌词写得朴实真切，曲子谱得自然流畅。

那个时候自己还是青春年少的小伙子，不识人间愁滋味，听着这些词曲没有任何感觉。

后来才知道《常回家看看》这首歌由全国政协委员、著名作曲家戚建波先生作曲，现任中国音乐文学学会副主席车行先生作词。那个时候，正值车行的父亲去世，车行回想着曾经与父亲在一起的日子，发现一家人在一起的温暖和快乐的时光太少了。参加工作前，他常惹老人生气，参加工作后又很少回家。车行很是后悔，出差的途中，创作了这首歌词。戚建波深深地被歌词打动，应邀谱好了曲子。

今天再听这首歌，朴实真诚，唱出了所有中华儿女的心声。

中国是礼仪之邦，华夏五千年的历史沉淀，家是永恒不变的归宿，父母和儿女永远是心中彼此最惦念的人。

我有一次在安徽宏村的一个老宅子里，看到一副对联写得非常好，上联是"孝悌传家根本"，下联是"诗书经世文章"，可见中国历来都注重孝道。自从理解了《常回家看看》这首歌曲的深意，我尽量每年都会回老家看爸妈，每次回去虽然路途奔波和劳累，但还是希望能多回家几趟。因为爸爸正式退休了，作为老一辈煤矿职工，辛苦了一辈子，虽然朋友很多，但是始终牵挂的还是儿子。儿子长大了，虽然以前自认为懂得很多，但是如今工作上的事情还是要请教爸妈。他们现在退休了，还是很无聊，所以我尽可能地想办法多陪陪他们。

中国人是比较恋家的，有多少父母能够真正放手，舍得儿女去异地发展，说不惦念和思念是假话。现在通信手段发达了，虽然微信、电话可以解决联络问题，但是常回家看看是作为儿女一定要做的事情。

二、青春老去，成长依然

三、恋爱如火，婚姻如水

暗恋

苏格拉底说："暗恋是世界上最美丽的爱情。"

普希金说："我曾经默默无语地、毫无指望地爱着你。"

张爱玲也说："我们也有过美好的回忆，只是让泪水染得模糊了。"

在很多恋爱的方式里面，我最想写的可能就是暗恋，因为我总觉得这是一种非常奇妙的化学和生理反应，那股热流在身体内上下翻滚，又想表达，又要抑制自己，有时又怀疑和退缩。每个人都有暗恋的过程，也有暗恋的对象，这种暗恋我觉得非常奇特，可能在你上小学、初中、高中、大学阶段发生，有的在工作以后，甚至成家以后可能出现心仪的对象，所以我觉得暗恋是比其他任何恋爱阶段都能够持久的一种心理和情感方式。

暗恋是一个轻松的话题，是因为它并没有像真正的恋爱一样有实际的结果，但是留存在心里的是永恒的回忆。

有时候某一首歌、某一句话、某个场景就会触动你内心过往的一些事情。

回想自己曾经有特别喜欢的女生，也试图和她们交往，但是大多都没有勇气去追求，也就蹉跎过去了。

上了大学以后又在忙学生会、团总支、校园广播站的工作，没有完全把精力放到恋爱上。

每个人性格不一样，像我比较腼腆，一直羡慕那些比较调皮捣蛋的人，对于喜欢的女孩他们往往能够快速出手，迅速捕获自己中意的对象。

像我这种内敛的人，光有真心还没有用，还是要付出行动，要让女孩知道自己的想法，去做些有情趣和实惠的事情打动她们的心。现在分析起来，追女孩其实并没有那么难，只要胆子足够大，粗中有细，让暗恋走向恋爱就会很容易。

勇敢去爱

我们会在某个时刻想起自己曾经的那个灰姑娘，女孩也会想起自己曾经的那个美好少年，人类之所以复杂就是有着海量的信息储存和漫长和回忆。

《思念是一种病》写道："一辈子有多少的来不及，发现已经失去最重要的东西，恍然大悟，早已远去……多久没有说我爱你，多久没有拥抱你所爱的人。"

因此，当你还没失去那份情感时勇敢去爱吧，因为人生无法重新来过。

当她或他离开，无法再续时，捶胸顿足已经不能解决问题。

人生的故事中，有些事情还来得及，有些事已经来不及。

恋爱是最美好的时光，尤其是初恋。虽然初恋是一个很大众的话题，但是又逃脱不掉被很多人惦念。

如今我的心灵小宇宙已经平稳运行，过了那个澎湃的时期。

当时认为多么大的事情，多么深刻的感情，如今我们都长大，都用理性和美好的态度来看待那个时期发生的一切嘈杂和烦乱了。

你是否还记得当年的自己，为爱忍不住落泪。

太在乎，那是因为心灵装着所有的美好。

如今偶然某一个画面、某一个思绪、某一个小小的事物会不经意间引起我们的怀念。

我们都不用回避那些眷恋。

我们都需要这种爱的经历和回忆。

那一年义无反顾

朴树的《清白之年》里面的歌词我特别喜欢，歌词这样写道："故事开始以前，最初的那些春天，阳光洒在杨树上，风吹来，闪银光，街道平静而温暖，钟走得好慢，那是我还不识人生之味的年代，我情窦还不开。你的衬衣如雪，盼着杨树叶落下，眼睛不眨，心里像有一些话，我们先不讲，等待着那将要盛装出场的未来……"

我把这篇文章献给那些曾经青春年少、为了爱情奋不顾身的人。

昨天正值周五，本来要回无锡，因为周六要在南京见从代尔夫特大学回国开会的一个专家，所以就留下来。晚上和几个年轻的朋友约了一块吃大排档。其中一个小朋友讲他自己当年在上海，女朋友在南京，两地相恋又苦苦挣扎的伤心往事。他几乎一有时间就到南京来看女朋友，上海没熟悉，南京倒是再熟悉不过了。

追求的过程是辛苦的，也是对一个男人心志磨炼的过程，虽然因为客观或主观原因没在一起，但是这个过程会让人成长，追逐的过程也让人觉得伟大。

一个人对恋爱的态度、对爱情的态度，其实可以折射出对自己人生的态度。

这种奋不顾身的人，往往有一种对事物孜孜不倦追求的精神，有种忍耐和受挫的精神，有一种忘我的工作精神。我这个朋友后来在一次单位组织的运动会比赛中也体现了这种精神，由于太认真，剧烈对抗中肋骨受伤，休养了好几个月。

爱得太深、太认真，有时候身体会受伤，情感也会受伤。

我年轻时也曾是如此，有这样的经历，所以更感同身受。

宫崎骏说："当陪你的人要下车时，即使不舍也要心存感激，然后挥手道别。"

席慕蓉说："青春是一本太仓促的书，我们含着泪一读再读。"

村上春树说："我告诉你我爱你，并不是一定要和你在一起。"

名家的话语都耐人寻味，让人感慨。

想起那一首歌《十年》，十年，白驹过隙，物非人亦非。

那个时候始终以为自己对待恋爱是极其独特的，认定的恋人，认定的方向就会永远走下去，偶尔还会嘲笑那些半路脱逃，草草分手的恋人。

那个时候总以为付出了就有回报，总以为真心对人就会收到同样的真诚，总以为那些自以为是的事情都能按照计划进行。

但最终还是抵挡不了现实的残酷。

　　　　　　　　　　　　　三、恋爱如火，婚姻如水

缘分

我们都生活在这座城市里，生活在这个国度里，你我相遇又分别，分别又相聚，不管长久短暂，都是彼此的造化和命运的安排。

如今不论什么场合，大家总会说一个缘分，其实"缘分"这个词我觉得要慎重地对待，慎重地理解。

我有个比喻，每个人就像一个行星，有各自的运行轨迹，不管是擦肩而过还是并行一段时间，不管是内心有期许，还是曾经有无奈，这都是客观实际，顺其自然地发生着。

有的时候缘分未到，有的时候缘分已过。

但是有些时刻，有些事情，我们总要经历，那都是人生必须要经过的驿站。

不知道为什么我对化石情有独钟，也许那象征了一种凝结，一种永恒。

我们在探索人生的路程中，希望能有自己的创造、收获，能凝结属于自己的成就。

我们都在找到或者创造出属于自己的人生化石。

如果我不认识甲，我就不一定会认识乙，不认识乙，我就不一定会认识丙，也就不会成就和丙之间的合作或者友谊，甚至发生和丙之间的深刻故事。

人生就是这么奇妙。

原来有人说，这个世界上只要认识六个人就够了，现在看来真是这么奇特，你认识一个国外的朋友，或许你就能认识很多国家的朋友，你认识一个地方的官员，或许你就能认识中央的官员，你认识一个老板，或许你就能认识一个名人或者名医。

并不是说认识了就是缘分，我认为缘分与圈子和平台有密不可分的关系，就在一定的圈子和平台内，遇见你的缘分才是真实的缘分。

另外，缘分跟一个人的修为、努力和奋斗是密不可分的。在自己努力奋斗的过程中才可以上一个台阶，上一个台阶才能进入一个圈子，进入到这个圈子里就是一个缘分，在这个缘分基础上又可以融通到另一个圈子。

中国古语讲："师傅领进门修行在个人。"缘分是瞬间的结合，但是长久维持的话还需要自己用真诚和真心去培育。

而且对缘分的另外一个理解叫志同道合，只有趣味相投的人才能真正谈得上缘分。

我认为"缘分"也体现在聚散之间，在有缘的时候尽情地欢聚，尽兴地畅快淋漓，在分别的时候，让我们不要留遗憾，不要留悔恨和痛苦，让我们尽可能平和地分开。

永远在一起

零点乐队有一首歌叫《永远在一起》，开车时听听，突然让人有很多感伤，因为零点乐队是我最早听的摇滚乐队之一，乐队从 1989 年开始组建，经历了很多风风雨雨。2008 年主唱周晓鸥退出乐队，开始单独在影视圈发展。

他们最初的愿望希望不要分开，永远在一起做音乐，永远在一起成为兄弟。但是我之前也看到有这么一句话，大体意思是没有人能陪你走到终点，只是陪你走过某个阶段。

有些人很难永远在一起。看了《匆匆那年》，很多相爱的人都说要永远在一起，但是很多现实的因素让他们最终还是会选择分开，正因为这样，恋爱才让人有更多的感慨和感伤。

最近看了几部青春系列的电影，勾起了自己回忆学生时代的恋爱经历，那个时候谁都想着"永远在一起"。

但是如今看来，我想简简单单的"相爱过"这三个字可能比"永远在一起"更值得回味。

"相爱过"其实也就意味着最终没有走到一起，若干年后总能回忆起当年相处的点滴，这未尝不是一个让人心怀留恋和心怀美好的事情。

有些时候，总有突然的记忆闪过我们的大脑。总有某些时刻、某个人、某个片段、某些遐想会侵袭我们平静的心。

你是不是曾经有过这样的过程，突然想起一个人，想到他（她）的名字，他（她）的样子，想到上学时和他（她）经历的那些简简单单又抹不去的记忆。很大胆地在想，如果当时恋爱成功了，又结婚了，可能我们每个人的生活轨迹都会不一样，或许是在另一个城市，或许有着别样的生活状态。

我曾经也不例外，自己独自夜晚开车回家，边听电台的音乐边大胆的想象，几个红绿灯过后，终于快到家了，思绪才被拉回。回家后看到已经熟睡的妻儿，才感觉到现实的温暖是最真实的。

不过，所有的失去并不是永久的失去。反过来，所有得到的也不是永恒的得到，那么多的"永远在一起"都会成为"曾经在一起"。

做些减法

著名主持人白岩松先生曾说过："三十岁左右的人，是经历了一些加法之后要做减法的时候，因为前面跌跌撞撞，各种都尝试过，那么就要做些筛选，哪些是适合你的。"

我过去是个比较容易阶段性惆怅的人。但人到中年，很多事情就会慢慢开始沉淀下来，有些情绪就不再飘浮，有些事情就不太在意了。比如不太在意别人对自己的看法，不太在意过去的理想是否全部实现。反而更多关切的是个人内心的精神世界，以及家庭的幸福快乐，只有这些才是真正看得见摸得着的幸福元素。

我现在不由自主醒来得早，这点似乎充分证明我年纪大了，似乎要加入到老年人和退休人员的行列中来了。所以，我有的时候早上起来后跟这些年纪大的朋友联系一下，发个问候，发个语音，有急事的话就打个电话，因为我知道他们肯定在六点以后就醒来了，甚至更早就醒来了。他们的减法基本做得都很好了，所以要向他们取经学习。

上学的时候就听老师说，先把书读厚，然后再把书读薄，开始确实不理解，书不是越读越厚的吗，怎么把它读薄？后来才知道，把所有的内容都读了之后，就要筛选里面的精华，提炼里面的主干。生活也是这样，你会发现随着成长你交往的朋友会越来越多，接触的事务也越来越多，你想干的事儿也会越来越多，经历的心情也会越来越复杂。

我现在已经知道自己的精力确实是有限的，我要向白岩松先生说的那样，要学会筛选，学会做减法。

每天你一睁眼，单位的事儿、家里的事儿、朋友的事儿，还有闲杂人等的事儿，不管是有意义还是无意义，这些事情都摆脱不掉。

一直做加法有时太累。

有些事现在不可得，不见得今后不可有，经常做做减法，只要不归零就行。

著名作家贾平凹先生在《五十岁时，你会明白人一生干不了几件事情》一文中写道："我今年五十岁，到了五十，人便是大人，寿便是大寿，可以当众说些大话了……级别工资还能不能高已不在意了，小心着不能让血压血脂升高。业绩突出不突出已无所谓了，注意椎间盘的突出……"

《换个活法：临终前会后悔的25件事》一书中也总结了25个"人生至悔"的事情，排在最前面的几个就是：没做自己想做的事，没有实现梦想，没有去想去的地方旅行等。

哈佛大学曾经研究过"一个人没有出息"的九大根源，其中排名第一的原因就是：犹豫不决。犹豫不决就导致没有勇气去迈出第一步做自己想做的事。

我爱给自己提问关于现在和今后的一些问题，但是转眼又被嘻哈和程序性的生活给打乱和淹没了，于是照旧随波逐流地过着每天的日子。

但我们还是要把生活中那么多没用的事情尽量减少，增加一项自己非常想做的事情并持之以恒做下去，就像我一直想把我写的文章出版，就再不去迟疑。

赶上恋爱的季节

我刚在南京工作的那段时间，没有租房子，暂时在某科研单位申请了一个床位，和两个博士研究生住在一起，每晚睡前偶尔会探讨一些关于他们生活中的问题，其中一个博士最困扰他的就是恋爱问题。

他总在说要不要在毕业前找一个女朋友。我问他之前找过没有，他说以前找过，但是最长相处了一年时间就分手了，而且现在学习压力特别大，又要面临毕业，做课题、发论文，根本没有时间去谈恋爱，但是担心遇到有喜欢的不去接触和争取，又怕错过机会。

我就跟他说："如果你现在想找人谈恋爱，那就去谈一个。说不定这个时候女孩子也想谈恋爱，也有和你同样的想法。不管是你班里的同学，还是周边的朋友，还是以前的同学，都可以去发展发展。"

他问我如何去确立和表达？我跟他说："先多创造接触的机会，聊天、看电影、喝咖啡、逛街、看书、学习，等时机成熟的时候再去表达，一开始表达可能反倒事与愿违。再说，这是一个

三、恋爱如火，婚姻如水

过程，这个过程也是需要体验和享受的。一接触就表白，一表白就确立，当然是期待的结果，但是好像缺少了过程美。"

恋爱是美好的，什么时候开始，遵从内心的需求。从某种意义上讲，你体内的荷尔蒙多，自然就会激发你去谈恋爱。我和室友说："像我这个年龄，已经只适合充实自己的事业，为了家庭去创造一份财富，承担一份责任，再去享受这份恋爱的感觉从理论上来说已经不可能了。"

我这个年龄，再想回到学生时代的纯情和浪漫已经很难了，已经失去了当年那份激情。之前非常要好的朋友问我："什么样的人才能激起我内心的澎湃。"我开玩笑说："大概只有属于学生时代特征的女孩子，她的那种单纯可爱，加上奔放和狂野才可能激发我这颗平平稳稳的心，社会上的漂亮女孩已经只能去欣赏了。"

所以说，在正当恋爱的季节，一定要抓紧时间恋爱。像我有几个朋友拖到很晚，她们已经不幻想有多么浪漫的爱情，只求找一个能安稳踏实过日子的人。为什么不去趁早找一个既有恋爱过程又能成家生活的人，非要蹉跎自己呢？

结交真诚的友谊

古语讲："君子之交淡如水。"人和人相处不要指望别人为你做什么，重要的是彼此都有一颗真诚相通的心。早些年，我极其不赞成这种说法，觉得太多冷漠，淡如水的交情等于没有交情。

我有一次在广播中听到这样一句话："没有感觉的两个人在

一起常常找话题，真正眷恋的知己即使在一起默默无语也不会觉得尴尬和空虚。"

我突然觉得平淡也是一种美好的滋味，平淡中也能蕴含很深的情谊。

时间久了，你会发现有些人走着走着友谊就慢慢淡了，有些人的友谊在平淡之后又有了新的升华。

曾有一段时间流行说"友谊的小船说翻就翻"，如此看来，朋友之间一些事情处理不当，某几句话说得不对，很可能会产生裂痕。再加上这个社会中人们大多是逐利的，利益将大家捆绑在一起，看似兄弟姐妹，号称是团队，但是利益一旦达不成就会彼此埋怨、责备、诋毁，甚至打官司。

30岁出头，我曾经拿着自己的一些散钱做了几次投资和合作，最终没有成功，花钱买来的都是教训。因为社会中别人是一头狼，而自己是一只小绵羊。别人是久经骗场的老手，而自己是认为合作就能共赢的商场"小白"。因此，后来对合作会更加慎重，先后拒绝了一些朋友合伙办公司的邀请，因为我还不能有十足的把握，我不想因此而失去友谊，起码现在以朋友身份吃吃喝喝、玩玩闹闹倒也很开心。

我和从小成长起来的最要好的朋友，以及和工作中最要好的一些朋友之间基本是没有任何经济合作，我不想把友谊和利益完全生硬地掺杂在一起。当然如能在友谊的基础上又能稳妥合作项目也是一件美事。

人生在世，心灵世界没人能分享是件遗憾的事情。所以，一个人需要和他人建立一种长久和深厚的友谊，这种情谊会让人身

三、恋爱如火，婚姻如水

心愉悦，这是任何物质的东西所不能替代的，但获得真挚和长久的友谊也不是件容易的事。

有一则故事："你不喜欢吃鸡蛋，每次发了鸡蛋都会送给一个朋友吃。刚开始朋友很感谢，久而久之便习惯了。有一天你将鸡蛋给了另一个人，朋友就不爽了，他忘记了这个鸡蛋本来就是你的，你想给谁都可以。为此，你们大吵一架，从此绝交。"

和一个人交往，如果对方总是因为一些小事斤斤计较，不能换位思考，到大的利益时更是不肯相让，那么这样的朋友还是越少越好。

真正值得交往的朋友是懂得彼此体谅，在关键时刻拉你一把的人。真正的好朋友是看到你有缺点就会直言劝谏，看到你有缺漏依然熟视无睹，甚至虚夸的人一定不是真心的朋友。

我在自己创业期间有闲余的那段时间，有一年应邀在一个商会做副秘书长，那是颠覆我以往思想理念的一段时间。每天来商会的人络绎不绝，有世界 500 强企业、国企、上市公司的朋友，也有做茶叶、蛋糕、健身、教育、西服定制、旅游、保险的朋友，不管是搭建平台、信息共享，还是商业对接，每周的事情都是满满的。

在这个圈子里，各色人等穿梭其中，觥筹交错，真真假假，虚虚实实，大都皆为利来皆为利往，不是取名则来取利，在这里，可能真正的友谊比较淡化，存在是利益链的关系。

真正的友谊，有时候不拘泥于距离的障碍，也不拘泥于时间的长久，也不因忙碌而忘记联系。

人这一生最大的幸运是你珍惜的人刚好也在珍惜着你。

人和人都是因缘分而相识，相知相伴多载依然不离不弃的人是值得托付的人。

狐朋狗友

下班开车回家的路上，突然朋友来电话，他说问我什么时候到，我才突然反应过来，今天是朋友请吃饭，我居然忙得忘记了，我慌忙说自己已经在路上了，有点堵车，一会儿就到。

在路上的时候一边责备自己怎么能把晚上吃饭的事情忘记了，这样多不礼貌，另外也在想，不知从何时起认识了这些比较接地气的朋友，也倍感欣慰。

所谓接地气的朋友，我认为就是层次还算可以，都有正式工作，有完整家庭，平时爱好和朋友相聚，提供有效信息，乐于帮助别人，有事情能喊得上的一类朋友。

仔细算来，在这个城市中和这样的朋友相识多则有十来年，少则有四五年。前几年的时候，我们经常相聚，但是这几年自己工作忙起来了，相聚的频次相对少一些。

想一想，人其实就要有一些接地气的狐朋狗友，这些朋友并不一定是你的恩人、贵人，也不一定是你的工作伙伴，也并不一定是你的客户。他们其实都是一个个散态的人，但都是很正直的，有独立思想的人。

有了这些狐朋狗友，有时候感觉生活不单调，信息特别多，偶尔有些个人琐碎的事情，他们都能帮得上忙。

因为有些事情你不可能让同事帮忙，也不可能让领导帮忙，更不可能让那些正儿八经有些层次的朋友出面帮你去处理这些闲事杂事、琐碎事儿、烦心事，反而是这些交往比较好的狐朋狗友能帮。用句不恰当的话讲，可以招之即来挥之即去。你有事找他们，他们就帮你把事干好，忙完了他们又不要你任何的回报，可以拍拍身上的灰尘继续忙他们的事儿。

其实，就像中国那句古话"水至清则无鱼，人至察则无徒"，不能把自己看得多么神圣和伟大，看得多么重要，我们都要厮混在这些狐朋狗友之间。

如果生活的这座城市不大不小，无论任何交通工具总能最快时间到达想去的地方。在这个城市的夜晚，只要你发出一个信号，总有四面八方的人会到这里来陪你吃夜宵，这就是你的魅力，也是这个城市的魅力。

我们有的时候真是太忙了，白天拼命地忙工作，晚上在忙应酬，周末也在忙个人的事业理想，忙家庭，忙收入，忙挣面子等等，但是我们都需要找几个老友一块聚聚，不管吃什么或者喝什么。

有时会有那么一种感觉，很久没有见一个朋友，某种场景之下会非常想念。

真正见面之后，集中精力畅聊一段，再分别各自看会儿手机微信，再没有主题地闲聊一会儿，时间就这样慢慢过去，然后各自回家。

过一段时间，又有谁突发激情说要去唱歌，要去娱乐，那就又没有边际地要到凌晨了。然后停歇一段时间后又喊着要聚，但是总要喊上一段时间才能真正重复上述的活动。这就是狐朋狗友们的生活，简单又快乐。

至少还有你

我在等车赶往另一个城市之前，酒店退了房，在大厅休息一会儿，正好播放着林忆莲的《至少还有你》的钢琴曲。顿时觉得昨天还和爱人在家里，今天自己就在另一个城市，昨晚给爸妈打电话，聊到他们考虑一下退休后是否来江南生活，儿子放假了在浙江外公外婆家玩，这几天忽然感觉亲人都不在身边，感情只能靠想念。

至少还有你，原来以为这个"你"是单纯指恋人，其实这个"你"可以理解为父母、爱人，或者孩子。

比友谊更上一个层次的是爱情，"执子之手与子偕老"，能遇到一个陪你终老的人是福分。

所以我始终认为恋爱和结婚是一项系统工程，需要有智慧和技巧，并不是简单的喜欢和崇拜。

能作为知心的爱人，必定是能够互相理解和体谅，在有些问题面前心甘情愿让步和付出的人。

很多朋友在年长的时候，就会深刻地感受到真实的爱情不是轰轰烈烈，而是朴朴实实，简简单单。真正的爱人是在你生病的时候悉心照顾，压力大的时候给予宽慰，遇到困难的时候一起面对，贫穷的时候一起奋斗，富裕的时候不忘初衷。

前段时间，我一个朋友的老伴去世了，从救治和料理后事每件事情上都能看得出老一辈人对待感情的真挚，经历的年代不一样，积累的感情元素不一样。我们这一代年轻人与他们比较而言，能维系家庭状态似乎已经是一种不错的结果了。

我有几个专门从事心理学教育的朋友，有的是高校专家，有的是妇联的专业顾问，他们每一阶段都会从事公益活动来帮助解决社会家庭矛盾。偶尔会听他们讲遇到的那些林林总总的家庭问题，听了之后让我觉得不幸福的婚姻反倒不如一直单身，不如意的婚姻反倒成了一个人的牢笼。家庭的不和睦，甚至会将一个人的身心扭曲，彼此折磨和痛苦。

我们最初都是因为喜欢和感动而爱一个人，最后都是因为失望而放弃一个人。

我认为，幸福的夫妻会把平淡的生活过得流光溢彩，把日子过得蒸蒸日上。

一个人只有走几遍弯路才知道真正的路怎么走，也只有吃过很多亏才能看清对方是什么人。最终留在最后的都是经过筛选和磨砺的人，因为这个世界上，能和你走到最后的人是最少的，也一定是最好的。

有缘再见

我在南京南站等车，邻座来了一个小男孩，现在的孩子长得比较快，个子比较高，思想比较成熟。我原以为他最起码是高中生了，他很自然地和我聊了一会儿，我才知道他是个初中生，暑假从嘉兴到南京亲戚家玩，现在要返回嘉兴了。

看到他，我突然想起自己上初中时候的样子，那时自己还是个懵懂的小孩，稚气未脱，调皮又充满了积极向上的情感。哪里有这样的胆量，根本不敢一个人外出。

两个人临走的时候，他说了一句"希望有缘再见"，真没想到这么小的孩子也开始理解"缘分"。突然间觉得能从他身上回味到自己的成长，回想起自己那个青涩的年代，想到那个奋发向上又多愁善感的男孩。

我在想什么是真的有缘，也许若干年后再次相见，或许这一辈子也就这样见了一面。

有的时候就是这样，让事情自然的发生，不要有什么负担。像有一次出差，飞机上邻座也是一个商务人士，一路上聊了很多关于市场和商务的经验，下飞机前也留了联系方式，但是后来也没有什么实质的联系和对接，只是偶尔在不经意间脑海里会飘过在云端时刻的那个场景。

因此，我们有时没必要刻意去寻求什么，该来的总会来，该有的总会有，该失去的也终将会失去。有的时候，处理人的思绪不妨像互联网一样，把它先保留在云端，需要的时候把它下载下来。它就在那里，你不会失去它。

到了一定年纪后，潜意识中就会真的悟到人的余生有限，终于理解了有些东西错过了就不会再回来。有的人可能一个意外，这一辈子就结束了，很多梦想来不及追求，很多想回报家人的愿望得不到实现。

时间就像餐厅里等餐沙漏里的细沙，你能看得到和感受到它的流逝，但你将沙漏倒置过来的时候细沙还是在流淌，无法让它停止。就在我敲击键盘的这一瞬间，下一秒已经代替了这一秒。我们的青春年少，我们的风华正茂正渐渐远去。到年老时，那些物质的东西已经不去在乎太多，只有真情才会永驻。

我们与父母的缘，与爱人的缘，与儿女的缘，与朋友的缘都是此生此世现实的存在，有些缘就在当下，就让这些缘在当下去相见，有些缘来生能否再见不得而知。

上有老下有小是种幸福

中国人经常说自己上有老下有小，处在多么艰难和尴尬的生命阶段。不少人在抱怨自己年龄渐渐老去，事业无所收获，理想无一实现，人生就在冥冥之中消耗着，上愧对父母，下无法给儿女打好坚实基础。

我想起杜甫那首《春望》："……烽火连三月，家书抵万金。白头搔更短，浑欲不胜簪。"当年杜甫从鄜州前往灵武投奔唐肃宗，途中被叛军俘虏，被困居在长安，他身历逆境、思家情切之际，感慨万千，发出对家国情怀的深重忧伤和感慨。

试想人生苦短，父母、爱人、子女能陪伴自己左右是件幸福的事情，幸福之下的辛劳也一下子显得不那么重要。

上有老下有小正是幸福的时刻。

我有时候想，有工作、有衣穿、有饭吃、有房住、有车开、有父母在、有老婆、有孩子，已经是"八有新人"了。别看就这么几个指标，能全达到也不容易，因为缺少了哪一项，人生的味道就不同了。

人生不容易，记忆中往往是烦恼大于快乐，因为快乐很容易让人忘记，而烦恼却让人久久不能释怀。

写到这里，隔壁家孩子的钢琴声又响起了，前年的时候还是简单的敲击键盘声，去年的时候简单的乐曲可以弹奏了，今年的时候世界名曲片段可以弹奏了。我这饭后的写作也算是一种情趣，到了再夜深人静的时候，我的房间窗前池塘里的蛙声起伏，伴着这悦耳自然的声音写作又有一种让人置身田园的感觉，这也算是一种知足。

看了季羡林老先生的《百年人生》，知道人生的每个阶段都有魅力。我从27到37岁这几年，经历了工作的洗礼，创业的澎湃，合伙的激情和磨灭，被单位表彰过，也被领导批评过，和朋友喝过茶，醉过酒，也和路边的小商贩吵过架。身边的新朋友陆续认识，也有当年的老朋友走着走着就少了联络。

有一天儿子在听《小马过河》的故事，我在一旁边听边想，我们不也是人生路途上的那匹小马吗？万事万物都不是靠一个简单的答案就能支撑一路的，都需要我们摸着石头慢慢过河。如今处在这个年龄段，既是辛苦的时候，也是幸福的时候，我这匹小马正奔跑在路途上，跌跌撞撞，踉踉跄跄，但也能吃饱肚子，饮到河水。

三、恋爱如火，婚姻如水

一家人需要共同成长

世界上除了父母之情和手足之情外，理想婚姻中爱人之间的感情是最亲密、最能互相扶持共度此生的深厚情谊。

我非常肯定地说婚姻是一门重要学科，是需要每个人自学的，这些东西学校不会专门地教，全靠自己琢磨和领悟。

婚姻中尤其要学会平衡家庭成员关系。

刚开始恋爱的时候往往是一方追着另一方，追逐的一方往往百般宠爱和宽容另一方。

但是成立家庭之后，倘若仍然是延续过去的情形，那么在婚姻维持若干年之后，或许要产生一些变化。

曾经有一段时间我对心理学很感兴趣，看了一部分专业书籍。有机会参加妇联的公益咨询活动，每个周末要跟随心理专家到服务中心去做义务咨询。在这个过程中了解到几乎每个家庭都存在问题和矛盾，只是产生的时间和轻重程度不一样而已，有的家庭关系能修复，有的无法修复。我认为根源还是在于家庭成员是否愿意付出努力，是否愿意平衡彼此的关系。

家庭成员的关系是否平等，家庭氛围是否和谐，需要一种技能提升与科学管理。一个良好的家庭氛围是需要每个人及时发现自己的站位和对方的站位，不断调整彼此的位置和坐标，让家庭成员的物理空间以及心理格局变得更舒适与和谐。

郑钧先生在《溺爱》这首歌词里写道："只有你的未来，才可以挥霍我的现在。"我觉得可以有两种理解，一方面是只要父母健在，孩子才可以内心放肆地在这个世界上撒野；另一方面是只要儿女茁壮成长，父母在当下才有动力去奋斗。

说到爱谁都懂，简单的爱谁都会，只是有学问的爱，科学的爱并不是每个人都会。

当然，有人会说何必那么麻烦，讲究那么多有什么用。但是，我认为学会科学的爱会让我们的人生，我们的家庭，我们的婚姻更幸福。

刚结婚那几年，我和岳父、岳母、爱人生活习惯和思想差异很大，我外表温和，但是生性有北方人的豪气和霸气，偶尔会因为一些小的情况而不悦，好在我的一个大优势是万事能忍。这期间有过各种大故事和小故事，于是经过两年的相处，我发现我们每个人都在调整，都在适应，都在改变和被改变。最终的结果是一家人比原来更融洽了，更懂得付出和彼此理解。

记得一个长辈曾问过我作为女婿如何和老丈人相处的问题。因为这个长辈说如果家里单独留下他和女婿，他会感觉如坐针毡，不知道说什么，做什么，女婿回到家之后吃喝完毕便忙自己的事情，很少交流。有的家庭成员之间交流很简单，需要寻求更优的交往方式；有的虽有交流，但不是科学有效的交流，导致出现说的人很累，听的人无所谓这种现象。

我想说，不管是怎样的家庭组合，和自己爸妈也好，和公婆或者岳父岳母也好，全家人都要一起经历一些摩擦，经历一些欢乐，一起去成长，才能获得一个和谐的家庭环境。一直平淡、谦让、客气不会有深入人心的交流，太激烈又容易滋生不必要的矛盾，一些既痛又痒的生活小插曲反而会让生活变得更真实和踏实。

婚姻杂谈

如今，离婚率越来越高了。究其原因，主要还是婚后有变。有的是不再喜欢对方了，有的是遇到更合适的朋友了，有的是事业环境发生了变化，有的是工作和生活空间距离无法满足正常情感需要。只要一方接受不了另一方，矛盾加深后就容易选择分开。再加上现代女性经济独立，这是离婚率增加的一个重要因素。

每个人年轻的时候都容易犯一个毛病，那就是太认真。

结婚前不能只图感情执着，相信真情无敌。

那个时候，恋爱了就基本迷失了自己，双方只看到自己范围内有限的东西。再加上对今后生活、工作、家庭各方面的认识和领悟不够，容易给未来的家庭生活留下一些隐患。

但是每个人并不是圣人，大多数都是摸着石头过河。

我们如果能在结婚之前就有所预见，有所思考，有所选择，那么一部分人今后的生活会顺利很多。

当然，选择恋爱和结婚对象与一个人的眼光、家庭教育、社会教育、环境引导有很大关系。

我现在偶尔会帮一些朋友的孩子介绍对象，我觉得干部家庭和知识分子家庭出身的孩子会更听取父母的建议，更懂得门当户对对今后发展的帮助。并不是所有的富家子弟都是吊儿郎当、败家子的形象，大部分还是从小接受很好的教育和培养，有着很好的社会见识。

一些孩子从小到大没有受到父母很好的引导，在恋爱婚姻选择上比较随意，只是听从自己的内心感受，以至于结婚后受到很多深层次问题的困扰。

所以不得不说，在处世交友，尤其是婚姻大事前要认清自己，也要认清他人。这是一种本领，是每个未婚男女都要掌握的一种技能。

我前几天和一个律师朋友聊天，他说最喜欢给富人和名人打离婚官司。如今离婚率持续攀升，真的让我们对情感产生了质疑，到底是我们太不愿意坚持，还是真的不适合，到底什么人才是最合适的？

我认为感情是基础，钱和责任是维持一个家庭的关键。

所以男人更要努力，女人也不能拖后腿。

一个家庭要想过得幸福，很多时候是要靠财力来支撑，虽然看似俗了一些，但现实的确是如此。比如家庭海外旅行、购置高档汽车、买洋房甚至别墅、赠送妻子高档首饰和名包等，这些都是增进感情的动作。没有哪个女士不喜欢这些，谁都喜欢自己的老公有能力，都期望能有殷实的物质基础和有品位情调的生活。

不是说看钱不看感情，因为家庭的纽带除了感情，其实财产也是很重要的一部分。

这里没法具体说得那么专业，但是作为这个年龄的人，我知道要把资金做合理分配，钱是你挣的，但如果做了守财奴也就体会不到把钱变成物质享受和精神享受的体验感，如果一味挥霍那么幸福也会离你越来越远。

三、恋爱如火，婚姻如水

说了钱，还要说一下责任。

做任何事情，如果缺失了责任就是最大的败笔。

婚姻中所谓责任就是对爱人的忠贞，或许一方会有一段时间的游离，但迅速悬崖勒马，最终以家庭为主，这才是心灵的归属，包括对孩子的爱与用心培养，这是人生拥有幸福，家庭生活美满不可缺失的重要部分。

结婚是两家人的事

结过婚的人都会体会到婚姻是两家人的事情，并不是小两口简单过家家。

结婚后，有的人是在大家庭中获得了人生的享受，生活和事业双腾飞。有的反而是失去了原本自己和父母小家庭的温馨，不得不面临多重压力和困境。

所以千万不要听别人说"只要你们想在一起，没有什么阻挡不了的"这样的话。

也不要完全相信爱情制胜无敌，因为生活会将你击倒，甚至摧毁。

学自然科学要遵循自然规律，在人类社会中生活就要懂得你还没有经历过的那些磨难，那都是真实的世界，用鸡蛋去撞石头结果可想而知。

结婚前要做好功课，因为看似两个人的结合，其实是两个家庭之间思想、理念、习俗、习惯、经济收入、社会关系等方方面面的融合，悬殊较大的话很难融合得到位。

选择结婚对象，你要充分地了解和清楚你未来的爱人在籍贯、语言、风俗、家庭背景、成长环境的情况，并预测这些情况可能对你们将来生活带来的影响和改变。

如果你们不是来自同一个地域，尤其是一个来自北方另一个来自南方，或者一个来自农村另一个来自城市，那么你们就会经历很多磨合，尤其是要面对和整合彼此家庭的时候，许多问题和矛盾就会呈现出来。

但差异有时会带来好的方面，比如凑巧促进了南北生意合作，促进了城与镇之间紧张与放松的生活节奏结合。

从上大学开始，每个孩子都天南地北地去报考，说不定就被哪个省份的学校录取了。因此，大学阶段基本就开启了人生恋爱的正常时期和重要时期。这不排除原本高中的同学考入了同一所大学，继续保持恋爱关系，为将来顺利结婚打下了良好基础。

我有几个朋友的儿子和女儿，大学一毕业就结婚了，因为大学期间谈的男女朋友都彼此比较满意，家长也比较满意，因此结婚的进度比较快一些。我发现他们都有几个共同的特征，比如说父母都在同一个城市，双方父母之前都有所了解，孩子们也回到同一个城市工作。

那么，对于不在同一个城市的青年男女，就要考虑好适应和接受彼此的各种差异，这种差异在年轻人身上会渐渐淡化和削弱，因为他们的适应性和包容性相对较强。但是对于双方父母来讲，需要一定的适应过程。因为有的生活在城市，有的生活在农村；有的是知识分子，有的是工薪阶层；有的是政府领导，有的是企业老板；有的家里负债很多，有的家底殷实。不管怎样，你会发现各方面差异不大的人生活起来比较和谐愉快，差异比较大的人在一起就容易分开。说白了你受不了对方，又不想委屈自己，那肯定要各自寻找出路。

任何以为只要两情相悦，再怎么阻拦都不会改变的这种思想，在生活的琐碎和困难面前就会验证出它其实是非常脆弱的。中国是一个非常讲究历史传承和文化积淀的国度，几千年来结婚是中国人的头等大事，而且中国的父母对孩子的每一个阶段都倾注了心血。因此，父母在孩子的婚姻大事上是持非常慎重的态度。指导和干预孩子的婚姻似乎是中国父母的一种常态，成为不正常又正常的一种现象。家长会从儿女谈恋爱开始到结婚，再到小两口生活过日子，整个过程中都会显性或者隐性地参与。

如果说你想让这些事情清净，那就说明父母并不是真的关心你，但凡关心子女的父母，不管参与的方式方法如何，是否科学合理，是否妥当，他都认为这是对孩子的一种关心和爱。所以说，处理好和双方父母的关系尤为重要，要充分地想清楚这些事情的本质，然后去做决定。可惜往往现实中是感情来临了，已经没有返回去做理性分析决策的时间了。

早婚和晚婚

我结婚五年后，才慢慢对婚姻这个概念有一些感悟。

最近刚看到一个调研报告，是一家非常知名的律师事务所发布的。目前江苏省的离婚率由高到低依次是"80后""70后"和"90后"，可见这三个阶段的人正是事业的主力军，也是家庭婚姻容易出现状况的时候。

家庭是社会最基本的单元，人在忙工作奋斗的时候往往会忽略家庭的建设。

婚姻的稳定性受很多方面因素影响，包括成长环境、生活习俗、文化差异、观念理念等，还包括后期的工作性质、生活所处的环境、收入差别、社会地位等。在不同因素影响下，人的思想都会变化，家庭结构也会变化。因此，任何时候都不能以不变应万变，而是要抱着谦虚谨慎，美好向上的心态去小心积极地推动和维护自己的婚姻和家庭。

一个完整和健康的婚姻对人生有着积极的帮助，尤其对孩子的成长和发展有着更为重要的意义。

在婚姻中选择很重要，经营更重要。

早婚和晚婚，虽然看起来是一个选择的问题，每个人都会根据自己的情况来选择，但我认为还是有一点差异，我建议女的早婚，男的晚婚。

早婚的好处是你可以尽早地有下一代，能够和孩子互动，等他长大了你还依然年轻。

因为男孩子在20岁至30岁之间，正好处于刚刚大学毕业，或者刚参加工作一段时间这个阶段，还是比较懵懂。30岁以后，在工作上有了一定的积累，看待周边事物更加成熟、客观、理性，男孩子30岁后结婚会更懂得照顾和谦让女孩子，更容易强化家庭责任感。而女孩子大学毕业以后就可以结婚了，这样可以在30

岁之前生两个孩子，让孩子有个伴，也让自己年老后不孤单。

从生理角度看，同年龄的女孩子比男孩子要成熟一些，男孩子比女孩子年龄略微大几岁可以更显稳重、成熟。我一个朋友是某学院的院长，又是教授和博士生导师，他爱人是本科生并且小他几岁，夫人极其崇敬和关心他，一家人和睦幸福。我还有一个朋友，两口子都是硕士研究生，都是各自单位的领导，都有各自的人脉圈，有时谁也不信服谁。或许适当有些年龄、学历、工作层级上的差异，生活起来会更和谐一些。

当然也不排斥有"姐弟恋"喜好的朋友，也不排除夫妻之间都是学术权威，或者都是企业高管，或者都是政府领导，互相协助，互相支撑的情况。

有的时候，我发现身边有一些男孩子会觉得自己年纪大了，有所焦虑，我劝告他们 30 岁出头不要急，再等个三五年自然会遇到好的女孩。反而对于女孩子来讲，我觉得只要遇到合适的男孩子就不要挑剔，也不要迟疑，迅速把他拿下，一起创造未来美好的生活。

教育孩子和挣钱一样重要

2016 年 4 月份，我到孩子外婆家接孩子回市里，儿子和外婆在太婆家待了一个多月，我回去后和儿子在太婆家的乡间小路上疯狂地玩耍，呼吸着浙西南清凉新鲜的空气，那种快乐是无法用语言形容的。

我也像一个小孩一样，放声地大笑，使劲地奔跑，奔跑中我有些热泪盈眶，我顿时觉得眼前这个活泼可爱的小生命就是我生命的延续，是我的全部。

　　独生子是我们"80后"的一个标签，正因为如此，也是造就了我们和父母特殊的亲疏关系。父母那一代人有兄弟姐妹，而我们成了爸妈唯一的希望和寄托，再到我们和自己的独生子女之间也是延续了这种关系。

　　有研究说人衰老的主要因素之一是感情孤独。湖南卫视出品的《旋风孝子》让我们看到了即便是明星也有家庭烦恼，因为大家虽然职业不一样，收入不一样，但是回归到家庭后都是当儿作女的，都要面对亲情百态。

　　我是爸妈的独生子，我体会到自己想照顾爸妈，想对爸妈多些爱的时候有心无力的困窘，也知道爸妈看到孩儿远离家乡，不能天天见到的伤感。自己生病住院也不和孩子说，自己有苦衷也不和孩子交流，这就是咱们中国的父母。

　　现在很多人在探讨该怎么培养孩子，我这几年接触到很多家长朋友，他们孩子的年龄结构从幼儿园到大学都有，他们每个人提到的教育经验我觉得都有参考价值。

　　我有一种观念，我认为孩子首先要全面培养，第二要专业发展，科学地规划孩子的职业发展方向。未来一个人的发展是全方位的，一个人要具备很多的知识面和兴趣爱好，即使成年后不一定从事这些方面的工作，但是对于一个人心智的全面发展是有极大帮助的。就像中央音乐学院原副院长周海宏教授所讲，艺术教育与生活幸福、事业成功、人类文明进程有着很大的关系。

身边可以看到很多失败的教育例子，父母优秀不代表孩子优秀，农民家庭也可以培养出优秀的孩子，孩子的教育成败关乎到父母后半辈子轻松还是操劳。

挣钱是我们每个人都想要的，我们要把培养孩子和挣钱看成同样重要的事情，甚至可以少挣钱，多注重培养孩子。如今我周末尽量不外出应酬，全部时间和精力都放到投资孩子身上，在孩子身上多投资一些，多付出一些，你会发现培养人是最值得的一件事。

很多家长有条件把孩子送到好的学校，报各种高端的课程辅导班、兴趣班，做好出国读书的准备，但是他们并不了解孩子的内心世界，不懂得与孩子沟通交流的技巧，只是注重外在的给予，缺少了解孩子的真实内在，导致孩子成年后与家长的交流仿佛还是隔了一层薄膜。

还有一些家长拼命地挣钱，以为只有这样才能给孩子创造更好的条件，以为一切的努力和付出都是为了家庭，为了孩子，但是往往缺失了与孩子同步成长的最好陪伴，与这些朋友经常陪伴在一起的大多是应酬和酒肉。

我认为一个优秀的孩子带给家庭的回报是远远不能用金钱来衡量的。

每一个孩子都是一个具有潜能的天使，需要家长给予他们更多科学的教育和培养。

离与不离

师妹在民政局婚姻登记处上班，她在没结婚前做的是结婚登记工作，看着幸福的一对对牵手而进，牵手而归，满是期待。后来被领导安排做离婚登记工作，所有即将分开的家庭百态都看在眼里。那个时候师妹还没有结婚，长此以往，会产生不好的婚姻观，实在承受不了就和领导申请又重新调回结婚登记的工作岗位。

歌曲《新鸳鸯蝴蝶梦》中唱道："由来只有新人笑，有谁听到旧人哭……"每个家庭中的夫妻二人都会遇到"离"与"不离"这两种结局。

这几年，同学们开始不断地聚会了，我这才知道原来有闪婚闪离的，也有离了再婚的，还有再婚之后又离的，也有家庭过得甜蜜幸福生了二孩的。

离与不离，是一件非常容易理解的事情，但是真正去面对的时候却有些难。

用现在流行的一句话讲："因五官而在一起，因三观而分开。"更实际地讲，是思想理念不合，兴趣爱好不合，脾性习惯不合。可能只因为某一个点太难以接受了就会导致分开，或者是综合的因素导致分开。

记得有一年春节同学聚会的时候，大家也没有明确说要不要带家属，但是家属一般吃完饭看我们这些老爷们儿还在闹腾，她们就陆续回家该带孩子的带孩子，该看老人的看老人去了。

剩下我们这些老同学就开始各自调侃，各自唉声叹气。有的叫苦连天，说当初如果找了某某同学可能结果会不一样，如果当初在某个城市发展结果又会怎么样。但女性们又何尝不是呢，她们也对自己的另一半抱怨不断，但是否真的分开却不是那么轻易就下决定和付诸行动的。

夫妻之间随着事业的发展，收入差距的拉大，社会地位的不同，对小孩教育问题的分歧，与长辈的相处问题等等，都会引发家庭的不和谐和矛盾。

但无论如何，我始终认为家庭是一个人得到精神安慰、得到心灵平和的港湾，是一个人温馨和快乐的归属。

因为在一个幸福温馨的家庭中成长的人来说，他会知道家庭的重要意义。

任何事，任何人总有合适或不合适，当你觉得可以通过自身的努力和对方的努力达到彼此认可，能够协同发展的时候那就继续；如果觉得难以承受，内心无比煎熬和痛苦的时候那不妨可以选择分开。

是否继续在一起，没有绝对清晰的界限，都有个体差异性，但一个道理是相通的，那就是在一起是为了获得幸福，分开是为了不再悲伤。

婚姻修复

如果说在我这个年龄对婚姻能够说点什么，我想"婚姻修复"

这四个字或许可以聊聊。

婚姻中会出现很多的问题，导致这些问题的因素有很多。当出现很多不愉快与不和谐的时候，最好的办法就是双方共同修复或者一方主动修复，不然的话婚姻的裂痕就会越来越大，家庭的问题就会越来越多。

如果问题得不到有效的解决，就会让人对婚姻和感情失去信心。人和人之间其实就是一份情感的交流和交融，包括同学之间、同事之间、上下级之间、师生之间、亲戚之间等等。当情感出现问题，要在最关键的时候及时去修复，得不到及时修复的话就会埋下很多不愉快的感觉在心里，这种感受会影响日后彼此关系的发展。

在"婚姻修复"这个概念中，我觉得"换位思考"这四个字又非常重要。

"换位思考"这四个字理解容易，但做起来却很难，我们大多数人都是自私的，出发点往往都是从自身感受和自身利益开始的。

今天我和爱人在探讨一个问题，她说我创业的那两三年里，她自己承受了很大的压力，我没有给家里贡献过一分钱，还把之前挣的钱都花掉了。对一个家庭主妇来说，家庭有稳定的收入才具有安全感，于是我意识到这短短几年内我为了发展一直向前冲，没有考虑家人和亲人在背后的付出。

有了孩子之后，我开始学着换位思考，我在想孩子如果哭是为了什么？不听话的原因是什么？爱玩游戏的原因是什么？爱搞恶作剧的原因是什么？爱撒谎的原因是什么？我用成人的理解和

三、恋爱如火，婚姻如水

判断可能是不够的，甚至是不对的。

前几天出差，邻座是一位八十多岁的老大爷，这个老爷子精力非常充沛，头脑清晰，原来在南京一家大型国有企业工作，现在定居深圳，他开玩笑说他是"80后"，我顿时惊讶了一下，又被这位老先生的幽默和精神感染。

我好奇地问他车票是谁买的，路上还有谁陪伴？我他说都是自己在手机上订票，微信用了好几年了，自己背一个包就可以出门了。他很喜欢和年轻人交流，思想不曾落伍。

但是这位老先生接着又说，他的儿女们却认为他已经是个老头子了，思想陈旧。

反而对于其他的年轻人来讲，会觉得在他身上有很多宝贵的财富，有不一样的特征。

所以换位思考，站的角度和立场不一样，得出来的结论也不一样。

比如，越是年龄大的父母越是需要子女对他们的理解和关爱，需要肯定和赞扬。作为老板就和当员工的心态不一样，大老板和小老板的心态也有很大的差别。不管是什么角色，经常换位思考一下，或许思路就可以打开，心态也会变得平衡和畅快。

婚姻中我们大多都是新手，都是抱着"执子之手、与子偕老"的虔诚信念，但在遇到艰难和困难的时刻，又总是拈轻怕重，自我打退堂鼓，或者把责任推向另一方。

我们生存的生态环境受到破坏后需要修复，我们的情感和家庭出现了问题后也需要及时修复，这样我们的生态环境才能继续碧水蓝天，我们的婚姻和情感才会继续和谐稳定。

两杯咖啡与半个下午

　　这个周末因为工作忙，我没法回家，爱人就到苏州来和我相聚。我到车站接到她后，两个人准备逛一会儿书店，喝两杯咖啡，休闲半个下午。

　　最近正好是暑假时间，孩子回外公外婆家了，我们俩有自己的独立空间。过去我们因为小孩的事情会经常红脸，现在看来很多纷繁复杂的事情只要学会互相理解，彼此关心和照顾，复杂的事情就会变得简单。同时，如果两个人不受外界的杂事影响，有一定的相处空间也有助于感情融洽。

　　我们的恋爱非常简单，经朋友介绍之后开始认识，吃饭、逛街、看电影，慢慢相处。印象深刻的是那一年"五一"假期的时候我们到武汉大学看了樱花。还有一次，正好赶上郑钧老师的演唱会，爱人知道我喜欢郑钧老师，特意买了两张VIP票陪我去看，后来每每聊到这件事的时候，她就说自己当初那么傻，想想我有的时候对她不好，真是不值得。当然嘴上是这样说，心里还是留着美好的回忆。

　　有的时候，幸福并不是大片段的享受，幸福往往是某时段内心的小感动和小满足。我们只要用心地去感受和品味，就能触摸到幸福的真实存在。

　　每个人都要时不时地对夫妻感情进行思考，随着小孩渐渐长大，我和爱人从最初的结婚生子，到经历了婆媳关系紧张、夫妻感情理顺、事业发展与家庭平衡、孩子教育理念统一等等矛盾和冲突，都慢慢学会了思考如何用自己的努力让对方幸福和温暖，让整个家庭健康发展。

我是一个不爱思考异性的人，我欣赏异性，但是不会去耗费脑细胞琢磨她们。

娶妻生子后，我才明白一个道理，那就是女性是伟大的。

借用宋美龄女士的一句话"妇女是改造家庭的原动力"，这句话能让我们对女性有最好的理解。

结婚以后方知女性的重要性，结婚前更多关注的是女性的漂亮、清纯、娇柔、可爱，以及小脾气。两个人浪漫地看个电影，吃个二人世界的晚餐，以为这是世界的全部，以为只要两个人在一起了就是万事大吉了。

结婚以后才知道原来女性真正的伟大，这种伟大表现在她可以管理好家庭，管理好丈夫，管理好孩子，同时她的工作还不耽误甚至更出色。

人们都讲一个伟大的女性可以造福三代，现实中验证下来确实如此。

优秀的女性是工作中的一把好手，是家庭中的贤妻良母，她们的确是改造家庭的原动力。我认为一个男人如果没有女性的约束，在这个社会中其实就是一个野性十足的人。

男人，更希望女人肯定自己，欣赏自己，男人想有更多的社会交往，获得更多事业上的成功。而女人更希望家庭稳定，感情稳定，老公上进，关心自己，哪怕是简单的问候，简单的一些小礼物，不定期的外出旅游都会让她们内心知足。

女人更注重的是当下的满足感和幸福度，男人会忽略眼下的点滴，更多地着眼于未来看似达不到的高度。因此，这就产生了一种当下的缺失，或许等到未来十年，男人可以有一定的能力去回报这个家庭的时候，但是中间已经失去了很多。

　　作家三毛说："刻意去找的东西，往往是找不到的。天下万物的来和去，都有他的时间。"

　　有的时候人需要静下来，比如某个午后时光，可以让你抛开内心的一些东西，回归到你的本源，回想过去成长的点点滴滴，畅想未来的美好，这个时候你就会发现，那些很多过往的事情，你当时的理解角度和处理方式是不当的。

　　这个时候，你的内心就会有很多正能量出现，你会让自己变得越来越上进，越来越成熟，越来越有魅力。直到那个时候，你的整个心灵境界就会有一个完美的升华。

四、创业是一种选择和态度

创业是一种人生选择和生活方式

很多人从来没想过创业，有的人对创业充满好奇和期待，有的人对创业充满恐惧，有的人是主动创业，有的人是被迫创业。

我觉得创业是一件有乐趣的事情，也是一件可以付诸自己智慧和能量来实现人生价值的事情，它可以让一个人的人生经历更加丰富和精彩。

创业有成功和不成功两种结果，但是不经历总是一种缺憾。

上学的时候以为自己毕业后能到机关或者事业单位去安安稳稳地工作一辈子，但是没想到十年里折腾了很多事情。

我前几年内心一直不安分，不甘于在一个环境中一直待着，心里一直在想着如何有自己的事情做，如何闯出自己的一片天地。

没有出路是可怕的，但是有了方向去踏开这块路径的时候又是艰难的。

我知道创业大多是艰辛的，我认识的很多50多岁，60多岁年纪的企业家基本都认为他们一路走来失败比成功多。我之所以称他们为企业家，那是因为他们的企业至少可以养活几千人甚至上万人的员工，承担着比中小企业和个体工商户更多的社会责任。他们都是几经失败和挫折才发展起来的，而且如今仍然在和各种困难和问题打交道。

我在想，有些人会觉得自己不成功，那可能是因为失败的次数还不够多。

我很欣赏"大器晚成"这句话，因为人生的能力和智慧一部分是来自本身的禀赋，还有很重要的一部分是来自于生活的历练。

创业，其实是一种人生选择，是一种生活方式。

我认为创业并不是听起来像是一直在起步阶段，其实很多成熟稳定的企业在运行中也在不断地创新，开辟新的领域，可以理解为新的创业，因为时代发展太快，不进则是退。

创业也是闯业，要有勇气，要有不害怕失败的心态，但同时要有资金和人脉资源。因为这个社会做点事情从起步、发展、创新、引领每个环节都是不容易的。

现在很多励志的故事一直在激励着年轻人，我觉得大多数人还是遵循一个大器晚成的规律，大器晚成的基础是年轻时的努力和积累。

现在创业机会多，信息渠道多，如果我们不在机关事业单位工作，打定主意做生意的话，那么我是赞成越早越好。

快50岁的一个老哥和我说："我现在手上是有些钱，但已经没有了冲锋的锐气和承受风险的胆魄，我宁可拿些小钱做个简单的投资或者理财，也不会拿出大钱来做创业。"当然这也是个例，很多50多岁，60多岁的人依然干劲十足，因为他们一直是一个职业斗士，对事业的激情是他们的本能。

大多数人都不是随随便便成功的，我们看到的只是别人炫耀风光的一面，他们经历的困难都不是我们能亲眼所见和亲身体会到的。

所谓的奇迹其实是积累加上机遇，只有机遇可以助推你。没有机遇，再强的选手都没有崭露头角的一面。

不论各行各业，强中更有强中手，纪录都是会被打破的。

有些错误只能年轻的时候犯，有些勇气也只有在年轻的时候才能迸发。

有些朋友在 40 岁以后渐渐失去了奋斗的勇气，原因不是他们不肯去奋斗，而是他们担心失败所承受的代价。所以 20 岁到 40 岁之间是一个人试错并逐步走向成熟和成功的必要过程，抓住这个时期做些自己想做的事情，做一些选择，改变一下工作和生活方式，就会有不一样的人生体验。

开公司为了什么

我刚创业的时候总是一有机会就递上自己的名片，总想要让更多的人认识自己。公司刚开始运行的时候，每逢饭局都想加别人微信，后来才知道自己优秀了自然会吸引别人。

现在每逢饭局，看到有些年轻的朋友动不动就说自己如何有本事，急于和某些领导和老板活络起来，其实有些事情根本不是看到的那样，火候不到吃到的都是夹生饭。

公司小的时候只想着挣钱，公司做大了防御风险是很重要的环节，同时承担社会责任的义务也自然而然地到来了。

一个企业老板外面看起来风光，不管是白手起家还是接班，都是经历过磨砺的，他要肩负起公司或者工厂里几百几千甚至上万职工生计的责任，也是连带着这么多职工家庭的责任。船起航了，就不能随意掉头或者抛锚。

工作的表型特征是一份谋生的手段，但工作的实质内涵是体现人生价值的通道。不管是给自己干还是给单位干，都是要通过工作来体现自己的人生价值，赚取人生的财富，获取人生的智慧。

开公司是工作的一种方式，公司开得好，效益好其实是一种综合能力的集中体现。有的人在别人创办的公司里工作能力突出，但是不见得自己开公司就能管理得好，能挣钱。有的人不适应在别人的公司里上班，更适合自己当老板，自己去谋生和发展。

不论哪种方式，从参加工作到退休的几十年时间，一个人的价值在工作中得到了重塑。很多人开公司的初衷是为了时间自由，自己能做决定，挣了钱归自己，那是小企业、个体户的阶段。

但一个人如果要做一番大事业，那开公司就没那么简单和容易。公司是你实现人生理想价值的一个载体，你要很好地规划、珍惜这个载体，它就像你的孩子或者爱人，你所有的喜乐和忧伤，付出和收获都要通过它来体现，人是公司的灵魂和核心，公司是人的智慧与价值的外在体现。

创业和发展

人在面对选择的时候会有很多的迷茫，这个时候千万别忘记请教一些有见识，有能量的人。而且这些人并不是为一己之利，而是站在一定的宏观和客观层面来帮你分析和判断。

处于30岁到40岁这个年龄段，正是每个人工作10到20年左右的时候，是处在一个徘徊期和飞跃期的关键时候，未来走向很重要。

虽然有人说诸多商业前辈都是大器晚成，九死而后生的榜样，但是人生有多少机会容得我们去试错呢？

到底怎么发展？如果发展不起来，马上年纪就大了，而且孩子和家庭都要照顾，容不得半点风险。这是这个年龄段男士的普遍心理，因此一旦觉得把握不大就会失去年轻时的闯劲。

是否从稳定的工作单位或者公司出来，要思考几点问题，一是要找个好的平台，二是资源怎么整合，三是要想明白自己的人生定位。

创业并不是那么容易的事。

创业几年以后，可能有些人坚持不住了，最终选择放弃。有的人寻找到新的创业方向，有的人寻找到新的平台去工作。

讲到这里，我发现身边但凡有所成绩的朋友，百分之九十是朝着一个方向坚持下去的人，因为坚持是获得成功的一项显著特征。

这种坚持并不是盲目的辛劳，而是把你当前的产业方向、个人能力、兴趣爱好、资金和人脉资源做好完美的整合，只有在这样的前提下去坚持，才会有较大可能的财富收益和人生收获。

从我自己的创业经验来看，不管再苦再难，都要优先考虑员工、考虑工人，这是诚信和原则问题。小老板都是给员工在打工，这个一点不假，自己的员工都是在为下家做培养。只有公司做大了才能吸引更多人才的加入，那个时候就不会介意人员的流失了。

我创业的时候虽然有一个核心主业，团队凝聚了国外的优秀人才和技术，还获得了创业大赛名次，获得了政府的支持。但是团队的稳定性不够，方向的专一性不够，任何小公司一开始的目标都是要活下来，所以那个时候除了做研发和小量产品外，业余的时间我还要做些额外的事情，比如环保和市政工程也揽过，设备也卖过，农产品也销售过，教育培训也办过，甚至到海外考察金枪鱼的贸易，我那个时候对什么都感兴趣，一下子涉及的种类很杂，都想做好，但是都没有做好。

那个时候，忙工作就没有时间做家务，没有时间带小孩，我的信息量越来越大，朋友越来越多，不管事情成功的几率有多大，但至少比过去在学校里工作的时候要丰富和有趣很多，这让我顿时觉得社会真大。

那个时候给我最大的一个感受就是创业要有本钱，没有本钱的创业，其实是非常辛苦的。这让我想起另外一个朋友，这位朋友是90年代国有单位下海，花了两千块钱去创业，他对自己的目标就是如果创业不成功就一辈子不回家乡。正是这样的气概才一路扛了过来，闯出了一条大道。现在他的企业已经做到了这个行业里面的领头羊地位，几百家经销商都围绕着他转。但如今创业的成本要比过去高很多，比如土地成本、建设成本、安全环保成本、人工成本、财务成本、市场成本、管理成本等等，要想做好实体的项目并不是想象的那么简单。

创业少不了辛劳和奔波。记得有一年快到年底了，我在密集地出差跑项目，希望来年有一些好的收获，因为开春之后部分项目要启动。于是在九江、泉州、杭州、济南、南京几个地方跑，别人已经放慢了节奏，筹办年货准备与家人团聚过年，而我还在不断地奔波着。

四、创业是一种选择和态度

坚持的背后是支持，每一个创业人的辛劳都与家人的支持是分不开的。不管你是在机关事业单位工作，还是做文艺创作，还是做科学研究，还是自己开公司办企业，还是做医生当教师，如果没有家人的支持，你在这个行业里面不能够全身心地投入你的精力。创业期间家人给了我最大的支持，爸妈在资金上支持，爱人在家庭上给予支持。

做成一件事需要一个积累和运作的过程，积累之后可能会有一两个收获，但是也有可能一无所获。如今我明白，只有经历了才会知道自己善于做什么。创业只是人在发展中的一种方式，在创业中我们走向大千世界，在这个过程中不断了解自己，激励自己，鞭策自己，发展自己。

创业和上班到底哪个好

辞职后的这两年来，创业虽然有一点点成绩，但是没有取得预期的效果，最操心我的还是爸妈。有一段时间妈妈在给我发各类事业单位招考信息，希望我不要这么辛苦，还是要有个安稳的工作。

我偶尔也略有心动，想想工作了这么多年，凭借自己的实力肯定也会有一份不错的工作。但是现在妻儿老小都在身边，如今的我就像开弓的箭，不能乱射，只能射到目标上。很多事情已经没法重来，不可能自己只身一人去自由飞翔。

路子一旦选择了，走久了就很难去改变和回头，只能朝着这个方向硬撑着往下走。但不管怎么样，每个人都是朝一个方向持续往前走才最终有了收获。

有一阶段用"游荡"这个词来形容自己最为贴切，有时感觉只身一人的孤军奋战确实很累。

所以我想起一个朋友之前和我讲他创业的故事，如今我也是感同身受。我这个朋友的公司如今在行业里非常有名气，但在刚创业的时候，他们从一个人到两个人，再到三五个人，公司好不容易到十几个人的时候突然遇到有员工辞职，作为小老板的朋友来说是件非常痛苦的事，会难过地伤心落泪。但后来他做出名气了，人多了也就无所谓了，认同的人愿意留就留，不认同的人愿意走就走，再不会为一个员工而掉泪了，这是公司发展的一个正常过程。

小规模公司招人难，留人也难。有经验的人招不起，招毕业生又没经验，等到培养起来了人家又去更大的平台去了，就这么矛盾。从老板的心理来讲，其实非常愿意给员工好的待遇，让员工跟着公司好好发展，但是还是很难留住优秀的人。

走着走着，感觉到累了，有时候在问自己是否还怀念之前稳定的工作。

有人说创业其实就是自己去创造一个平台，上班就是利用现成的平台实现自己的人生价值，我觉得一点也不错。

按个人经验来说，首先要对自我做一个评估，也要对从事的行业做一个评估。

比如说能源行业、化工行业、冶金行业、建筑行业去大型公司上班远比创业好，因为一个人很难去支撑起庞大的体系，花费同样精力和时间的情况下，利用平台更容易实现自己的人生价值，平台能提供给你一辈子都无法达到的行业高度，也为今后创业打造了强大的基础。

比如你进入了某企业，可能通过5年到10年时间就可以主管和负责某一项工作，得到行业的认可，但自己创业也许要20年才能达到这个高度。所以，有的人下一份工作会选择换公司但不会换行业。

现在都在讲"平台"，所谓平台其实就是一个资源的实体。比如说行业协会、产业联盟、商会、学会、大型集团公司、中央企业、国有企业等等，都可以理解为平台，在平台上做事就能借助平台的背景和力量，这要比一个人或者几个人的小团队强大很多。

在平台上做事情有助于个人能力发挥和个人成就的实现。比如你在上市公司，世界500强，全国500强这样的企业里工作，平台会带着你崭露头角。但是要牢记一定要兢兢业业，对单位作出贡献的同时才会成就自己，而不可能是颠倒过来。

创业成功的人比比皆是，很多优秀的公司都是从小到大成长起来的。就像我举的那个例子，朋友的公司在行业已经做到了一定的名气，他已经在佛系地生活，大部分业务是客户主动找来的，他原来也是一位大学老师，如今走向了另一种生活和工作方式。我昨天和一个朋友聊得很晚，这位朋友在河北和北京段的高铁项目又接活了，准备开始干了。这位老哥在行业里摸爬滚打了20多年，做一单可以吃好几年，着实让人羡慕，但是谁又能想到他的起步是极其不容易，成功之前的那些年是艰难地熬出来的。还有一个朋友很善于做成果转化，把一位专家的项目成功转化后，在行业做成了一项了不起的项目，成为当地的知名企业。

这些身边的例子太多了，他们有的是放弃原有工作创业；有的是白手起家做小生意开始发家，越做越大；有的是借力发挥，吸收别人的技术和成果后共同发展。

不管是创业还是稳定上班，它们之间可以互相转换，可以互相支撑。

有的时候是无心插柳柳成荫，创业是一种意外；有的时候是搭好了架构，设定了目标坚定地走下去；有的时候是不得已而创业；有的时候是天上的"馅饼"掉下来了，不抓紧接住就变成了终身遗憾。上班虽说安稳但也是充满挑战，好的平台，好的岗位需要用心去努力。不管是哪种方式，我们都要成为一个出色的职业人，或者企业管理者，为自己的公司或者为服务的公司创造更多财富，实现价值输出，担当社会责任。

创业精神

人往往对没经历的事情充满渴望和好奇，有很多人对创业这件事内心充满着期待。

我非常敬佩具有创业精神的人，不管他们最终是否成功。

一般是成功的人分享成功经验，我是一个创业没成功的人，只能用没成功的经验和大家分享，就像老师会让学生整理出一套错题集，失误和不足也是一种经验。

我认为创业精神是一种综合型的精神。

创业是件非常艰辛的事情，极少存在侥幸的几率，大多需要很多综合的因素叠加在一起才能成功。比如技术、资本、市场渠道、团队协作、政策扶持、社会资源等等。

我认为创业可以有不同的角度来理解。第一种是简单尝试型创业，就像刚刚毕业踏上社会的大学生，他们在社会中闯荡磨炼，失败也没关系，主要是感受一下创业的滋味，因为失败成本相对较低。第二种是复制型创业，即在一定工作经验基础上，积累了相应的社会资源，并且有一定的财力资本后开始创业，这种创业大多以复制结合小部分创新为主，起步相对容易，但有一定的风险，因为各类资源整合得还不是特别有力，缺乏核心的技术竞争优势的时候，容易功亏一篑。第三种是航母型创业，即团队核心骨干在大的企业平台上工作了很多年，具有非常资深的技术资源、人力资源、融资能力、政府资源，这个时候的创业相对容易成功，抵御风险能力较强。

例如当年的牛根生先生从伊利出来创办蒙牛，很多优秀的高管从央企、国企、外资企业出来，他们满怀激情，实现自己的理想抱负。这些我认为都是创业的范畴，只是创业的阶段有不同，起点有不同，结果也会不同，就看哪一种更适合你。

创业就像谈恋爱一样，一个人一定要有那么几场轰轰烈烈的恋爱经历，才能对恋爱懂得几分，一谈恋爱就结婚，在婚姻中遇到问题就容易解不开疙瘩。

在人生奋斗过程中，我认为创业是一个非常必要的过程。只有经历这个过程，人才能懂得自我的价值如何去实现，自我的能量如何去激发，社会的关系如何去调动，各种资源如何去整合，市场如何去开拓，公司如何去管理。

不经历这些，很多东西只能停留在表层去理解和认识，就像为什么有些老板一直要训斥员工，或者会抱怨，那是因为员工的思想和心理永远是和老板不一样的，因此老板不得不这样做。老板考虑的是全局和未来，部门负责人考虑的是年薪和晋升，员工在意的是薪资、交通补贴或者午餐补贴。

有些人可能和我一样，在经历过一个阶段以后感觉浑身的力量有时没法得到很充分的释放，背后缺少助推，靠一己之力难以实现心中大志。

因此，转了一圈之后，我最终还是选择大的平台。毕竟大的企业，尤其是央企、国企、世界500强这样的公司有着坚实的政策保障，有着完善的体系、成熟的管理模式。在这里只要去发挥你自己的优势和能量，总有机会去成就属于你的一片天地。

当然，每个人最终的定位和选择是不一样的，或许有的人就适合在民企，有的人喜欢在国有企业。但是不管怎么样，今天谈的是创业的精神，这种精神在一个人的事业发展上非常有帮助。如若没有这一段经历，我们可能很难迅速和深刻地去发现自己，了解自己，就达不到最终突破和超越自己。

我知道创业的不易，由衷地敬佩那些孜孜追求、不懈努力、最终实现自己梦想的人。

但是从某种意义上来讲，我有时也觉得自己变成了一个逃兵，没有在奋进的过程中坚持，哪怕像有些人一样冲撞得头破血流也要勇往直前。

对我自己而言，我只能像小马过河一样，在前行的路上自己去摸索判断。

经历了以后才会懂得之前哪些路子是弯路，但是往往不经历这些过程就不会走到现在的路途上。就像朴树唱的《旅途》一样，人生的轨迹和事业的轨迹，往往就是这样在经意和不经意间，主动和被动间，机遇和艰难间慢慢地水到渠成。

企业家精神

"我们决不气馁，我们更不会放弃，我们既已参与就要勇往直前，义无反顾，不达终点绝不罢休。"这是我熟悉的一位企业家的原话。

这位老先生给我留下印象最深刻的一件事，就是为自己集团旗下一个高端铝型材企业做品牌推广的故事。他的企业像一匹黑马一样在这个行业中冲出江湖，展现于世。

我钦佩他的眼光与执着。他投资过的一个项目在我看来在国内推广确实有一定的难度，因为属于从国外引进的超于市场前沿的一个项目，但是他一直在坚持，一直在投入，过了三年以后我发现原来他的坚持是正确的，他的投入是值得的。我可以预想，或许再过三年，他的这个品牌也会在行业中排名靠前。

老企业家的敬业和勤奋是我永远学不完的，我觉得一个人身上独有的魅力并不是仅仅因为他的财富，更多的是他内在的精神。这位老先生已经70岁了，依然奋斗在第一线。集团公司的大部分事情已经分出去让孩子掌管了，但是有些事老先生还是身先士卒，亲力亲为，为企业发展操心，一点没有安享晚年的迹象，依然忙碌着。

过去我认为企业做大了，企业家可以放权放手，不要那么累。但是我亲身经历创业之后才知道做企业就是要亲力亲为，只有这样公司才可以永续发展，如果不亲力亲为，公司就会是一盘散沙。

开过公司的人就知道公司是老板的公司，除了股东以外，其他人都是职业经理人或是公司的雇员。大部分雇员的心态无非就是当一天和尚撞一天钟，公司发展得不好就跳到另一个公司，这边干得不顺心到其他地方干，这边薪酬待遇不高就到其他地方去。公司员工始终不会站在老板的角度去考虑问题，不会为公司的发展分忧解难。所以这也迫使老板不得不把重要的事情都亲力亲为。

公司其实就像自己的孩子一样，从呱呱坠地到上大学，再到成家立业，无时无刻不去关心它、爱护它、培育它，你要负责它一辈子。所以我认为企业家精神是当今社会上最值得敬佩和肯定的精神。

我这几年来接触的老板有大有小，非常大牛的略有一二，中小的不计其数。我能了解和体会什么是老板、什么是企业家。我总觉得"企业家"这个词社会上目前用得太烂，有些人充其量是大老板而已，还谈不上称之为企业家。

我心中的企业家是一个有着高度国家荣誉感和社会责任感的人，他所做的贡献已经远远超出了个人对物质境界的追求，他更多承载着整个国家、民族、社会的产业振兴、技术创新、经济发展、社会稳定、民族团结等责任和使命。

一个真正的企业家可以说是一个技术专家、博学家、经济学

四、创业是一种选择和态度

家、政治家、社会活动家，他们身上蕴含的能力和能量已经超乎我们大多数人，我们可以从他们身上汲取到无穷无尽的信息和能量，可以得到更多的人生智慧和人生力量。

真正的企业家，我认为都具备有超强的机会预见和把握能力、能够有独特的办法去处理别人难以处理的问题，有胆略做别人想做又不敢做的事情，具有果敢的冒险精神，与众不同的性格特征。

企业家心里其实是特别累的，同时又是非常自豪和高傲的。他们能表现出来自身独有的风格和魅力，他们都是有着独特精神世界的人。

教师创业

近几年来国家鼓励创新创业，不论是从国家部委还是到各级地方政府，对事业单位、高校专家都给予了很宽松和优厚的政策，让他们可以保留原岗位参与创新创业，很多科研技术人员原来偷偷摸摸地开公司，现在可以光明正大地去施展自己的能量了。

前几年，我在做产业开发、成果转化的过程中，也协助不少专家的项目在地方落地。通过两三年的跟踪和观察，我发现很多科研专家还是不能够适应市场的要求，没有足够的能力做好企业的经营管理，他们只适合做技术研发、技术服务、技术管理工作。

但往往很多人既想做技术负责人又想当老板，用管理科技的办法来管理公司这是行不通的。他们虽聘请了职业经理人，但让职业经理人工作起来束手束脚，公司很难发展壮大。

但也不排除很多优秀的科研人员发展得不错，他们将成果转化、企业发展、人生理想完美地进行融合，这里面有很多人已经成为国家千人计划专家，甚至带领公司发展上市，成为这个行业里面的翘楚。

根据这几年来我对身边朋友和他们企业的观察，我发现有以下几点共性。

一是要想做好企业就要有狼性精神，不畏艰险迎难而上，要有一定的野心，在这个行业里面杀出一条血路，成为领军人才和领军企业。

二是要善于整合资源，将政府关系、资金、政策、技术进行完美的整合和应用，让自己从科技人员的角色彻底摆脱出来，成为技术的整合人并成为资源调配的调度员。

三是要有强劲的国际眼光，研判技术发展的前沿，注重国际交流和行业交流。

四是要有博大的胸怀和容错的心态。要逐步形成优秀企业家的气度和魄力，让自己在深海中成为一个掌舵的高手。

五是要认清自己，认清团队。要知道自己是否具备做老板的性格特征、思维高度、创新能力、财务能力等等。否则不如兢兢业业做一个技术专家，强硬坚持越往后走会越累。

六是要选好合作伙伴，定好合作模式。股权架构很有学问，这里我不多讲，有很多专业的机构和人士都给予了答案。

很多高校教师在商海中摸爬滚打一段时间以后灰头土脸地败下阵来，就是因为对一些事情没有想明白，想透彻，在理想和现实碰撞中才发现很多问题并不是想象中那么简单。我认为这个道理很简单，一个小伙从 16 岁开始跟着家人做生意，经过 20 年，36 岁的时候他已经具备了自己独当一面开公司做老板的能力。

同样的道理，作为一个科研工作者，在进入大学的那一刻起，再到硕士、博士、博士后，再到科研教学岗位，成为硕导和博导，他们的知识纵向深度和技术创新能力不是一个企业老板能匹及的，但是让专家们做生意的话却是从头开始，前面的基础为零。

因此，同样的时间它会造就出不一样的人来。只有少部分人能将做科研和办企业融合得那么完美，凡是成功的人绝对是智商、情商、逆商等综合能力极高的人。我身边有很多"80 后"朋友已经成为教授、博导，但是不适合做企业，不会市场公关，不会做商务。

同样还有些"80 后""90 后"的朋友创办企业，加上政府的支持，企业越发展越好，如果不打听他们的教育背景，你很难想象他们是一个博士或者博士后，他们俨然一个企业管理者和开拓者。例如我一个朋友回国后，凭借着自己的聪慧和能力，加上高人指导，获得了几轮融资，拿到了几个大的项目，也拿到了国家重点研发计划资助，凭借个人的努力成为了某民主党派中央委员，出版个人学术专著，在圈子里混得可圈可点。

任何事情都需要一个尝试的过程和容错的过程。一般通过三到五年时间如果证明自己不适合在某一个方向发展，那就要考虑是否改变思路，改变做法，找到更适合自己的发展路径。

我认为人生可用于奋斗的时间非常短暂，非常有限，如果在自身条件不匹配的情况下盲目坚持，哪怕有再强的意志力与再大的决心，其实是对时间和生命的一种浪费和消耗。

政府工作人员创业

这几年政府工作人员创业或者到企业任职的案例特别多，在合适的时机出去也是一片天地。

我曾经去国内一家较大的兰花育种公司交流，老板带着我在组培车间、育种基地看了一圈，又介绍我与日本工程师进行了交流。

公司老总当年在市场监督管理局上班，他了解很多企业的情况，知道哪些行业有发展前景，哪些企业有核心技术，于是他辞职创业的时候就选择了兰花育种这个行业。除了做种苗的供应外，同时在市场模式上也做了创新，如今与各大寺院建立了良好的合作关系。

也有一些领导原本就是从乡镇企业提拔上来的，到了一定的级别后嫁接式地到央企、国企工作，又可以光明正大地拿高薪和奖励，又能继续实现带领企业发展的目标。

但也有一些朋友在岗位时看着做企业挣钱，自己也下海游泳，但是水性一般，游得半死不活，甚至被企业老板利用，榨干其有用资源和价值后，自己连上岸的力气都没有。

无论从什么起点出发的创业，过程中会有很多的辛酸和痛楚，但是往往有些朋友还不理解。比如有人会说："你已经有几套房了，几辆车了，多少员工了，怎么还不挣钱？"其实很多东西都是为了发展而提供出来的一种道具，真正里面的辛酸只有当事人

四、创业是一种选择和态度

才知道，别人最终看到的是发展起来的现状。

有的人从体制内出来最初的创业是择时而为，遇到机会了就去拼一把，闯一回，横冲直撞后有的人头破血流，有的人盆满钵满。

现在越来越觉得创业是一项系统工程。

很多理念认为创业是年轻人的事儿，是有学识、有资金实力的人干的事。其实对于四五十岁的人说，创业也为时不晚，甚至说很多事业成功的企业家还在不断地创业中，他们为企业开辟新的发展方向，在现有基础上实现飞跃。

我一个朋友近几年的发展一直受到褚时健老先生的激励，就在褚老去世的前些时间，他们还在一起聊天。我的朋友说褚老给他的一句话让他最为感慨，褚老说："我都这么大年纪了还在做事情，你这么年轻还怕什么？"

有退休的一些老同志谈及自己的工作经历时说，后悔当初没有下海，在政府里安安稳稳待了一辈子，退休就是带带孙子，在家养老了，看到那些过去的老兄弟们还在自己的企业里奋斗，干得热火朝天，心里真是羡慕。

其实，政府工作人员创业可以灵活多样，可以是中途创业，也可以退休后创业。可以完全辞职后自己创办企业，可以嫁接到大型国有企业，也可以受聘于优秀的民营企业。我熟悉的一个领导退休后按照国家规定的受限时间结束后受聘于一家军民融合企业，正好把政府的科学、严谨、系统化理念带入企业管理中。

每个人都有实现自己创业梦想的机会，把握时机很关键，就像练就了功夫出山一样，要在恰当的时间找到属于你的场子。

从职员到老板

有这么一条规律，那就是刚参加工作的人基本是工薪阶层，依靠专业技能生存，比如会计、律师、设计师、医生、教师、工程师等等。

我们首先需要自己拥有某项技能，再找到一家能够施展自己才华的公司工作，然后将自己的特长发挥出来。

但是对于普通人来说，我们的时间、体力都是相差无几的，每个人一天都是公平的24个小时，所以大家只有不断提升自己的技能水平才可以达到一个高度。

有朝一日，量变引起质变，比如律师接到的案子越来越多，医生看的患者越来越多，教师带的毕业班越来越多，他们就可以变得强大，成为某个地区某个领域的知名人士，接下来就可以靠着技能和口碑吃饭。比如同样是靠设计赚钱，知名设计师的身价就远远高于一般设计师；同样是数学教师，带出奥林匹克冠军的老师辅导课程的费用要远远高于一般老师。

接下来就是模式阶段，在本职工作进行了一定阶段之后，也广泛接触了社会，该考虑设计出一个什么样的"模式"，用一定的模式和套路去做就会获得"取法其上、得乎其中"的效果。这个时候就对一个人的要求更高，既要懂得科技、文化、历史，又要有眼光、魄力，角色就变成了创业者。

久而久之，不断提升管理能力，关注团队建设、关注模式创新，

　　　　　　　　四、创业是一种选择和态度

能看懂国家新政策、社会大趋势，不单纯靠技术去挣钱，而是站在更高的位置上靠顶层设计和资源整合去赚钱，逐步让自己的经济实现自由，这个时候就基本是从创业者转变成了老板，直至企业家。

以上的情况是一个人从职员到老板的发展之路，这并不是完全不变的，如果没有设计好模式，没有带好团队，导致系统中某些环节出现了问题都会失败，所以成为一位真正的老板不是那么简单。

老板和员工

王阳明先生说："天下无心外之物。"所以，万事万物都是人内心的投射。

看别人不顺眼，处处都要挑人刺，是因为自己的境界还不够。不要总想去改变别人，先调整好自己的心态，修好自己的内功。

我们都有这样的心态，当走路时我们讨厌机动车不让行人，我们开车时又讨厌行人不守交通规则。

你打工时觉得老板太强势，太抠门。你当老板后又觉得员工太没有责任心，没有执行力。

你是顾客时认为商家太暴利，你是商人时又觉得顾客太挑剔。

其实我们都没错，只是我们站的位置不同。

老板的目标是要把公司做得更好，带领公司上市，实现业绩倍增。而员工的思想就是拿多少钱做多少事，认为公司是老板的公司，公司垮了还可以再换工作。

企业里有这么一类人，那就是哪里平台大、薪酬多、待遇好，就往哪里走。只有少部分人比较理性和聪明，他们会知道在为老板干的同时也是为自己干。当前，规模型企业基本建立了党支部、工会等组织，员工讲责任、讲担当，有更高的党性觉悟和集体观念，这有助于企业走向更优的发展之路。

只当员工的人永远体会不到老板的心思和状态，当老板的人大多数人都有过做员工的经历。无论在民营企业还是在国有企业，一个人从职员到部门负责人，再到分管领导和一把手领导，一步步走来的历程会让他更有领导说服力。

一个人当老板后关注的是公司的生存发展，将个人发展与公司发展紧密联系在一起，成为了一个生命共同体。他千方百计地做好技术研发、产品开发、安全生产、工程管理、经营管理等工作；他会想尽各种办法为公司拓宽路子，结交各方朋友，拜会各方领导，带领公司突出重围，决胜每次战斗。

对于员工来讲，因为站的立场和角度不一样，表现出来的结果也不一样。用一个不太形象的比喻，有一部分员工就像是公司的吸血鬼，靠着公司来吸收更多的养分、能量和财富，能从公司挖掘多少算多少，这在一部分企业中表现得比较突出。

对于有些企业来说，他们内部讲担当意识、讲政治、讲党性、讲纪律。领导和员工上下理念一致，在重大项目、重大工程、重大决策上面能保持一致。

大企业虽然制度规范，但也有不足之处，因为一层一层的领导架构，每个人对于整个公司的风险、安全、效益只分担有限责任，

四、创业是一种选择和态度

承担有限的义务。所以领导会经常批评员工没有团队凝聚力，没有进取意识，没有创新意识。那么深层次的原因，并不是某个员工不优秀，也不是团队不团结，只是机构臃肿，每个人只能干好分内的事，承担分内的责任。"不当家不知柴米贵"，例如住酒店和住自己家的差别，住酒店什么都不用管，拍拍屁股走人就行，如果住自己家就要考虑水、电、燃气开销，会考虑防火、防盗等重大安全隐患。老板和员工之间永远有说不完的话题。

老板和员工之间的角色可以转换，"不想当将军的士兵不是好士兵"，不想当老板的员工也不是有志向的员工。一个好的企业中必定是一个好老板带领了一批优秀的员工向前走，他们有着澎湃的动力和强劲的生命力。这就是好的老板，好的员工，好的企业特征。

广泛建立你的人脉圈

工作了这么多年，感觉趁年轻的时候多结识一些高质量的朋友对工作和事业很有帮助。

当然这里面更重要的是你自身要有些本事，或者说你具备别人目前或者未来的价值需求。

人和人的交往需要一个过程，可短可长，要想走入别人的内心是没有那么容易，有些人是经过多年的考察和验证并排除了很多因素外才会用朴实的心和你交往。

人一生中能够交往到一些优秀的人是非常荣幸的，也是非常必要的，在那些优秀的人身上你可以学到很多自身不具备的优点和特质。

要看准并珍惜和你一起奋斗的人，这些伙伴日后可以很革命主义地拉你一把，你可以和他们一起去创造理想中的东西。

我刚工作的时候听人讲过，不要太计较于每月几千块钱的工资，拿出来一点和大家聚聚，得到的将是未来更多的收获。后来验证下来的确如此，正如李白讲的"千金散去还复来"。

这几年来，我发现一个规律，身边靠工资吃饭的人或许很长一段时间就是这个状态。

那些有想法，有行动，心思在更大的局面上的人迟早都会脱颖而出，成就一番事业，最起码也是小有作为的人。

我身边的例子很多，大学本科带我课程的一个老师是很活跃和激进的一名中年教师，那时候有些老师看不惯他，但是这位老师科研管理两不误，一直螺旋式上升，目前已经是一把手校长了。我的初中班主任当年是教学能手、年级组长，其他老师都嫉妒她，但是班主任不管那些家长里短的事，她潜心钻研教学，带出了好几个全国奥林匹克数学冠军，成为全校第一位全国特级教师。

这并不是批评或者表扬什么，只是想阐述有志向就去努力，并实现目标这个道理。

人和人相处需要有"平台"。

这个世界上有能力的人数也数不过来，长得像明星的人也千千万万，但是为什么大多数人都平凡和普通，只有少数人插上了腾飞的翅膀。那是因为他们不断地踏上了一个又一个平台。

平台是有缘遇到的，也需要用心寻找的。遇到和寻找到优质

　　　　　　　　　　　　四、创业是一种选择和态度

的平台与一个人的人际圈子有很大关联。

平台就像楼梯台阶一样，上了一平台，平台中的贵人会拉你上到另一个平台，就这么简单。没到达一个平台前，很多事情推进起来比较难。但并不是说有了平台就万事大吉，"师傅领进门，修行在个人"，诸事要靠自身努力，而且更需要认真踏实的前行，因为某些不恰当或不真实的作为要承担更大的压力和风险。

这几年每逢重要饭局，我大多时候是坐在最不重要的位置，因为交往的人大多数比我资历深厚。每隔一段时间，我也会请一些朋友小聚和大聚一下，这时候才发现原来能请得动人也是一种能力，请不动心里难免会受伤。

优秀也是一个群体效应，大家都优秀，逼得你不得不向优秀看齐。

打个比方，就如两个人一起在看风景，一个站在一米高的台子上，一个在平地，两个人所看到的景致当然是不一样的。如果那个在台子上的人拉你一起上来看风景，那么你就上了一个平台，我称之为"拉上平台"，未来带给你的又将是不一样的视野和收获。

离职还是不离职

换工作是一个非常正常的事情。换工作的原因有多种，或许是不能胜任目前的岗位，或许是对公司的发展前景担忧，或许是个人希望寻找更高更好的平台。

那些抱怨薪酬不高，领导做事不公，同事难相处，离职之后也会发现不论到哪里都会存在这种情况，没有绝对的公平和完美。

自己要发挥工作中的主动权，遇到委屈及时调整，能承受，能担当。不断增强你的工作能力，实现你的工作成效。在你只有半斤八两的时候，就要把重心放在自身建设上，成为一个人物之后，自然有属于你的话语权，也会有优秀的公司高薪聘请，那个时候路子就宽多了。

当你能够扛住当前压力，忍下委屈，不挑剔环境、不抱怨领导，而是把精力花在工作上，在外部环境不好的时候还能把工作做好，你走到哪里都会体现出应有的价值。

所以说，有能力的人到哪里都会大放光彩，而没有能力且心胸狭隘的人，就算眼下找到看似不错的岗位机会，也不过是换个地方继续碌碌无为而已。

实践证明，跳槽对工作提升是有一定帮助的。

我对原来的工作非常有感情，但是最终还是离开了原单位，因为我不甘于年轻的时候在一个环境和岗位上工作一辈子，我希望接触到更多外面的世界，踏上更大的平台。

这并不是说以跳槽为目的，目的是经过跳槽之后你变得比过去更强大，视野更广阔。第一份工作让我迅速地成长，让我得到了锻炼。但是如果没有从原单位出来，我也不可能有现在的平台和资源。

很多朋友都会知道在同一家单位里面逐级晋升往往是比较慢的，你会发现很多企业的中层或高层在工作几年之后都会跳到另一个同类型同体量的企业，薪酬翻一番，职位升一级。每个人都在追求更好的自己，我非常赞同跳槽的朋友，但跳槽一定要有规

四、创业是一种选择和态度

划，要有技巧。现在很多刚毕业的年轻朋友感觉工作不开心了，同事间处得不愉快，单位领导的某一句话刺激到他了，或者简单到工作环境不舒适了，上班离家太远了，公司的福利待遇不好了这样的原因离开了一家比较有潜力的公司，其实这都是非常粗浅的判断，一家企业的优劣并不是简单从这些现象推断的。

你要瞄准一个行业，在这个行业里面扎根，同时你要在这个行业第一梯队的企业里面工作。即使进入不了第一梯队企业，那你要在同类型的企业里面把基本功练好，把各方面人脉资源拓展好。那么，以十年为一个起点，你就可以去瞄准自己的目标，开启跳槽攻略，跳得要恰当，跳得要合适，新的平台和新的环境有助于你更好地去带领团队，创造价值，创造财富。

选对行业并敬业

从大学一毕业，你会惊奇地发现有的同学一个月挣到五千元，有的八千元，甚至上万元，有的只有三千元左右。再过五年、十年你会发现差距越来越大。

更让你心里不平衡的是有些人并不是大学中的佼佼者，学习成绩并不好，从未拿过奖学金，有的不是学生干部，从来都不是人们视线中的焦点。但是走出校门后，他们获得的收入和回报却让你羡慕不已。

这就是行业的特征，从某种意义上与能力不完全挂钩。

所谓"男怕选错行"，说得不无道理。

男人是家庭的主轴，体面又能赚钱的工作是任何一个人的首选。

但是当初上大学时，有很多人说"朝着你的兴趣走"，也有的人说"要选择当前最好就业的专业"。

我说，选行业就像结婚一样，只有选择了之后你才会知道里面的辛劳和机遇。

选择了行业就要敬业。

人一生的发展中最重要的事情之一就是做好一份工作，这并不是简单地从事一份用来养家糊口的事情，它始于大学毕业终于退休，在这漫长的几十年工作中，我们的生命魅力在这个载体上得以呈现。

敬业精神是一种极其可贵和可赞的精神。这种敬业，表现出对工作的热情主动、积极反馈、认真履职、勇于探索、无畏困难、团队协作、攻坚克难，勇往直前的种种体现。

一个人不管在任何单位任何岗位，这种敬业精神会给周边的同事带来无比的鼓励，带来积极的影响。而正是这种敬业精神也可以看得出他对待生活，对待家庭，对待人生的态度。

正如 2001 年美国教育考试中心向新东方提起了诉讼，创始人俞敏洪、徐小平等一起商量对策，同仇敌忾，解决困局，但是当时国内与新东方合作的几家企业在危机面前退缩了，可见敬业精神加上优秀的合伙制度让企业渡过难关，也让个人魅力得以体现。

敬业是需要培养的，一个人首先要从思想上形成这种崇高的理念。从另一个特征上来看，往往经过自我创业，自我磨砺的过

四、创业是一种选择和态度

程以后，工作的主动性会更高。今后再到类似的企业和岗位中去工作，自然会带着这种思想和精神，这样的人他会把个人发展和单位事业很好地融为一体。

这种敬业精神可以通过军事化的训练、野外拓展等团队建设训练、执行力培训等模式来不间断地培养和固化，也可以通过组建课题攻关项目组，市场部目标任务书，项目部责任状等形式让团队成员在困难面前不断地重塑自我，创造机会，挖掘潜能。

行业没有对错，没有优劣之分，关键是要适合你。

选对行业并坚持下去，这是走向成功的一条最基本最简单的方法。

到民企还是到国企央企

很多人找工作时会迷茫，换工作时也会迷茫。

这几年我在各类单位和企业都工作过，总的来说，在一个平台只要按它的规律办事，融入它的氛围，只要你感觉快乐开心，有成就感，那就是适合你的。

终归到底，这就是一个选择的问题。选择之前一定要去深入地了解，知道自己真正想去做什么。有的人喜欢在变化跳跃的环境中工作，有的人喜欢在一个严谨和稳妥的环境中发展。

不同类别的公司都有各自的风格，即使同一类别的公司也有各自的文化理念。

大公司并不是拖沓，而是必要的流程和程序一定要走，靠制度管人，不完全是人管人。在有些大企业，大家为了共同的目标，为了拿下某一个项目都会拼命地干，并不是想象中的大企业就体态臃肿，效率不高。多少年来，人们普遍认为国有企业旱涝保收，在现代国有企业工作，也并不是想象中的老国企那样繁冗和拖沓，它也有民企和外企的先进理念。

最大的区别是国有企业的薪酬是有限度的，而民营企业的薪酬可以有很大跨度，这是吸引优秀人才、优秀管理人员的地方。民营企业中有的企业老板的理想和目标可以转化成员工的动力，有时老板的风格就是员工的风格。

一个人的工作履历，有时也不是一成不变，可以从政府、央企、国企、民企之间转化，每个人根据自己的能力、特长、爱好、环境、机遇去选择一个最适合自己的方向。

去大公司还是去中小型公司

毕业之际，很多人都在做不同的就业准备，有准备公务员考试的，也有准备事业单位考试的，有考托福或者雅思准备出国留学的，也有想去企业的。考公务员事业单位暂且不说，准备去企业工作的，很多人一时拿不定主意，不知道应该去什么样的公司。

先说大公司，大公司的优势在于具备完善的流程和体系，有相对完备的制度，有全面的培训体系，能让新人更快成长。大公司里能学到什么是职场，怎么完成本职岗位工作，怎么和本部门以及其他部门沟通协作，怎么去科学和系统地处理各种问题。通

四、创业是一种选择和态度

常大公司所能提供的岗位是设置好的，只能是一个萝卜一个坑，员工属于螺丝钉型的，只能先在某个点上发挥作用，但也能让你发挥到极致。

大公司能提供较好的学习和提升机会。大公司有足够的人力、财力、体系、制度为新人提供规范的培训，提升员工的知识和视野。大公司有完备的制度、丰富的成果积累和行为规范，可以帮助应届毕业生很顺畅、很规范地向职场人身份转变，在职业选择和职业生涯规划中起到很好的帮助作用。

大公司有良好的平台效应和品牌优势，公司运转比较稳定，内部会有比较宽松、稳定的员工生存环境。优异的品牌和平台效应可以帮助新人提升自身价值，对外树立良好形象。比如公司是央企、主板上市公司、世界 500 强企业、优秀的外资企业，这样的平台给到的不仅仅是可见的薪酬、福利和保障，更多的是平台带来的助推力量，让你自信、练达。

每登上一个平台，占有的资源就越多，过几年你就会发现，起初大家在同一条起跑线上，后来你所占有的资源和信息优势就明显不一样了。越到后来，你会发现这个社会上有很多高人与牛人，同时你也会感觉自己越来越渺小，就会激励自己不断地壮大和成长。

从跳槽分量来说，离开大公司到中小企业相对机会增加很多。比如小公司会从大公司招一个经理来做总监、副总，但是小公司的副总去大公司充其量只能当总监或者部门负责人。大公司会有较广的人脉拓展机会，接触的圈子会多。人脉取决你所任职的岗位和职位，也需要靠自己去积累。

说了大公司后再说小公司，小公司给你的空间是无限大的，你能发展多大取决于你的付出，你做得足够厉害自然有人对你抛橄榄枝。

通常来讲，小公司接触的资源相对有针对性，如果你习惯了大公司的模式和节奏，再转小公司就会感觉不习惯。

小公司往往在创业初期老板和员工都是齐心协力、激情澎湃的状态，但是公司做大了往往会有小圈子的现象，让老板也会感觉到下面的小势力、小团队有时拆不散，又不能拆，产生严重的内耗。公司各层面、各部门表面看起来一派祥和，实际上有很多看不见的波涛汹涌和利益纠葛。不习惯搞人际交往，耐不住性子的人就会有不适应感。

任何一家创业公司都会有不确定性，机遇和风险并存。多数创业公司中只有少数发展壮大，就看你是否幸运了，当然也要看你的眼光，要看公司老板的魄力和能力，以及公司遇到的市场机遇。

创业公司可能一人兼多职，新人有很多综合锻炼的机会。同时小公司不确定的因素比较多，但是小公司灵活性比较强，如果小公司的领导眼光长远，看问题也独到，思想先进又靠谱，小而精小而优的公司并不会比大企业差，跟着卓越的老板干，说不定还能成为合伙人，未来是一片光明。

还有一种情况，就是去大公司里新组建的事业部或者新开辟的业务板块，既有大平台的推动，又有创业团队的激情，两者都能兼顾，也会获得一番不一样的经历和收获。

在小公司工作不要觉得起步低，平台小，如今的腾讯、京东

四、创业是一种选择和态度

在当年也都是从小公司逐渐发展壮大的。

选择工作一定要考虑未来五年，甚至未来十年的情况，等到你工作十年之后，你就会明白之前所有的积淀对眼下的状况都是有直接作用的。因此，职业规划非常重要，它直接影响着你能成为什么样的人。

我们都要变成一个聪明的人，无论身处何时何地都不能忘记自己是谁，要了解自己的特点，知晓自己的真实能力。平台再大，我们不参与也永远是观众；平台再小，我们若善用也能施展才华。

去大公司还是小公司完全取决我们的主观诉求，无论大公司还是小公司，我认为最适合自己的就是好公司。

所以要综合考虑分析每个公司的利弊，针对企业和自身情况设计出一个适合自己未来发展的路子。

优先选择公司还是选择行业

有人曾经问过我这个问题，那就是选择公司重要还是选择行业重要。我认为要是能够找到一个前景光明的行业里的卓越公司更好。

中国有句古语讲："女怕嫁错郎，男怕选错行。"行业还是相对比较重要的，有的行业是常态化的，比如教育、医疗、金融、法律、建筑等，所以做一位教师、医生、律师都是稳妥的职业，只要你喜欢，有相关专业基础，家庭有从业者等几个要素就可以选择。有的行业是受到国家发展政策导向的，比如互联网、环保、生物医药、新能源、高端装备制造等等。从事什么行业有时候不受自己的控制，可能碰巧就学了这个专业也就从事了这个行业。

一个行业并没有绝对的好与不好，只是有些行业在近十年内有着爆发式的发展空间。瞄准行业并生根发展，就会在这个行业中力拔头筹。在这个过程中会有很多公司出现，一场群雄逐鹿之后必有成败胜负。换言之，有关门的公司，有奄奄一息的公司，有稳步发展的公司，也有业绩斐然的公司。

你可以在这个行业里任意选择适合你的公司，找到你的发展路径。如果你选择的公司在技术创新、市场机制、人才机制、管理运营各方面都比较优异，那将是很幸运的一件事。

反过来讲，选择公司也是极其重要的一件事，在你还不确定从事什么行业的时候，你可以先在一家比较牛的公司里发展，这家公司可以是任意行业的公司。一家优秀的公司会给你提供一个发挥人生价值的平台，尤其一些集团化大型企业或者卓越的上市民营企业，待你练就了过硬的基本功之后可以再去选择你想进入的行业。

刚毕业的职场新人不用纠结于先选择行业还是先选择公司，二者没有先后之分，如果找到一个未来发展空间很大的行业，并在这个行业内选择到一家有潜力的公司工作则更好。

职场十年

十年前的我，在人生岔路口，还在考虑继续读书，还是工作；

四、创业是一种选择和态度

是选择和女友分手，还是一直坚持异地恋；是选择回老家工作，还是到外地发展。面对迷茫和未知的一切，一步步艰难地往前走。

还记得那个时候很多想法都比较天真和单纯，但是现在还很怀念那个时候自己既懵懂又勇敢的状态。那个时候以为毕业后在某个学校做个辅导员应该问题不大，以为到某个单位后就可以一直工作很久，以为和女朋友谈了恋爱就可以顺利地结婚，以为买个房子安个家就可以在一个地方稳定地生活，以为赶上一个机遇就可以小赚一笔钱，以为和某个朋友深交多年就可以愉快地共事做生意。还有很多"以为"，因为那个时候真的不知道今后会是什么样子。

十年后的我，依然处在人生的十字路口，此时遇到的问题比过去更多，充满诱惑和面临的压力比十年前增长很多倍。此阶段与之前唯一不同的是彷徨少了，内心的从容和淡然多了。

十年前，我们都在做什么，有什么梦想，身边陪伴着哪些人？十年过去了，你又改变了多少？是否已经过上自己想要的生活，并且感到幸福？

有人说十年光阴磨平了许多棱角和锋芒，带走了许多故事。也有人说十年多了几分热血，几分执着和勇敢。

十年前，或许你刚参加工作，从一名普通职员做起；十年后，你可能已成为这家公司分管副总经理，或者已经是自己开辟门户成为了老板。

十年前，你在某个城市一无所有；十年后，你有车有房有家有孩子，过着稳定的生活。

十年前，你参军入伍，从彷徨到坚定，从软弱到坚强；退伍后军人精神仍然鼓舞你在工作岗位上建功立业。

十年前，你付出了很多，但家庭和婚姻一塌糊涂；十年后，你重新组建家庭，亲情关系稳步回升。

十年前，你的身体出了状况，积劳成疾或者受到意外伤害；十年后，你注重养生，精心调理，重新获得身体活力，再次感受到健康带来的快乐。

十年前，你或许不甘平凡，从政府或国企辞职做生意，经营管理、责任、面子问题让你压力倍增；十年后，你勤业并敢于创新，已经带领自己的团队登上了事业的高峰。

十年前，你或许选择到国外发展，你经历了很多事情，饱受了很多心酸，十年后，你回国创业，报效祖国，成为了某个领域的领军人物。

十年很短，许多事匆匆而过，来不及留下深刻记忆。

再过十年后，我们发现自己不知不觉已经到了三十多岁、四十多岁、五十多岁、六十多岁、七十多岁，甚至八十多岁，九十多岁。不知不觉已经感觉身体机能下降，不能再和当年相比，真的已经到了有心无力的阶段。

人生的每个十年都是一个里程，注定要载入属于我们每个人的史册中。

如果一个人从二十岁参加工作算起，不考虑延迟退休的话，到六十岁退休，职场四十年基本占掉了人生一半的时光。把这四十年划分为四个十年，每个十年都制定一个计划和目标，职场将会给我们带来不一样的人生体验，我们也会回馈给自己一个不一样的人生经历。

四、创业是一种选择和态度

五、结果很重要，过程更美丽

结果虽重要，过程更美丽

每次看奥运会都有一些感触，多少选手十多年磨砺，但最后只能拿银牌或铜牌，甚至与奖牌无缘，很多无缘和无奈都是事之常态。有些人没有想夺金，但意外收获了金牌。

但人们往往只关注金牌获得者，记忆最深刻的也是金牌得主，没有多少人会记得当年获得银牌、铜牌的是某某选手。

虽然我们常说参与就是成功，不以成败论英雄，但是历史总是残酷的，很多无奈只有默默体会。

看了这么多年的《西游记》，记得 2013 年五一假期期间，我打开电视偶然看到老版的《西游记》正在播放最后一集。师徒四人取得真经，但是佛祖还要再考验他们最后一回，于是暴雨倾盆，师徒四人从骑坐的大龟背上翻滚而下，经书丢掉了大半。

师徒四人取经之路历经千难万险，好不容易取得了真经，又遇到天灾。但回过头来想想，他们已经练就了本领，领悟了人生，最后得到的几箱经卷只是一个象征而已，真正的本领和内涵他们已经存留在内心了。

人们常说经历就是一种收获和幸福，这个社会虽说很宽容，但是大家心里都不约而同看重结果。但某些时候，你也会明白，结果虽然重要，但是过程更美丽。

这几年，我越活越明白一些道理，那就是没有经历就没有深刻体会。我们遇到那些只停留在事物表面，没有故事，思想肤浅的人只能心里笑笑而已。我们对那些历经艰难却依然拼搏，有辉煌也有失败的人总是充满敬意。

人生不是天气预报，无法准确预测未来的变化。

我们都期望结果如意，但认真过好每一天，让过程美好，也不失为一种收获。

任何事情都有一个迟与早的时候，早先的经历或许为你日后经历做了很好的铺垫。

我一个朋友快60岁了，这几年都在非洲和东南亚做生意，他最近在学习潜水和私人飞机驾驶，这和他原来的生活状态大不相同。我之前只知道他是生物试剂领域的知名企业家，直到我到了他在马尔代夫的工地后才知道他也是一个工程项目天才，他已经脱离了单纯挣钱的乐趣，更多的是寻求人生经历的延展。我还有一个朋友做了多年的金枪鱼海钓和贸易生意，他的船队常年在印度洋航行，直到我们认识后才知道他在环保领域做得也非常优秀，那是因为他在这个过程中接触了这个行业，潜心开发市场获得了成功。

很难说他们这样的状态是早还是晚，但都应该是最合适的时机被他们抓住了。

我想说，有些事情、有些境遇、有些收获、有些失去，我们都不要太急切地想让它去发生或者消逝，因为迟早都会到来，有些事情终究是要发生，因为这是人生的普遍规律。

"迟早"是个很简单的词，又是一个让人很害怕的词。

有些规律是跨越不了的，只能让时间和经历去告诉我们结果。

这个话题似乎是老人家谈的，如果能早点快乐从容，何必要等到退休，能尽早领悟的道理何必要等到年长。

换句话说，如果我们还不知道如何在复杂的社会中和烦累的工作中开辟出一个属于自己的从容路径来，那我们虽年轻但已是老化的人。

人越活越强烈感觉时间不够用，感觉愿望实现得太慢，有时又力不从心。

我们改变着世界，同时世界大格局也在改变着我们。

这个世界中的事物都有自己的规律可循，用期待未来的方式躲避现在是比较愚蠢的做法。

我有时候会担忧一些事情，但是我也知道很多事情的结束就意味着新的事情的开始，事物都有一个变化、循环、平衡的过程。我们可能就是某时某刻正好处于曲线的某个位置，再等一等就到了另外的切点，所看到的风景，领悟到的道理又会不一样。

不要等条件都成熟了再去做

我 2016 年买了当年 5 月 14 日李健老师在南京演唱会的门票，准备送给爱人一起听。

虽然我在北京的时候听过李健先生的演唱会，那个时候是他第一次在北京工体办演出，还比较生涩，那个时候我还是单身。所以这次我想带爱人一起去看，结果买了票之后她有些不高兴，责怨我花那么多钱。爱人是比较节约且会过日子的人，我是一个只要有所爱就会为之付出代价，不会太在意成本控制的一个人。

很多时候人的理念和想法太过完美和真实，总想如果有一天实现什么结果后才会怎么样，可是时间总不等人，工作、事业、生活往往存在冲突和矛盾。于是我学着把这些内容做好糅合和协同，不会等一个落实了再去落实下一个，那样的话太过于机械，岁月经不起蹉跎。

我之前也说过，有些事情是可以慢慢等，让其自然地发生。但是有些事情错过了时间，错过了机遇，就要再等很久。有些机会一辈子只有一次，没有把握好就永远地失去了。

后来，事情的结果是我们在南京如愿看了李健老师的演唱会，爱人也心满意足。

人生有些事情需要即刻去做，因为那并不占用你很多的时间和财力，之后你会发现其实当时的效率优先可以减少日后的很多困难。

比如你想父母了，就马上给他们去个电话，想家了就计划一个时间回家看看爸妈。如果你想吃什么了，晚上就约家人一起去吃，不用再特意筹划时间。你看到傍晚的湖边有专业骑行的人路过，你羡慕之余完全可以在自家门口扫码一辆单车骑一小段路程，就假想也是在湖边骑行。

很多人在没有毕业之前总以为宏大的事业都是以后的事情，在没有做生意之前都以为成为大老板是不可能的事情，认为年轻或者条件不具备，但事实告诉我创造财富要趁早，想做成一件事情也要趁早去铺垫和积累。

所以，如果看到身边的人去追求自己的梦想了，那他们已经走在自己人生风景的路途了，你就不要迟疑，不要还在路口张望。

有些事留有遗憾也没关系

王石先生说："登山的目的是为了证明和挑战，也为了快乐而生，是人征服自己的过程，而不是征服自然，人永远也征服不了自然。"

我们每做一件事情总有目的，哪怕是最简单的走路，比如从商场走到地铁口，然后坐地铁回家。但做一些事情的结果并不一定要用"成功""胜利"这样的字眼来明确，它需要我们有个平常心来对待。

以前听到一句话："你所厌恶的现在，正是别人梦寐以求的未来。"

我有时也这样安慰自己，想一想当初是多么不容易才走到了今天。当前的状态虽不是最好，但也不差。

比如当年自己还没成家的时候，我和爱人都住在单位宿舍。那个时候两个人的距离比较远，为了见一面，如果坐公交车至少要一个半小时，下午五点下班，七点左右才能见上面。为了留出更多两个人缠绵的时间，就要打车回去，但是打车的费用非常昂贵。那个时候极其羡慕别人有一辆自己的私家小汽车，羡慕别人买了新房等等。

许多年过去后，我明白了有些事留有遗憾也没关系，那个时候条件的不足也给日后提供了很珍贵的回忆。

每个人都想把事情做得完美极致，不留有遗憾，但是现实中遗憾无处不在。比如对学业的追求，有些人一直想考研究生，但是没有时间、精力、基础条件。比如对幸福婚姻和家庭的追求，有些人为了爱人、孩子、父母一直在付出，但结果往往也不如己愿。比如对事业财富的向往，有些人兢兢业业，任劳任怨，但职位一直不能提升，收入平平。

我有时在想，等自己有了钱都会好起来。但是也会发现有钱人也要面对他们生活中的各种问题，我就内心平静一些，有些遗憾就让它们成为自己人生电影的一个片段。

我是个比较追求完美的人，前几年我会累。但接近四十的年龄，我发现很多事情都有遗憾，我无法去把点点滴滴都做得那么完善。于是我给自己内心一个约定，那就是我特别在意和喜欢的事情，我尽力去做得完美，让自己不后悔。除此以外，即使有遗憾也没关系，就放到那里让它存在着。

人每个时期都有一些执念的东西，30多岁如果还想不开，以后就会比较累。

现在，我唯一想拥有的就是健康的身体和温馨的家庭。因为我认为物质上的东西迟早都会慢慢拥有，而生命中下一秒的事情则很难去预测。

我有一次坐地铁的时候在想，要是忽然轨道交通出了事故，把这一车的人困在下面，这些人将面临什么样的考验和结局。我有几次步行时，在人行道和机动车道混行的地方，突然遇到机动车从我的身边擦身而过，让我心中一冷。上小学时，楼前施工取土挖出一个大坑来，几次下雨过后积了不少水，我看到很多小孩到那里游泳，我因为不会游泳，以为下水就那么简单，结果差点丢了性命。人的生命随时会受到各种自然和社会环境的威胁，不要去刻意追求实现什么，能珍惜当下，安稳地着就是不遗憾。

我们的一生，很多时间都是在寻找着不同的答案，但是苦于没有一个完美的答案让人内心得以告慰。因此，越多的追寻，越多的渴求，越寄希望于一个完美的结局，内心就越不得以平静。

突然有一天，我觉得答案像玩捉迷藏一样，藏起来之后总会找到。

这些答案有很多，它们会在不同的时期、在不同的经历中让我们得到体会和感悟。我们期待的美好和遇到的遗憾总是交替着出现。

我打个比方，答案就像在高速公路上看到的远方美景，这美景由大山、河流、蓝天、白云、人家等众多元素构成，如果真的朝这个美景的深处开去，其实已经没有什么美景了，只剩单一的元素了，蓝天、白云渐渐散去，远处的人家、院落和小溪也迅速退去了。这些体验都是在那个远处行驶的时刻留给你的，是一个整体的感观，真正的答案都要在体验中寻找，需要我们进入大山，走进院落和小溪，答案既存在于那刻，也存在于此时。

天下没有不散的筵席

郑钧先生的这首《天下没有不散的筵席》是我最欣赏和推崇的，因为繁华背后还是要回归平淡。人在一定高度的时候最容易丧失自我，而在平淡的时候甚至困苦的时候才能够认清自己，一切荣华都将归于平静和平凡。

我认为人最终还是会回归到俗气，甚至到俗不可耐的状态。

在成为熟悉的朋友之后，那些大专家、大律师、大名医、大领导们最终还是和普通人一样，都有自己的心酸、痛楚，有自己未实现的理想抱负，有自己没能坚持下来的兴趣爱好，也有儿女情长和家庭琐事。他们和任何普通人都一样，甚至有的人不愿意做领导，更愿意回归到一个平常人，拥有一颗平常心。

不论是参加朋友的婚礼，还是生日聚会，终会曲终人散。相约下次再见，但下次能否再见，见得是否频繁，这个就要看缘分，看造化。如果不去主动联系，可能和某些人今生只有一面之缘。

不论如何，我们要有一个好心态，要认识到一些事物和事情终将散去，终将归零。就像我们人类一样，来到这个世界的时候是一个受精卵，是有机物。在生命逝去的时候又变成了无机物。从有机到无机，遵循的还是生物的规律、化学的规律、物理的规律。

因此，我们懂得了规律和本质，就会轻松地面对失去，面对痛苦和悲伤，面对未来。我们的内心就不会彷徨，不会痛苦，不会犹豫徘徊。有些东西只能是暂时的，并不是永久的，而我们的思想和精神才是可以永久传承的。

我在想，我们都是那颗划过夜空的流星，闪亮之后又瞬间消失，谁能分辨得清谁是谁，又谁能记得住谁曾经来过，聚散就这么简单，只是我们想得太多而已。

一个人要有点理想信念

偶尔翻起我的一个笔记本，记录着 2009 年大年初二的夜晚，我躺在床上没有睡着，在想一个问题，不仅仅在想，更是有一种无名的恐惧在向我袭来。那一年我还没到 30 岁，那个时候我在担忧随着年龄的增长这种烦乱的情绪以后会不会更多。

我可能是太追求某种过程的意义，同时又太渴望得到奋斗之后的收获。

那个时候，我一想到生命的终结就会莫名恐惧，我难以想象老人们在离世的那一刻或者是之前的一段时间里是何种的心理过程和思想认识。我大胆地猜想，可能是自豪和遗憾，对于普通人和知名人士来说这两点可能是共有的。

我是乐观主义者，又是悲观主义者。后一点我是非常清楚的，因为我是一个追求精神境界至善至美的人，所以才有明显的不得圆满而带来的悲切感。

于是，我努力思考生命过程的意义，让我理清它的脉络和真谛，从而获得更多的轻松和明了。

我知道不能因平凡而遗憾，因为大多数人本来也没有做出什么惊天动地之大贡献；但也不能因有点成绩就自豪无比，因为世界之大，我们大多数人不可能成为永恒的人物。

我想自己在弥留之际，想的肯定还是父母、爱人和子女。没有什么比这更坚实的了。当灾难来临、战争来临、疫情来临，物质的东西永远都是身外之物。

很多时候，我们都由不得我们自己，那些求学历程，婚姻历程，工作历程，都曾有很多困难和机遇。我发现最后的选择大多是相同的原因造成的，这些就是与我们的性格、理念有着密切的关系，是性格和理念指引着我们的人生一直向前。

理念中很重要的一部分就是理想信念。

我们在生活中必然会遇到挫折，遇到困难，遇到迷茫和内心消沉的时候。有了理想信念以后，人的意志不至于消磨，人追求的目标不至于模糊不清。

如果没有理想信念，人活着就容易迷茫，容易困惑，遇到困难会瞻前顾后，百思不解，知难而退。有了理想信念，人活得就有精气神。

一个人无论从事什么行业，有些人的愿望实现得很早，有些人实现得晚。但是放弃的人最后会叹息，没有放弃的人最后会欣慰。

时刻准备着，机遇或大或小，总有你遇到的时候。

这个世界上，人人都渴望成功，所谓成功就是达到或者接近一个人内心设定的目标。

但是努力了不一定就能成功，就像运动员并不一定就能进入国家队，进入国家队也不一定在奥运赛场上获得金牌，即使往届得了金牌，本届不一定能卫冕冠军。

跋涉的路上也要懂得体会过程，登到了山顶也要停歇一会儿，回想当初是怎么一路坚持走上来的。

30多岁，才刚刚开始感受人生，是一个经历社会各种磨砺和洗礼的阶段。

在前行的道路上，一定要有理想和信念，有这样的支撑才能走得更坚定。

人生并不是一段设计好的计算机程序，也不是一段克隆的编码基因，而是去摸索着成长的一个过程。

我们会发现那些有坚定理想信念的人，不论外界的影响和干扰有多大，他们始终会朝着自己的方向前行，若干年过后，这些人的路子会越走越宽。

工作和事业是立家之本

中国的传统观念中，男人要在家庭和社会中有一定的地位，尤其是体现在工作性质和收入水平上。

或许这话有些主观，但是作为一个男士，这些道理不用我去多阐释，我想大多数人是会理解的。

工作是谋生的手段，更是人生价值的体现。

没有参加工作之前，大多数人是不会深刻体会和理解这个社会。在这个时代，工作最大的意义是让我们的人生变得丰富和精彩。就像坐车和开车一样，自己不亲自驾车走一些路，那些道路情况是不熟悉的，驾驶的乐趣也是感觉不到的。

学业、婚姻和事业是人生不能缺少的三大支撑点，一个人只有从这三个方面才能全面深刻地领略人生。

刚毕业的时候，工作是一种形式，是一种时间概念上的动作。

随着时间推移，工作变成了生活中的一个内容，不管是给谁工作，在哪里工作，做什么工作，它都是我们步入社会后的一项人生内容。

因此，生命的价值和意义，就是在工作中逐一体现出来的。

要想有成绩，就要有你的核心竞争力。一个人要有被需要的价值，这样才可以在工作和社会交往中有自己的位置。

我在山东淄博时去过当地周村古商城里的大染坊，据说以前的师傅都是半夜起来配制染料，因为有句古语说得好："教会徒弟，饿死师傅。"

现代企业讲团队精神，但个人实力也要有，头狼精神也要提倡。

我参观过很多大型企业，凡是企业有核心技术的都是能够发展长久的，有了核心技术之后，还必须坚持好发展方向。

不知从什么时候开始流行一句话叫："专业的事交给专业的人干。"

如今，一个人似乎在一个行业中不待个十年左右时间，不足以证明他的专业度。换个角度来讲，想要做成某件事情，当然要去寻找在这个行业中工作了多年的人。

这就提示我们一定要坚持某个事业的方向。如果你的工作经常换来换去，并且不是围绕一个行业或者一个领域，就会让人感觉不踏实和不专业。

当然，有些人在确定最终的行业方向之前会经历很多选择，这都是正常规律。只有经过接触、筛选之后才能知道自己想做什么，能做好什么。

因此，在 35 岁以前，确立自己的职业方向并在相当长的一段时间内走下去，我觉得对一个人的职业发展是非常有利的。而且从很多成功人士的经历来看，凡是有所坚持的人，最终还是取得了成功。在某个行业中停留时间较短，前后所从事的行业并无特别大的关联的话，几年一晃而去，人老事未成，着实是一种损失。

山顶

上大学时，我有一次听余秋雨先生的现场讲座，他说："登着梯子爬上屋顶后才知道彻底无聊。"那个时候我根本不懂为什么无聊。

后来我爬山时有所体会，原本期待山顶有美景，但爬上去才知道山顶的风景也不一定胜过沿途的美景，而且山外还有高山，层峦叠嶂，让原本闲适的心又产生了压力。

但是爬山这个过程你经历了，你就懂了。

奔向成功的路途也是如此。真正实现了某个目标之后，你会感觉最核心的是那个过程才是你人生的宝贵财富，你要感谢这个过程。

即便是类似的过程，在不同的人，不同的学识，不同的阅历，不同的生活环境下提炼出的结论也是有差异的。这就像在不同的生态区、土壤、气候类型下有特定的作物，最简单的就像内蒙古阴山南面和北面饲养出来的羊，肉质和口感是不一样的。在无锡阳山镇种植的火山水蜜桃与其他地区的桃子就是不一样，这就是农业上所讲的地理标识，特定的品种在特定的产区贡献给人类的是特定品质的农产品。

所谓成功，是一个没有绝对界限和标准的概念。

一个人会不断有新的追求的方向，一个成功之后下一个所谓的成功目标又在召唤。

大部分人的目标就是把上中下三代人的生活建设好，让他们过得幸福。我认为这是最朴实的愿望和目标，别看很简单，做到并不容易。

有些事情并不需要别人完全理解。

一个人自我定义中的价值和生活的意义有百分之八十得到满足就可以了，剩余的那百分之二十还在持续产生和发展之中，可能在这个过程中人已经在这个自然界消失了。

很多人都说自己的心愿和理想还没有完成，最终抱着遗憾离去。其实那些并不是遗憾，只是人的欲望和期望永无止境而已。没有欲望就没有期待，没有期待就没有所谓遗憾。很多人是想法太多太高，才时时刻刻感觉没成功，目标还没有实现，财富还没有达到心理的预期。

冯唐先生说："活着活着就老。"这是自然规律，但是活着的过程中如何去思考自己，怎么去过好自己的生活，用心思考和努力的人，日子必然会和别人不一样。

很多人始终没有想明白生命与生活的意义，没有找到实现自我价值的事业，没有得到爱情的升华。

我已经三十多岁了，看到二十来岁的人有时不免会感慨，感慨他们年轻不经事，无所知也就无所虑；看到四五十岁的人，心

五、结果很重要，过程更美丽

中略有惶恐，感觉自己逐步就要过渡到那个年纪，身体不再有活力，所剩时间不够支撑理想；看到七八十岁的人，又觉得还是现在最好，要好好保重身体，珍惜青春。

其实，这就是人生的爬山，每座山峰都有魅力，每个过程都有故事，我们要活得大智慧点，有为和无为结合着点，累了就歇歇，有劲头时就继续前行。

围墙

钱钟书老先生写了一个《围城》，我只能凑合写个"围墙"了。

我是个不安分的人，这几年先后在不同性质的单位工作过。

原来做安稳的工作时觉得没意思，工作比较平淡，收入不高不低，但总觉得不如那些自己当老板做生意的朋友日子过得轻松、快活、自由。

但是自己开了公司后才觉得钱难挣，事儿难办，根本没有想的那么轻松快乐。研发需要强有力的团队支撑，需要不断地投入资金，新产品需要争得市场份额，员工需要凝聚力，一切都没那么容易。

人的心态就是这样，没钱的时候幻想着自己有了钱如何犒劳自己；有了钱但身体差了，又想怀念还是没钱的时候简单自在。

很多时候，当领导的羡慕做企业的人，文化低的羡慕高材生，做企业的羡慕当领导的，阅历少的人钦佩资深老练人士，城府深的人又欣赏简单且有热情的青年。

万物都是平衡的，要想得到必须付出，这就意味着我们要学会坚强，去找到突破口，必要时也要学会放弃，每个人都是通过自己的努力活成自己想要的样子。

　　比起"围城"来说，"围墙"不算是什么。那只是一个小小的圈子，有想法就去突破，但是一旦选择就不要抱怨。我们可以从一个"围墙"到另一个"围墙"，人就是在这么折腾来折腾去的过程中活着。

　　活着，我们就会被优秀的人影响，也会影响到身边的人。

　　人生坎坎坷坷，回过头来总会发现一个现象，绕过那道"围墙"后我们的人生轨迹就会发生转变。

　　行走一段时间以后又会产生这样的一个循环，"围墙"有的时候是把我们围困了，有的时候是给了一个新的机会。

　　这个"围墙"绕不过去的时候索性把它推倒，只有推倒后才能接触那么多的事，认识那么多的人，才知道原来民间这么多高手。

　　这些高手往往比较中性，太低调了大家不知道，太高调了又容易出问题。他们都有不同领域内稳定的圈子，这些核心且比较牢靠的圈子会辐射出很大的能量。

　　有时候翻越的"围墙"越多，越加感觉自己很渺小。但翻过围墙后就会看到更多不一样的人生风景。

　　　　　　　　　　　　五、结果很重要，过程更美丽

要做有价值的努力

据研究分析，人与人有较大差别的原因就在于八小时以外的动作，每个人对自己工作八小时以外时间的支配决定了日后的差别，甚至决定了一个人的人生走向。

比如每天坚持半小时的慢跑，半小时读书，与朋友一小时的喝茶聊天，一小时的专业学习等等。顺序可以打乱，但内容要有。别小看这样的安排，只要坚持几年，就有显著的变化。

巴菲特曾说："人生最重要的投资就是投资自己。"基因分隐性基因和显性基因，一个人要想办法将自己的潜能变成显能，努力成为你想成为的那个人。

八小时以外的圈子很重要，在现实生活中，我们和谁在一起的确很关键，甚至能改变我们生活的轨迹，决定我们的人生高度。和什么样的人在一起，就会有什么样的人生可能。

有句话讲："近五年和什么人交往，就可以看到自己未来五年的方向。"和勤奋的人在一起，我们就不会懒惰；和积极的人在一起，我们就不会消沉；与智者同行，我们就会不同凡响；与高人为伍，我们就有可能登上巅峰。

《异类》一书中提出"一万小时定律"，人们眼中的天才之所以卓越非凡，并非都是天资超人，只是他们在已有基础上付出了持续不断的努力。我们并不一定非要达到一万小时，但是持久的锤炼是任何人从平凡变成优秀的一个必要条件。

要成为某个领域的专家，如果需要一万小时，我按比例计算了一下，如果每天从事专业工作八个小时，一周工作五天，那么成为一个领域的专家至少需要五年。

　　必要的积累是一定要有的，很多的人看似很努力，但是没有努力到点子上。

　　有的人以为老板们在工作八小时以外都在吃喝享受，领导们在喝茶聊天。我所见到过的把企业做大做强的老板都是极其辛劳的，他们比普通人更努力，更勤奋，更能承受，更能坚持。我所见到的有能力、有魅力的领导都是敬业职守、有崇高使命感和责任感的人。

　　那些有野心志气，又肯吃苦，又有策略方法，始终坚持下去的人都不会太差。如果把一天二十四小时平均分配的话，工作学习八小时、睡觉八小时，剩下的八小时就决定了人生更高的走向。

　　人的差异在于业余时间，有句话说："业余时间生产着人才，也生产着懒汉、酒鬼、牌迷、赌徒，由此不仅使工作业绩有别，也区分出高低优劣的人生境界。"这句话很有道理。每晚抽出几个小时用来阅读、学习、思考、交谈，你会发现你的人生正在发生改变，坚持数年之后，成功会向你招手。每个人都因梦想而活着，每个人的成功之路都不尽相同，每一条成功之路都需要时间的付出，并做出有价值的努力。

　　　　　　　　　　　　　　五、结果很重要，过程更美丽

感恩和知足

人的一生都是不容易的，每个人都想活出自己想要的样子来，有的人实现了，有的人还没实现。不论结果怎样，都要学会感恩和知足。

我是个愚钝之人，但又是一个幸运之人。幸运的是能够结识比自己能量高很多倍的人，在他们身上汲取到了很多进步的思想，获得了很多能力的提升。这里面包括院士、国务院参事、各级领导、学术专家、艺术家、企业家等等。

我感觉到他们对待年轻人，尤其是对要求上进、有担当、有责任感的年轻人非常关心和支持，可能就像是忘年交一样吧，他们当年一路走来都非常不容易，现在他们愿意拉一把年轻人，让年轻人走得更顺畅一些，避免一些错误，少走一些弯路，排除一些困难。

当然，他们也要评估一个年轻人，包括他的为人、家庭、工作能力、性格、爱好、潜能、生活习惯等。哪怕小到一个生活细节都会注意到，有的人就得益于或者错失在某些细节上。

前辈们对一个年轻人进行综合考核和评估后，对这个年轻人会有一个全面和深入的认识，然后才能更好地去帮扶这个人发展。

作为年轻人来讲，更要懂得感恩和珍惜。借用清朝曾国藩先生的一个故事来讲，他当时进朝廷的时候得益于一个人的帮助，后来这个人被慈禧太后贬职。但曾国藩每次进京都要去感谢这位恩人，自己不方便的时候他就让儿子每次进京时去感谢这位恩人。我们要向曾老学习，对曾经帮过你的人，要始终保持感恩。

一个人要想成为自己想象中的样子有时很难，需要一个漫长的过程。

我创业的时候，想请一位院士帮忙站站台，提升企业形象，我托导师引荐某位院士，这位院士说正因为是靠谱的人介绍，所以就直截了当地问："需要我帮什么，帮企业做虚假宣传不可以，帮企业真正做点实事可以。"

自己原来只是粗浅地理解这句话的意思，后来才领悟真正有能量的人是真心想为国家、社会和企业做些贡献，但是又对责任和名誉看得很重要。

人都会说谎，都有小我的自私自利心理，都有见利忘义的时候，但是在大局上一定要想得清、分得清、做得清。

得到别人的帮助，并不简简单单是运气，更主要是得到了别人的信任和支持，信任是无价的，很难用金钱去衡量。

我们人类都生活在同一个星球上，遥望星空，浩瀚的宇宙中地球是一颗非常漂亮和俊朗的行星。人类凭借现有的水平目前难以找到一颗类似于我们当前生存的这座星球。

我们首先要以作为地球人而感到庆幸和自豪，我们可以看到自然很多的美丽之处，感受到这个世界带给我们的所有体验和想象。关键是我们在这个星球上可以思考，可以表达，可以交流，可以创造。当然这所有的一切都是基于人类区别于其他动物独特的肢体构造，发达的大脑和丰富的精神世界。

再过几十年以后，我们都将离开人类世界，回归大地，彻底变成虚无。不要讲下辈子如何，这辈子要好好过好，多一些感恩和知足，要善待爱你的人和你爱的人。

你是否是完美主义者

每个人都在这样问自己一个问题："理想何时才能实现？"我想说，渴望收获和成功的人是煎熬的人，不一定是快乐的人。

只有被生活麻木，实现愿望渺茫，或者已经达到了一定层次的人才可以缓释这一感觉。

一直望着遥远和宏伟的目标，但是迟迟没能实现，人就会失去信心和斗志。

追求理想是人的本性，追逐理想也是辛苦的过程。获得成功是快乐的，但是没实现理想也别太沮丧。

原来我想考很好的大学，但是后来我只上了一所普通的高校，在我高考报志愿时学校排名还是倒数几位，一般是成绩不理想的人才去农大，但是没过几年，学校已经排进前三名了。

起初，我想毕业后就留在家乡工作，后来到了北京学习，又认识了江南女朋友，就不顾父母反对跑到江南去了。

毕业后，我没有选择马上读博，因为感觉硕士阶段太累了，但是又想当老师，教学岗做不了，就做非教学岗位，于是我到某大学里工作了六七年，一直做产学研工作，也算是实现了一个大学教师梦。

前几年，全国上下兴起创新创业热潮，我接触了一些创业人士后有些心猿意马，就想去做生意，认为自己具备一个小老板的能力。与国外回来的同学创立公司，找到了投资人，获得了省里创业大赛的奖励，开始了创业之路。折腾得不亦乐乎，结交了一些无法筛选和甄别的朋友，也收获了一些真诚的友谊，算是圆了一个创业梦。

时间久了，我突然发现自己没有一个主导方向和坚实的平台，似乎什么都在做又什么都不专一。两年以后，同学回到科研单位专心做研究，找到了适合他的方向。于是我开始思考，前后请教了几位平常对自己关心的领导和师长，我才下定决心要进世界 500 强企业，要让自己有更宏伟的志向，有更宽广的事业平台。

我们每个人都有自己想要实现的目标，想要活成自己想要的样子。我也不例外，我还有很多梦想要去尝试。后来我也考上了博士，也到国外溜达了几圈，这些都慢慢地在我的生命轨迹中实现了。我不是最优秀的，我只希望自己比过去有进度，小小的愿望慢慢都实现了。

包括我写的这本书，起初十年前我有这个想法，但是条件还不成熟，因为太早的话写不出什么内容来，于是就慢慢生活，慢慢体验，慢慢积累，如今终于可以实现这个愿望。

说了这么多，我觉得一个人可以有完美主义倾向，但一定不要达到"完美"，那样会很恐怖，"完美主义"并不是一个贬义词，有一些理想和愿望不要急着立刻实现，让它去发酵和酝酿，它迟早会以某种合适的形式出现。

无论何时何地，让"完美主义"达到心理平衡的最佳状态，这才是最优的。过了那个度则是一种心理上的负担，过分地苛求百分之百地达到某种结果则是不现实的，适度地追求，并让目标稳步地实现是最为快乐的。

你的起点在哪里

最近有一个课题正好要与工大的一个专家对接，于是请在工大工作的同学帮忙与这位专家联系。自从高中毕业后，我和这位同学就一直没有见面，前几年的一次同学大聚会我因为工作的原因错过了。

这位同学正好在工大工作，已经是副教授了，网上查了他的简历，没想到他的课题研究水平还是可以的，超乎我的想象。这位同学在高中的时候就是班里的好学生、佼佼者。果不其然，在工作中也能表现出优异的学术成绩。

我加了他的微信，好在我们做同学时关系还是可以的，毕竟是老同学，大家聊得还是非常开心。

和同学交流后，我突然在思考一个关乎职业发展和规划的问题。

毕业十多年后，同学们各自飞翔、扎根、生长、净化，各有各的成绩，但也有反复折腾定不下心来的。

一个小师妹从华东师范大学硕士毕业后，为了追求爱情和城市环境，就去了厦门一所职业院校当辅导员，但婚姻受挫后离开了学校又继续在其他几所学校工作。近十年来工作换了好几所学校，没法形成连贯性。同样是华东师范大学毕业的她的同学都已经提升到副教授岗位了，她如今又打算离开厦门换其他城市生活，又要从头开始。

当年，我和初中、高中的同学们相比之下，自己的起点还不算差，基础也比较牢靠，这里的基础指的是家庭条件，以及父母对子女未来工作生活上的帮助等。因为年轻人的起步和发展有没有家里的支持和帮助效果是不一样的。虽然很多人说靠自己的本事，不想家人干涉太多，但是自己奋斗受挫后，就会发现这个社会是一个糅合着人情冷暖，利益瓜葛的错综复杂的网络，仅仅靠一个人的力量是很难混出点名堂的。

我的一部分同学毕业后选择在家乡发展，这几年通过自身的打拼，再结合各自的社会资源已经站稳脚跟。我是放弃了原有的基础条件只身一人到陌生的城市发展，十多年来完全靠自己的拼搏和奋斗。打个比方，就像过去在广场上看戏，最初我是站着小凳子看的。后来我把凳子撤掉了，大家都在原地看表演，获得的视野都是一样的，原有的优势已经不存在了。

因此我想说，一个人在规划自己职业发展的时候要想到起点在哪里？从何起步？

伟大的物理学家牛顿先生都说自己是"站在巨人的肩膀上"发展的，承接了那么多前人的研究成果，将其发扬光大。那么我们又怎么不可以更好地规划自己的发展之路呢？

这是个容易懂但不容易真正做到的事情。

你可以看到虽然现在部分央企、国有企业的子弟有的不允许在父母所在单位工作，但是他们可以到其他的同类企业去发展。因为父母在退休之前有良好的事业基础和交际圈子，随便推荐几

五、结果很重要，过程更美丽

个好的企业是容易的。再例如父母是政府领导，孩子们也考上了公务员或事业单位编制，那么也可以在父母的指引下和关系网中继续获得事业的进步。

一个从外地考来的公务员与本土的公务员相比，起初看不出什么差别，工作几年以后你可以看到一个规律，率先提拔的这些人都是有些背景和来头的。当然并不排除那些靠自己努力和拼搏得以发展的例子，但是在同样的努力、同样的能力和成绩之下，一个人的背景是隐形的助推力。

这就是人情社会的一种情况，所以说职业规划中要从你的最高起点出发，把最优的着陆点作为目标去考虑。

我高中的班级里很多同学是来自农村的，他们选择读书为第一出路，从本科、硕士、博士一路读下去，留校做老师，到医院当医生，到大企业做技术骨干，我想不失为一种命运的改变，不管别人是否瞧得上这种保守的发展之路，但的确是改变自己人生的一条路子。他们把父母接到城市生活，有好的医疗条件，也为自己的孩子上学成长创造了条件。

虽然老同学自己说"在搞科研中，贫穷的背景限制了想象力"，没法拓展大项目和重点项目，只能求稳。但是我认为并不是每一个高校教师都要有绝对的创新成绩，或者必须要拿国家大课题，我认为大学教师回归到教学上，把所学所知再传授给每一届学生，也是一种工作职责和劳动价值的体现。

中央音乐学院周海宏教授说过一句话："感性素质低的人成功难，缺少艺术教育的人幸福少。"我也认为一个孩子如果从小有一定的条件去学习课本以外的知识，它能增强一个人的性情修养、想象力、领悟力，创造力。

　　一个人的职业发展，如果有好的起点就要好好珍惜和把握。假设没有好的起点也可以去创造属于你自己的起点，你会发现，只要起跑了就会有弯道超车的机会。

六、安静地读书，快乐地追梦

读书和播音

我羡慕那些有时间能品味一些文字的人，我已经很久没有用整块的时间来读书了。现代人读书是一种奢侈，我通常只有在飞机上、高铁上才能走马观花地看完一本书。

我们把更多的时间是用在挣钱和消费上面，似乎只有消费才能证明自己的存在。

曾国藩说："人之气质，由于天生，本难改变，惟读书则可以改变其气质。"静下心品一杯茶，读一本书，会让你摆脱浮躁，感知静态的人生。

每个人都有情怀，每个人都有自己的故事。有的人喜欢朗读，有的人喜欢书写，有的人喜欢摄影，只是大多数人没有合适的表达机会。

我有一次参加了一位广电主持人朋友组织的线下读书分享会，我闭着眼睛听了一段主持人朗诵的杨绛老先生的《百年感言》，感触颇深，只有真正有过经历的人生，加上真情实意的文字才能打动人。

这次读书会现场，主办方临时邀请了几位观众上台即兴演讲，在这个开放的舞台上，我听到了小朋友那清脆稚嫩的童音，看到了背影蹒跚却又深情款款地读着余光中《故乡》的老人。有的人朗诵诗人威廉·巴特勒·叶芝创作的《当你老了》，让每个人陷入对生命的思考和对生命的尊重。听到小朋友们纯真的朗诵，让人回忆起自己的童年，听青年男女朗诵着爱情故事，让人回忆起当年初恋时的缠绵往事；有人读着科幻小说中的某一个片段，不禁让人联想起宇宙太空，想起那些未来似乎要发生的事情。

我发现原来每个人都有自己钟情的东西，都有未完待续的故事，他们的表达是那么真切，他们的朗诵是那么用心。

每个人内心都有一颗种子，这颗种子一旦萌发，在他整个生命中都需要开花绽放，只是有的人默默地绽放，轻轻留香；有的人争奇斗艳，硕果累累。

读书会，读的是文字，领会的是作者的精神，分享的是共同的感受，对某种精神的共鸣和感知，一本好书和一段好的思想会给人的精神带来不一样的触动。

季羡林先生曾经写过这么一段话，大概的意思就是说，三四十岁写的文章不要放到七八十岁写，七八十岁不一定能写得好三四十岁时候的内容，每个阶段都有自己的体会，五十岁不能鄙夷三十岁的浅薄，四十岁也不要笑七十岁的慵陈。因为，过了某个阶段，人就会对某些事物有所淡忘，或者对当初那些比较敏感且激起内心澎湃的事情有所钝化，因此再也写不出来当年那种情绪。

所以，我们就要读出作者在那个时候写的作品原汁原味的内容，更多地了解作品的内涵，体会读书的真知和乐趣。

读书会上我也被邀请上台朗诵一段文字，终于可以拾起很多年没有的朗诵。朋友帮我选了一篇作品，我站在舞台上用心去朗诵和品读，重新唤起内心的涤荡，也让我想起自己曾经也是一名自豪的校园广播站老播音员。

初中的时候，借着在学校组织的一次朗诵比赛中我获得了一等奖的契机，我被选入校园广播站，这一干就延续到了高中和大学，让我的学习生涯多了几分不一样的色彩。

还记得初中在校园广播站第一次播音的时候，播的是郑振铎先生的一个作品，当时感觉到通过"媒体"传播出去的感觉比干巴巴地看课本更深刻，听到校园中回响着自己的声音，那种顷刻间的紧张和自豪涌上全身。高中的时候，我在新闻段休息期间第一次播放了王菲的一首歌曲《闷》，就被团委的老师叫去谈话，老师严肃地说："这首歌不适合在学校里放。"于是我就选择了中规中矩的轻音乐，但是内心还是极其希望自己喜欢的原创音乐能传递和感染到大家。大学期间我做两档节目，一个依旧是新闻栏目，那个时候我已经考到了普通话一级乙等，完全有能力胜任这份工作。另一个就是原创音乐类节目，那个时候不敢直接叫摇滚，怕再遇到高中时候的情况，于是只能说原创音乐，因此我就可以干我喜欢的事情。那个时候，我按照人物专题的形式一期一期地播出，比如把郑钧、许巍、汪峰这些喜欢的歌手和他们的歌曲陆续做了节目。

记得一天中午节目结束后，有一对恋人买了冰激凌给我和搭档吃，原因就是我们做的那期关于崔健的专题节目中一首《花房姑娘》打动了他们，可能是这首歌曲勾起了这对恋人过往的美好回忆。

我是一个在书店翻书多，但买回家精心读书时间不多的人。

那些好书让我爱不释手，现在电子读物越来越多，但我还是愿意把纸质书买回家，看着它们，闻着书香，泡一杯茶，翻看一小时，让心放松一整天。有些书近期看不完也不要紧，放慢节奏看，也是一种看法。

旅行是件永恒的事

余光中先生说："旅行的意义不是告诉别人来过这里，而是一种改变，让人的目光更加长远。在旅途中看到不同的人有不同的习惯，你才能了解到并不是每个人都按你的方式生活。这样人的胸怀才会变得更宽广，才会以更好的心态去面对自己的生活。"

余光中老先生说得对，旅行给我们带来的更多是精神上的体验和成长。

有质量的旅行是人的一生中非常有必要的一件事儿。

一个护照、一个身份证、一个手机、一张银行卡就可以轻装上阵了。无论国外还是国内，不同的城市和不同的地方都蕴含着不同的文化和习俗，不同的美食和故事。旅行会让人对这个世界、对社会、对自我都会产生新的认知，让心境可以更加开阔。

我建议在校生上大学的时候就要趁寒暑假，或者劳动节、国庆节等小长假去各地看看。一是因为这样可以为大学阶段梳理世界观、价值观、人生观提供很多现实参考；二是等到了工作之后确实没有足够的时间去各地看，除非你做的工作可以让你走南闯北到处出差。

旅行也是一件永恒的事情，就像学习一样，古人讲"活到老学到老"，旅行也是要温故而知新，因为环境和事物在变化，五年后再去同一个地方你会发现变化很大，十年后再去那个地方，你会发现变化更大。变化中你又会受到许多思想的启发和心灵的陶冶。

中国的旅游节是以徐霞客出门远行的那一天作为日期的，我有一次到徐霞客故居看了之后，才知道霞客先生几十年的游历让家里的财产越来越少，妻儿也渐渐离他远去。当然，霞客先生还是留给我们一本重要的游记，但当年付出的代价却是沉重的。如今，我们并不是要像霞客先生那样舍妻抛子，独行天下。现在交通如此发达，信息如此便捷，有条件的话反而要带家人多出去走走看看。

旅行，已是一件非常简单的事情，因为只有旅行才能让人知道地球的美妙，到南极看企鹅，到北极看极光，到世界各地的博物馆看珍奇收藏，了解历史的演变，认识人类文明发展过程中的血腥和进步。

只有旅行，才能看到各色人种在这个地球上多姿多彩的生活，才能知道原来自己生活的范围如此狭小。只有旅行才能领略时间的变换，饱览奇山异水，体验风土人情。只有旅行你才能知道西方人怎么想，东方人怎么想，北半球的人怎么想，南半球的人怎么想，发达国家的人怎么想，发展中国家的人怎么想。你才能知道原来世界上还有那么多想象不到的事情，还有那么贫困的地区。也只有旅行，才能让自己眼前的烦恼短暂消逝。

地球给人类提供了物种多样性，大地、海洋、天空、动物、植物、微生物，构成了极其美妙的地球生态圈。旅行能让我们开阔眼界，让我们了解世界，让我们心胸开阔，让我们越来越欣赏和热爱我们的星球和环境。

开夜车听摇滚

我最近非常享受夜晚开车的感觉，夜晚开车听一些老歌时往往会想起一些事，一些人。听齐秦先生的歌就会突然想起初中的一个同学，想起这个同学就会想起那个时候一连串的同学之间的故事，因为第一次听齐秦的歌就是她推荐的。

听周华健的歌我又想起高中的一个同学，那个时候大家经常在一起玩，他超级喜欢周华健，我们也跟着一起喜欢，我记得在他生日的时候我还送了他一盘周华健大哥的正版磁带。

我尤其喜欢摇滚歌曲，能一口气说出很多的摇滚歌手和摇滚作品。这些作品基本是我上初中开始接触起来的，大学和研究生这个阶段，直至参加工作以后听的歌曲还是原来这些老歌。

我感受到身边热爱摇滚的人都有一颗澎湃和炙热的心，那是听流行音乐长大的人永远不会有的心灵境界。我觉得优秀的摇滚乐可以用"伟大"来形容。它会让人内心充满对生活的热爱和对理想的追求，对于信仰的坚信以及对爱的执着。

从那些老牌乐队身上，看到他们几十年历程的岁月痕迹，我相信他们是用心来创造和演绎自己，人到中年岁月让他们更从容和豪迈，一个人把自己经营得很好的同时就会把别人打动。

儿子从上幼儿园时就不怎么听儿童歌曲，更爱听的是这些节奏感强、韵律强劲的摇滚歌曲，儿子虽然不懂这些歌词的意思，但是他唱得很认真，他经常会问我这个词是什么意思，那个字是什么意思，用他小小的心灵感觉到摇滚歌曲的美妙。

如果你不听摇滚，你就很难体会到摇滚音乐对一个人内心灵魂的震颤。

我最早从上初中的时候接触摇滚音乐，那个时候听的是崔健、黑豹、Beyond、零点、唐朝、超载、鲍家街43号、指南针、瘦人、天堂、眼镜蛇、面孔、呼吸，还有国外的老鹰乐队、迈克尔·杰克逊、后街男孩、西城男孩等这些卡带，后来再慢慢地延伸到郑钧、许巍、汪峰、朴树、李健等这些原创歌手，再往后就是新裤子、花儿、五月天、青蛙乐队等新人的组合。

那个时候接触摇滚就是一种缘分和巧合，根本不知道谁是什么明星，只是听到歌曲好听，适合我的听觉口味就买他的磁带。

起初为了便宜，买的是盗版磁带，后来为了追求品质，我就一直坚持买正版。在我生活的旗里，上初、高中那个时候买正版磁带绝对是件很奢侈的事情。那个时候卖正版音像制品的店面在每个省会城市也不过那么几家，我专门托人到呼和浩特大学路那边的文化商场附近的两三家专卖正版磁带的门店去买。

还记得听到郑钧歌曲的时候，被他的气质所感染，可能我骨子里就有自由豪放的因子，只是被长久压抑而无法释放，正好他的音乐，他的魅力给予我某些精神上的填补。

记得初次听到许巍的音乐时，拿到他专辑的那一刻，我迫不及待地躺在家里的床上戴上耳机连续听了整整一个下午，美妙的旋律和纯粹自然的唱声给予我一种莫大的享受。

还记得毕业临近时，汪峰2010年在首体开演唱会时一票难求，我从黄牛手里买了一张假票，结果被拒之门外，但是又没钱再继续买票时那种心痛，堪比没有考上大学的失落。

不管是哪种类型的摇滚，其实原创者抒发的都是自己的思想和状态，听者和看者追寻的是一种和自我的融合与肯定。

这是一个略有意义的话题，人生如果有属于自己喜欢的音乐风格，实属一件美事。我往往愿意在清静的时候如一个人后半夜回家时在路上听歌，把一天的疲劳或者不快都能轻松地抛在脑后，沉静在音乐的魅力中。

写作和思考

我发现每隔一段时间静下来看书、思考、写作，是人生一件幸福的事情，能够让生命得以升华和凝练。

不定期地静下来思考一下是一种享受。有些作家都是很执着地在一段时间里完成了他们的创作，有的在自己的书房，有的在国外，有的在乡野，有的在寺院。那些名家的确值得去学习和敬佩，只可惜现在的我不是职业作家，没那么多时间去书写和创作。

我本来决定在前几年完成自己这本书的创作，后来觉得放慢节奏并不是什么坏事。

写作是一种快乐，是生活或者说是生命中的一部分。就像摄影、音乐、绘画一样，它们已经成为一些人生活中的精神伴侣，只有喜欢的人才能知道其中的乐趣或者心酸。

我是一个追求真爱和自由的人。

有时我很喜欢各式品牌的衬衫，包括商务的、休闲的，还有夸张的，我幻想自己像文化人一样，做个很时尚的发型，留点有造型的胡须，行走在一些时尚场合。但是我只能把自己喜欢的衬衫买回家，只挑选几件合适的穿着，其他的都挂在衣柜里。更不敢留奇特的胡子，做时尚的发型。

我不是一个写作水平很高的人，只是说我敢于写，敢于创作。

有时候光想是想不通的，只有落笔下去，或者敲击键盘下去的时候那些思绪才能被梳理好，让动作去协助思考，这是很有趣味的一件事。

在我看来，写作和思考算是一个孪生兄弟，是生命中的一部分，说不上有多么的崇高和重要，但是缺少了就觉得不舒服，就不是完整的自己。

江南

作为一个北方人，我小的时候就特别羡慕生活在江南的人，每每看到一些文学作品中对江南的描述，或者影视作品中的一些画面就会油然喜欢，那依山傍水、小桥流水的江南人家雅致的生活画面深深吸引着我。

上小学和初中的那几年，春季正值西北刮沙尘暴的时候，每天放学回家鼻孔里和脸上全是细沙和灰尘。所以上了大学以后我就有个心愿，今后要到风景秀丽的地方去工作。

我喜欢江南的蒙蒙细雨，这细雨被文人叫作烟雨，又像烟又像雨，在这种环境下人的皮肤好，心情放松。在江南喝喝茶、聊聊天、听听评弹，这是一种极其美好的感觉。

有一天早晨起来，淅淅沥沥的小雨又把自己带回到记忆中十年前的江南印象。第一次来无锡、苏州这几个城市是 2007 年，到今年已经有十多个年头了。第一次来江南，感受的也是那种淅淅沥沥的小雨情景。江南的小院，江南的天空，江南的美食都在吸引着我。那时让我牵挂的还有一位江南的女孩。也许一个城市对人的吸引就是这么神奇，说不清也道不明，就像某种香水，你闻了它之后，可能很长时间都不会忘记那种特殊且喜欢的味道。

就像有的朋友喜欢四川成都，去了之后就觉得再也不想去其他地方了。而有的朋友喜欢大连、青岛、厦门、重庆、长沙、三亚等城市，他们愿意在这种休闲的地方待上一辈子。

去年认识了几位诗歌爱好者，他们都是来自各行各业的朋友，都有一个共同的爱好就是写诗，而且写出来的诗适合谱曲。他们都是地道的江南人，我能感觉得到诗、词、茶这三样东西在他们心中已经是一种生活必备品。比如，我接触了几次旗袍秀的活动，虽然现在有很多商业的味道在里面，但不管是年轻的女孩还是年老的阿姨，看得出来她们对旗袍的喜爱和对生活的热爱，她们表达出来的那种江南的情调和韵味是别人学不来的。

诗人戴望舒在《雨巷》中写道："撑着油纸伞，独自彷徨在悠长、悠长又寂寥的雨巷，我希望逢着一个丁香一样的，结着愁怨的姑娘。"江南总与雨分不开，淅淅沥沥的小雨每年都要下。在江南生活了这么多年，已经习惯了这样的温度和湿度。

江南一年四季不间断的小雨营造了独特的氛围，在小雨时节，

六、安静地读书，快乐地追梦

约几个好友在茶室里或公园里喝一壶茶，一起聊聊天，散散心。

在小雨中，人的节奏可以放慢。有时开着车在城市的路上行驶，看着行人打着伞在运河旁边或在小桥旁边走过，顿时一场现实的画面可以想象成一幅定格的江南烟雨水墨画。

江南城市的主城区虽然不大，但这种江南的水乡韵味、古朴的建筑，还有上了年纪土生土长的江南人身上那种地道的原汁原味的感觉让人流连忘返。

这几年城市建设速度很快，很多老的建筑该保留的保留，该拆除新建的新建，如果有朋友来，我就带着他们到那些古镇上去看看。在江南的小桥小巷走走，可以让我们忘记忧伤，忘记自己。

北方的雪和江南的雨

今天在浙江台州出差，一早上妈妈微信发来了照片，原来是昨晚北京及内蒙大部分地区都下雪了，看到熟悉的雪景我心里顿时万分开心，似乎自己也置身于其中，感受到雪的洁白和浪漫。

我有时会回忆自己上初中的时候，下了晚自习后正好赶上下雪，我沿着几个小区的小道从学校走回家。那个时候没有那么多车辆，夜非常静，只有下雪时簌簌的声音，还有脚踩在地面上嚓嚓的声响，那大自然中美妙的韵律仿佛清晰地响在耳旁。

那个时候，还有一批同学放了晚自习后骑车回家，在雪地里骑车是一种快乐，滑溜的车轮在雪地里摆动着前行，奇特的是哪怕技术再差也很少有人摔倒，男生们追逐着，骑车浑身散发出的热量驱赶着冰雪天的寒冷。

我家因为离学校近，每天是步行往返学校，虽然已是冰天雪地，但是放了学之后还是特意把脚步放慢，看大雪从天空而降，在路灯的映衬下，每一片雪连成一条雪线，让它们尽情地落在我的衣帽上和脸庞上。

虽然北方下雪是常有的事儿，但最开心的仍然是早晨起床后的惊喜，似乎在被窝里我就能够嗅到外面已经下雪的气息。打开窗帘一看，果不其然，外面满地铺上了一层白色的地毯。于是我一天的好心情从此刻就开始了，吃完早饭之后就迫不及待地出门上学了。

如今在江南生活，感受最多的便是雨水，不论春夏还是秋冬，雨水总相伴在生活左右。

从四月份开始，山上的枇杷、杨梅、醉李和水蜜桃陆续熟了，趁天气好的时候赶快采摘。

我习惯了北方的晴朗，看惯了蔚蓝的天空，也很意外地喜欢江南的烟雨。这种雨说大不大，说小也不小，斜风细雨连绵不断。不像北方的雨，一群乌云到来，几声惊雷过后雨噼里啪啦地就落下来了，雨过之后又是阳光明媚，一片晴空万里。

在江南的小巷、古镇、运河边上漫步，总让人有一种悠然放松的感觉。在这里，上半年吃小龙虾，下半年吃大闸蟹。这一年中的美好时光就这样在小雨和美食中如期到来，又悄然而去。

在这里，喝茶会友已经成为一种习惯，无论是谈事还是闲聊，你总会看到在运河边或者古镇里有几家比较有特色的茶室。人们喝茶闲坐，尤其是伴着毛毛小雨，坐在遮阳伞下看着雨水齐刷刷地落在河里，有规律地画出一圈一圈的水漾。看着水漾向四周散去，心里逐步放空，什么重要事儿和烦心事儿都一抛脑后，不去想它，只需呼吸着温润湿甜的空气，静静地闻着那一杯茶香。

看着古街上的人来人往，我会想几千年来人们在这里的繁衍，劳动与创造。似乎我自己就是一个历史学家，洞察这些历史变迁，又好像自己只是这个城市中的一个流浪者，闲散地在这里游荡。

深度进化

在八九十年代，中国流行一个词叫"暴发户"，那个时候谁家有个十万收入就是非常了不得，被人们羡慕，所谓的"万元户""暴发户"就是那个时候兴起的一种叫法。

后来人们物质财富极大的丰富，经济发展速度加快，社会供给能力全面提升。但是目前我觉得我们似乎成了精神的暴发户。如今我们享受到的文化娱乐信息量太多了，一下子不知如何取舍，比如抖音、快手、西瓜、喜马拉雅等互联网文化平台，微信、QQ等交流平台，京东、淘宝等购物平台，无时无刻不与我们的生活相融。

我喝了酒睡不着的时候能连续看两个小时的抖音。越看越精神，越看越清醒。当然，它能够给我带来很多新的信息和知识以及精神的愉悦，但是我总感觉自己像是一个精神上的暴发户，突然感觉什么都知道，什么都懂，又瞬间不知道何去何从。

人类一直在进化着，而且我们可以发现和人类关系密切的宠物也在进化。现在的小猫、小狗都比过去的小猫、小狗聪明很多。同样，我们发现自己的孩子在领悟能力、动手能力方面都优于当年的我们。

这一方面与遗传有关，另一方面也与我们的饮食结构、生存环境、社会进步、科技进步、信息传递效率有关。

体能和智商的进化，我自己称其为自然进化。

我这里所说的深度进化是从人的文明、哲思角度出发的进化，进化的是人的灵魂。

亚里士多德等古希腊哲学家研究最多的就是人的精神、生命这些命题，并给予了他们力所能及的解答。他们认为灵魂是一个人最真正的精神。对于灵魂，有的人认为是丑陋的，有的人认为是善良的。

我认为无所谓善良或者丑陋，人来到这个世上，他的精神粮仓都是空虚的，需要被填充。时间久了，你会发现自己的精神粮仓原来也会有老鼠出现，通风干燥系统会出问题，粮食会受潮，甚至陈粮储存了很久新粮进得很慢。

于是我们的心灵粮仓需要去规划调整，去做防潮防臭处理，新粮要及时地补充，那些寄生的老鼠要想办法赶出去。人很重要的一个使命就是救赎自己的灵魂，深度进化是一个必要的过程。

六、安静地读书，快乐地追梦

有些事让它无意义

我曾经有一个潜意识，那就是不管事情大小总想与"有意义"挂钩。

我过去总认为有意义的事情才要去做。每当信息来的时候，大脑事先对信息进行一下筛选和分析，对事件过程和结果会进行一次评估或者是预判。因此，一段过程之后，一旦遇到自己认为无意义的事情，心里就会觉得有一些失落或遗憾，如果这样的事情多了以后就会觉得怎么生活这样简单无趣。

追求意义可能是人区别于其他动物的一种本质。但是如果每一件事情都用有意义来评判，那不免也有些太累。后来，随着经历的增多，我渐渐觉得天下哪有那么多有意义的事情。

我们每个人每天的工作和生活基本都是程序性地往前走，时间以每一秒、每一分、每一小时向前推进着。从早晨、黄昏到夜晚，地球周而复始地自转了一圈，一个人在地球上又停留了一天。

有些时候，你什么也改变不了。既然眼下改变不了什么，那就让它自然地走下去，也就是继续无意义下去，不用刻意追求什么意义。

因为，我们有时候是过度设计和过度优化了我们的人生。

就像有的家长给孩子买了昂贵的钢琴，请了专业的老师一对一地辅导，但是发现孩子并不是很喜欢钢琴，于是责备孩子不用心学习，责怪自己为什么有这样的孩子。其实这完全是一种被动教育的例子。真正喜爱一门乐器的孩子，他回到家就会主动练习，你能看到他们的成绩在稳步提高。因此如果发现孩子不感兴趣的话就可以马上调整计划。教育的意义并不是培养出一个个数学家、音乐家来。

我们有时一味地执着，其实是性格使然，消耗时间和精力去做的事情并没有经过科学合理的分析。起步就错了，时间久了当然会感觉累。

长大了，我们都知道有些事只是一个过程，只是例行的一些动作，轻松地活着，不去追问是否有意义，生活就会感觉到美好。

雕琢你的生命

早些年我在北京的时候，有一个叫"雕刻时光"的咖啡店很有名，那个时候主要是这个名字很吸引人，让人感觉到时光经过雕刻后可以形成自己想要的样子，也可以放慢节奏，在店里找个不错的位置坐下来看看书，喝杯咖啡，与朋友聊聊天。

于是我想到每个人自己的生命也需要雕琢，我们就像自己灵魂的工程师一样，让生命之树在自己的设计和修剪之下变得美丽，让它不要荒芜地生长。

雕琢生命，我们就要做好自己人生的加减法。

2020 年高考前，有新闻说一位老师把知识点和公式做成吐司面包，就像动画片《哆啦 A 梦》里面的记忆面包一样，让学生吃下去把知识点和公式牢牢地记住。这当然是为了缓解学生考试的压力，也是一种教学的方法，是个做减法和凝练的好故事。

我们从小学到大学，主要在做人生的加法，都要一步步地慢慢积累，有时觉得太慢，始终达不到预期的效果。

工作后，你发现自己的步伐还是那么慢，还在做加法。升职、加薪、提拔，永远是那么慢。

突然有一天你要搬家，当你整理房间时才发现其实很多东西完全是可以丢弃的，比如一些衣物、鞋子、书籍、纪念品、贺卡、背包、手链、画册等等。

因为随着时间的发展，你已经不喜欢那些过去喜欢的东西，过去送你礼物的同学如今你们交往甚少，当年的贺卡也就不再珍藏了。

不是所有的事情都是可以顺其自然得到解决的，你必须要去主动设计，主动沟通，主动面对。生活有自己本来的形状，你不去雕琢，它就会没有章法地发展。

郑钧老师说："没有永远，但还有明天。"我们看不到永远，但至少明天属于我们。想要幸福，我们就得追逐；想要成功，我们就得努力；要想不凌乱地生长，我们就得雕琢自己。

尝尝人间烟火

小和尚下山前，老和尚都要有交代。当了这么多年的和尚，总要下山看看。山下是丰富多彩的世界，那里有很多机遇，有很多凶险，有很多诱惑，有很多陷阱。

一个人来到世上，当然要经历这个社会上的风风雨雨，尝遍这个世界上的辛酸苦辣。只是有一些人阴雨天多些，有一些人晴天多一些而已。

2020 至 2021 年这两年间，有个别朋友或他们的家人离开了这个世界，他们还很年轻，本来可以享受人生美好时光，但还是遗憾地离开了。

许巍先生说："那一年，你正年轻，总觉得明天肯定会很美，那理想世界就像一道光芒，在你心里闪耀着。"那时的我们，总以为往后的日子很长，一切都那么简单和美好。

人间烟火不断熏陶，你就会对什么是人生的价值和意义产生自我发问。几千年前，我们的先哲就早已提问过和解答过，但是每个现代人在自己的生命历程中都会同样发问，同样在寻找答案。

就像国学大师季羡林老先生说的一样，活在不同年龄段，对人生的价值和意义就有不同的思考和领悟。

人的生活大多是琐碎的，从吃、穿、住、行、工作、休息、娱乐、房事等等。大多数人会觉得每天的工作生活太单调了，从家到单位又从单位下了班回家。就周末才能放松一下，所谓放松其实大多数时间还是在做家务、带孩子，偶尔会跟朋友三三两两聚一聚。

所谓应酬，其实酒足饭饱之后更多的还是空虚，有多少酒是真正为了开心而畅怀大饮。

世间的人，为了发展不得不去充电提升技能，考取证书，获得学历，参加技能比赛，参加竞职竞选等等。说是为了理想信念，其实更多的是为了那一份收入，那一份荣誉。

回过头来想想，这个世界上有很多的职业可以选择，有很多

六、安静地读书，快乐地追梦

的工作可以从事。

我们看到医生的威严，殊不知遇到突发重症患者，他们半夜还在手术台救治；看到教师的崇高，但是讲台的辛劳让咽炎已经成为家常病；看到艺术家在全球各地巡展，开展文化商业活动光鲜亮丽的样子，但是他在技艺上下的功夫你是看不到的。

或许没有哪一项工作是轻松的，或许真有一些工作是可以让我们生活和理想兼顾的。未来智慧化程度越来越高，说不定我们一天只工作几个小时就够了。

作为"80 后"的独生子女来说，我们已经到了上有老下有小的阶段，遇到突发情况，真的是感觉人手太少，势单力薄，家里家外都要操心。

想到我们自己的父辈，他们总有几个兄弟姐妹，大事小事都可以商量。七大姑八大姨，亲戚多了虽然杂事不少，但是真有点事儿的话凑个人手也是可以凑得来的，在这个时候你就感觉到人手多了也是一件好事。

人情冷暖，世事无常也有规律。去年我去吊唁一位老哥的家属时，一上午每隔一段时间就有一些亲戚、老同事、老朋友过来看望，但是大家也都是待一会儿时间，安慰几句话就走了。或许是不知如何帮得上忙，或许是不想给朋友带来太大压力，或许是自己还有很多工作上的事要处理。

就像张国荣先生在《我》中唱的那样："我就是我，是颜色不一样的烟火。"在人间烟火的熏染下，我们都在努力活出自己不一样的味道来。一个人在世上很多事情都是要靠自己，别人只是一时的帮忙，一时的出力。关键的时刻要自己去闯，困难的时候还要自己去扛，重要的决定要自己去做。

打造自己的生命花园

我们这一代人到目前为止基本是成家立业的核心群体，当然也不排除个别已经立业但还没成家的朋友。

我们要怎么样才知道自己变老了呢？那就是想翻起自己年轻时候的照片看看，约老同学聚聚聊聊。我翻出自己十年前的照片一看，哎哟，那简直美慕得不得了，那个时候还是青春帅气的小伙子一个，现在眼角和额头都爬出了皱纹。

有时候跟儿子一起上厕所，撒尿的时候两人将尿液交叉成 X 形射出，这个时候明显感觉儿子的尿劲坚强有力，自己已经是自然流淌了。有时候给儿子洗好澡之后对着他的屁股咬一口，发现肉质紧嫩富有弹性，美慕这位少年。

不禁感慨人生只有一次，我们这些"80后"和"90后"经历着社会的发展、科技的进步，也承受着发展带来的种种压力。如今这个年龄似乎要被遗忘，越来越多的"00后"涌了上来。

唐代诗人李白《将进酒·君不见》说："人生得意须尽欢，莫使金樽空对月。"长大了，对那些绝美的诗词忘得差不多了，但是"须尽欢"的状态却时常有。

星期五快下班的时候同事们喊着一起去吃饭，按理说周五的时候我肯定是要回家的，但是今天稍微有点情绪低落，他们一吆喝就答应了。我想那今晚该欢就欢呗，无非就是多喝几杯酒，多闹腾一会儿。

回头想来，人生短暂，世事难料。2020年油罐车冲出高速路爆炸燃烧、公交车坠入大河，2021年夏季河南省多地遭受水灾，这些意外伤害让人真是防不胜防。

这并不是说人生看到了悲苦才会无休止、无节制地去欢腾，在我们尽可能开心的时候就不要去烦恼，尽可能轻松的时候就不要去做无用的劳累。

我们毕竟是这个星球上渺小的一个生物个体，我们需要不断打造属于自己的生命花园。

这几天我经常是夜里十二点左右入睡，甚至更晚以后才能睡着，第二天六点多就醒了，每当醒来的时候总觉得前一天过得太没有意义。总觉得太程序化、公式化，不免内心空虚。总觉得这样过下去，好像生命的尽头就要看到了。

人生就这样，恍恍惚惚地过着每一天。每一天基本是按程序来进行，完成单位的事情、工作岗位的事情、领导交办的事情、目标任务内的事情，也要组织或者参加必要的朋友交际、照顾父母、陪家人和孩子等等。这些事情履行完了以后，一天的时间也就结束了。

有时候我们可以看到有些人在自家门口打造了一个很好的花园，这个在国外的一些家庭是非常普遍的，因为他们有时间也习惯于不断打理一个自己的小天地。

对于国人来讲，我们的生活节奏比较快，看到有这样的花园会格外喜欢。记得有一年网上疯传有一家"多多花园"，大家开车排队去看，看后才知道这无非也是一家普通家庭的小庭院，只是主人一直用心去营造和打理，而我们大多数人没有时间和精力去建造，也没有形成爱好和习惯去打理这么一个小空间。

那么人生也是这样，匆匆忙忙就没有时间去与自己的心灵对话。

忙碌的节奏，让我们没法安抚自己的乏味和空落的灵魂。

身体仿佛是一架疲惫的马车，拖着疯狂的思想朝前奔跑，四处游荡，一旦脱缰则不可想象。我们应该有一座自己的生命花园，那里可以承载自己的理想和意志，安抚自己的悲伤和怯懦，涤清自己内心的自私和狭隘。我们除了工作挣钱以外，还有内心的精神空间需要构建和打理。

忙忙碌碌

我每天喜欢两个时间段，一个是午后的阳光照进办公室的那段时间，一个是下班后在高架上映照着夕阳，吹着清风，边开车边听着电台音乐的时候，这两个时间段让自己可以获得全身片刻的放松。

我们有时太累了，每天一睁眼就开始了忙碌，人就像绣花针，生活就像十字绣布板，按照定好的位置一点点地补上去。我很期望我们每个人都是画笔和颜料，生活是油画板，按照田园般的生活场景，自然轻松地去描绘。

我们都是忙碌的，一方面是客观原因导致很多事务和流程都要去做。另一方面，如果不去努力奋斗则好的生活品质无法获得。

六、安静地读书，快乐地追梦

我大概统计了一下创业的那几年来我的时间去向，陪家人的时间特别少，大多是白天忙工作，晚上会朋友、赴应酬，甚至有的时候赶两个场子，原以为这是很牛的表现，可是我发现时间消耗掉了，身体拖垮了，事情也没做成多少。

有一次看到一篇文章说应酬毁掉了中国男人，想想也真够可怕，白天八小时在工作，晚上八小时在应酬，凌晨一两点回家，这种规律是身边一些人的常态。

频繁的应酬很多时候收效并没有一针见血那么快，往往是礼尚往来的多，主要是信息交流以及情感沟通，真正实质合作不会是靠几顿饭局来敲定的。

身体依然累，但我们还是那么继续忙碌着，一直坚持着。

我最近连续两周忙碌，早上离开家晚上很晚回来，小孩都不和我亲热了，我心里感觉失落很多。回想起爸妈来，他们一年见不到儿子几面，他们心里又是什么样的感觉。

我顿时觉得应该把自己的时间划分成不同类别，让自己给每个板块都留出时间和精力。人是个需要平衡的生物体，某些板块消耗的精力和时间过多，必定会让内心感觉空落，久而久之会导致失落迷茫。

为了走向规律，我这个阶段基本是晚上十点左右入睡，一天中尽量集中精力做我要做的重要和急切的事情，让晚上有充足的睡眠时间。尽量每年假期都回家看望爸妈，尽量周末都陪爱人和孩子，尽量不吃带太多防腐剂的食品，尽量不要让自己无谓地忙碌。

30多岁，才刚刚开始。说奋斗有点让人有种疲累和压抑的感觉，只能讲工作，工作的过程其实就是一个丰富经历并体验人生的过程。

很多东西太深，我们只是看到了表面，有些话理解起来需要时间，有价值的东西需要时间来验证，能一眼看明白的就不是真正的生活，世界就是这么奇妙。

在家乡发展还是出去发展

在家乡发展还是到外地发展，这是一个很关键也是一个很重要的问题。

应届毕业生在毕业之前想通了这个问题，日后就会在思想上轻松很多。

我曾经有一段时间深刻体会到自己离开家乡在外地发展会很慢，任何事情都是从零起步，万事都要靠自己努力。不管在哪里发展，一旦选择之后，事情的进展就要按照实际规律向前发展了，容不得有退缩的机会。

如今每次回老家过年的时候总要和老同学们聚聚，这个时候大家都会彼此深入交换信息，你就会发现每个人曾经不同的选择，造就他们如今不同的路径和现状。

我也曾经为了是否回家乡工作，还是到外地工作做了很多思想斗争，这种斗争一方面来自自己的追求和梦想，一方面来自父母的关切和期盼。

回家工作的主要目的是为了安慰爸妈，因为我是煤炭公司的子弟，按照当时的政策和自己的条件可以回到公司工作，也可以到地方上对口的事业单位工作，那个时候地方政府也有人才政策，只要是研究生毕业就可以直接按照人才引进政策安排。爸妈看着别人毕业后陆陆续续回去工作，安安稳稳上下班，成家过日子，就不断和我唠叨叮嘱，希望我能认真考虑。

我是普通家庭长大的孩子，亲戚们都知道爸妈培养我不容易，他们先后语重心长地和我交流过，希望我毕业回来后顺顺利利的工作，未来提升和发展应该会更快。

那个时候，每逢我回老家妈妈都要给我做很多思想工作，拿很多身边同学回家工作的突出例子做对照，也同时表达作为父母的辛酸和不容易。那个时候妈妈说："如果你在外面工作得不好就随时回来，我和你爸爸可以养活你。"每每听到这些话，我基本不做回答，但心里的酸楚已经到了极点。我在问自己："为什么我不能活出我的样子来？"

其实大家的出发点都是对的，只是我看起来听话，但是本性执拗，我最终还是牺牲了爸妈的愿望，成全了我的追求。

像我这样的同龄人确实不少，这几年下来，我感受到不管在哪里工作和生活，其实关键还是要顺从自己内心的选择，因为一旦落定，以后再调整就要付出一些代价。你可以看到有些朋友每两三年换一个城市，换一家单位，有的更频繁，这其实是对个人资源的极大浪费。

如果你的能量和能力足够大，加上良好的机遇，扎根一个城市并辐射周边，你会得到很深厚的人脉资源。小到孩子上学，家人就医这些生活中的点滴事情，你都会感受到便利。大到整合资源，做更大的项目，实现更大的目标。

任何重大决策，有时要听听父母和长辈的建议，也要听听社会上混得不错的人的看法。最终取决于两点，一是要符合自己的实情，二是要遵循内心的选择，自己选定的就不后悔，不埋怨别人，前行路上的风险都要自己承担。慢慢地，我们都会知道什么是自己想要的，什么才是真正适合自己的。

可能是西北人从小看惯了黄土沟壑，对于江南山水情有独钟，我最后还是选择留在江南。曾经有一段时间觉得对不住老祖宗，理念中会觉得一北一南，从我这一代割舍了家族历史的物理空间分界。但是后来才知道古代吴国的建立者吴泰伯也是从北方来到江南，古之圣人也远涉万里，安居乐业，我等平凡之辈更应当心安。

当然，我也看到很多来自天南海北的朋友在这里生活得很快乐，也有的经过几年后又回到了家乡。这都是正常的规律，适合并且喜欢就留下来，不适合不喜欢就重新选择，所以不要太在意。

我从草原走向江南，这已经证明我走出家乡发展了。有时候和一些从南方到北方发展的朋友接触之后，才知道在他们的意识中走出去闯出一片天地才是有出息的。尤其是浙江、福建等地方的朋友身上有着天然的闯荡精神。但是内蒙人走出二十里地，看不到自家炊烟的时候就觉得离家甚远，更何况千里迢迢的塞北和江南之隔。

选择在异地发展，起步还是很艰难的。读书的时候自己当个小小的学生干部，那个时候仿佛天下都是自己的。在真正走向社会的时候才感觉到困难重重，财富和社会地位是要靠自己去奋斗，没有人会给你。

这是我长大以来感受最真实的一个阶段，过去遇到困难时父母可以为你遮风挡雨，而现在完全要靠自己去开创一片天地。

记得刚找工作的时候，没有收到想去的某某大学的辅导员笔试通知，心里有些低落；事业单位考试进了面试但未被录取；投了外企但因为雅思成绩不够理想也与目标无缘。那个时候，我自认为自己还是不差的，但是机会却抓不住，觉得这个社会真的和自己想的不一样。

若干年过去后，我和很多大学的专家都已是好朋友，也可以约着原来没考入的那家单位的局长一起吃饭，还很偶然的一次会议和当年要去的外企技术部负责人搭上了线，也和要去当辅导员的那所大学拟开展项目合作。这一切都是真实的，这绝不是为了表达励志而有意编造。

或许其他人也遇到这样的故事，因为过去的你未曾预见现在的你，现在的你也未曾预测五年、十年之后的你。

那个时候始终认为爸妈不理解我的选择，但是等我结婚有了孩子之后，我突然也冒出这样似乎自私的想法，那就是不希望我的孩子离自己太远，只能在江浙沪地区发展，我只要开车或者高铁一两个小时就能见到他，远离的那种孤独感我是无法想象的。

我有两个朋友的儿子和女儿分别在国外生活，他们两对夫妻每年都要去孩子家看看孙子和外孙女，待上一小段时间。他们认为孩子在哪里生活都可以，只要开心快乐就好，但难以经常见面是一件现实的困难。

有的家长期望儿女在膝下相伴，有的希望自己过得自在，儿女们远点没关系。可见父母之心都是相通的，两代人如果能彼此理解，互相通融则是最好的。无所谓谁迁就谁，谁成全谁。只要选择大家最能接受的方式，实现最美好的结果就是最好的。

有些方向一旦选定就不容易轻易调整，有些故事一旦展开就难以草草收尾。

永远没有终点，不要想解脱一切，不要想逃避一切。不要认为你什么都能，也不要认为某件事情你不行。

在哪里发展，并不是单一取决于一个因素，比如你的能力、兴趣、志向，以及对环境的选择，或者出于对父母的感恩等等。它是一个主观综合选择加上机遇选择的结果，但基本是朝着一个人的追求和信念的走向发展。

你是否能做到爱现实中的自己

人民艺术家、中国作家协会名誉主席王蒙先生在《庄子的享受》中曾说过："只有去掉对世界、对他人乃至对自身的不切实际的幻想，才能安顺快乐。"

人们往往是爱理想中的自己，不太满意现实中的自己。

2009 年我在北京看《艺术人生》现场，那一期的嘉宾是导演孙周和演员孙淳兄弟俩。孙淳的老师对他说："别爱心目中的自己，别爱角色中的自己，要爱现实中的自己。"我对这句话印象特别深刻。

要爱现实中的自己，每个人都可以做到吗？

每个人都在追求完美的自己，都在追求理想的实现，因此都会对现状有所不满，但是当某个愿望实现之后，新的追求又出现了，就这样不断循环下去。

我之前听过一个故事，一位母亲说等孩子出生了就可以轻松些了，后来又说等孩子上学了就会好多了，接着又说等孩子考上大学了就能稳妥了，然后又说等孩子毕业工作了就会放心了，其实接下来还会有等孩子结婚了以后的很多事情。

正如我这些文章，我一直觉得没有太多空余的时间来写，总想着等以后自己有足够空闲时找个幽静的地方封闭几个月一股脑写出来，目前首要的事情是工作挣钱，养家糊口。后来又一想，如果真是像之前想象的那样，估计那个时候写出来的东西会带有局限性，生活中日常的领悟都捕捉和记录不到了。

周国平先生说："你扑扇着折断的翅膀，一次次徒劳地撞在世界的玻璃窗上。"这话形容得多么恰当，我们有时能远距离看到外面花田花海的美景，但是不一定真正能闻到它的花香。

所以，我们都要爱现实中的自己，做现实中的事情，追求可及的理想，在努力的过程中热爱现在的状态。

你的世界永远属于你

我年轻的时候，总想标榜自己，突显自己，总怕别人不知道自己是谁。所以在自我营销的时候总要积极地介绍自己，总要积极地说我曾做过什么，我和谁有什么关系，等等。

但是，慢慢地我知道在这个刷脸的时代，只要你足够优秀，并不需要你和谁说什么，大家都会主动了解你、接触你、联系你。

有一次，我请一位领导帮我联系另一位领导。这位领导几分钟之内发了一条短信然后给我看，我原以为他会写道："某某您好，我是某某市长。"意外的是他只写了："某某同志，你好，我是退休人员某某。"不出几分钟，那边来了电话，非常客气地和老领导交流。

我觉得，有时候不必要讲什么，越是朴素的话语，真诚的态度，越可能得到不一样的反响和效果。

优秀是需要一点一滴，年复一年的累积，每个人现在的状态都是过去一步步沉淀的结果。

有的时候静下来读读书，想一想你过去的经历，想一想那些记忆深刻的痛苦或者欢笑，想一想那些和你深切相关的人和事，就能更清楚地看清自己，看清未来的路。

有一句话讲："今天就是你余生最年轻的一天。"这是我听到的很智慧的一句话，所以此刻你如果说自己老了，那你也要知道，此刻你还依然年轻着。

我们要时刻给自己鼓励，还没有成功的时候要给自己信心，成功了之后不要忘记过去的艰辛。很多人看到的是那些有了成绩的人光鲜的一面，而只有当事人自己才能体会这段路途的不容易。

每当你开着名车在街上穿行的时候，到五星级酒店入住的时候，到高档餐厅赴宴的时候，出席重要场合的时候，提醒自己身边还有很多人像当初的你一样，在辛苦地奋斗着。

当你去医院门诊做个检查，开个处方药的时候，要提醒自己手术室里还有患者正在经受折磨，病房里还有患者在努力康复。

在高速路上迅猛超车，路怒急速行驶的时候，要提醒自己这

六、安静地读书，快乐地追梦

段路途曾经有过多么惨烈的交通事故，多少家庭为此支离破碎。

有一次看到一位朋友在自己的微信朋友圈发了一段话："奋斗就是每天很难，可一年一年却越来越容易。不奋斗就是每天都很容易，可一年一年越来越难。"这说得好有道理。

这个世界每天都在发生着各种各样的事情，有灾害、疾病、海啸、地震、战争、饥荒，同时也发生着诞生、婚礼、夺冠、一夜成名、财富暴增等等。

你的世界其实就是具体的生存环境和发展环境，有的时候需要一些妥协，有的时候需要一定的抗争，有时候不是你自己说了算，有时候也不是完全不听你的。你的世界就是你的精神与肉体的进行时，它此时此刻属于你，未来仍然属于你。

十年一城

细数起来，我在一个城市生活了十年，我的奋斗故事融入了这座城市。

走在中山路和人民路的时候，让我想起了十年前第一次来到这个城市的时候那种新奇和迷茫。

从公交站送走女朋友之后，自己独自回到青年旅舍。那时我还在读硕士，她已经工作了，很多回忆都是那么清晰。

一个城市发展得太快了，一个人在这座城市里面经历的东西越来越多，有些在沉淀，有些在遗忘。

这个城市我感觉得到更多的是亲切包容，充满活力，充满让你想象不到的空间。

这几年来我认识了很多人，我总觉得有认识不完的人，而且很多人值得去深交，去沉淀。

城市其实是一个大同小异的地方，每个城市都有自己特色的建筑，通畅或者拥堵的道路，有地铁、有机场、有高架桥，还有小街巷。

在哪里其实都可以生存，唯一不一样的就在这个城市中你在做什么，你有什么样的朋友，这个城市是否让你感觉到快乐开心、安全、舒畅。

如今走到市区的每一个角落，走到每个乡镇的边缘，我都可以一个电话叫起附近的朋友一起喝喝茶、吃吃饭，感觉这个城市就是自己的老朋友。

记得十年前，我准备要到这个城市的时候就开始关注它，包括收听广播电台节目，了解它的特产和美食、它的人文历史。在你喜欢的城市里，想健体就去湖边走一走，想放松就在酒吧唱唱歌，朋友们来来往往就是一种快乐。

附近的城市也有同学和朋友，让我感到生活得不孤单，不寂寞。和十年前相比，我已经有了很大的变化。

在这座江南城市，让我这个北方人变得更加智慧和温和。

如今在这里，我有着自己的工作、家庭、爱人和孩子，有着自己的朋友们。

看着流淌的运河水，让我想到千百年来这个城市的沧桑变迁。

十年里，这座城市带给我很多故事，未来的十年，我也充满无限的期待。

做好你的职业规划

年轻人一定要有职业和事业规划，我非常愿意讲职业规划这个话题，因为这几年我对这个领域有特别多的感悟。

我认为家长要在孩子上小学或者中学的时候就要开始着手做职业规划，上大学选择专业的时候就要更加重视这件事情。

有一次在吃工作餐中，研究院的一个刚毕业的博士小师妹聊起这个话题，咨询我关于职业规划的问题，我更意识到不管是本科毕业生还是博士毕业生，他们都面临着人生新的选择，这种选择对于整个人生来说才刚刚开始，但是很多人困惑于这种选择，很多人迷茫于职业生涯的规划。职业规划其实是一件非常系统的工程，是一件青少年要尽早着手接触的事情。

我认为，一个人在20岁至35岁之间才刚刚对人生和社会有所理解，35岁至45岁之间才是深入理解和潜能释放的阶段，对于那些刚参加工作没有任何处世经历的毕业生来说，大多数看似成熟但内心还是空白一片。

不要说你懂很多，其实不是真正的懂。

职业规划我觉得最早应该始于家长，对于"80后""90后"的朋友来说，成长过程中可能只有少数家长能够对我们进行过正确的职业规划指导，而我们也没有很好的跟家长沟通过关于职业规划的话题。

我认为"80后""90后"自己作为家长后对儿女的职业规

划就放到了尤为重要的位置，这种职业规划对个人来说，是让其才能和智慧得以充分发挥，对社会和国家来说，是让国家更精准地筛选到各行各业匹配的优质人才。

我到了35岁左右，才开始明白职业规划的重要性。

有时会听到朋友们说起各种不如意，有的甚至懊恼不已，但木已成舟，再回头已是不惑之年。如今的问题是年轻的朋友该如何汲取经验，不在年轻时因缺乏经验而屡屡走弯路。

关于职业规划的几个话题：

1. 职业规划要从青少年开始

每个人的成长和潜能都受到基因遗传的影响，有研究表明，每个孩子再不是所谓的"白纸"，乱涂乱画很有可能错误地毁掉孩子的前程。每个孩子都自带光环和特征，他们是带着天赋潜能来到这个世界的。家长是孩子健康成长的第一责任人，也是孩子职业发展的第一引导人。作为家长的我们要从孩子的遗传特征、性格、爱好等多角度来引导和培养孩子。

举个例子，土豆种植在土里，你就要多培土、多灌溉，以期待地下结出更多的块茎，你绝不会眼巴巴地等着地上部分结出果实。相同的例子，种植玉米种子，你就会在秋天收获到玉米棒子，这就是遗传的结果。每个孩子的基因分型中都自带很多潜能和特质，家长和孩子协同配合，家长找到最优的培养方式，孩子得到最好的成长路径，孩子也轻松，家长也不累。少儿和青年时期如果原生态生长，缺乏科学有效的规划和设计，那么成年后在职业发展中遇到困扰的几率就多些，摸索的时间就会长些，走的弯路也会多些。

2. 二十岁左右要勇于闯荡和融合

一个人在青少年时期得到科学的培养，在大学时期有了专业塑造之后，基本具备了一定生存和发展的基础条件。但是，一个人参加工作以后并不是完全就定型了，要勇于闯荡，与社会深度融合。知道这个社会发展的规律，知道用人单位需要什么人才，能够在工作中进一步激发自己的能量，要让自己变成一个真实的人，而不是生物智能工具。因此，20岁左右的年轻人要从性情、能力、偏好、专业倾向各个方面来熔炼自己，把自己炼成一颗"仙丹"，拥有自身职业生涯中的常青动力。

3. 三十岁之后的职业发展要考虑地域以及晋升通道问题

有句话讲："父母在不远行。"现在很多年轻人都在不同城市工作，和父母不在一起生活，只有节假日才能回老家探亲。

城市里机遇多，条件好，但要考虑事业奋斗的同时尽量拿出和父母多相处的时间。其实爸妈最需要的还是精神的关怀，他们最希望的是儿女们平安健康。

如果你的父母身体健康，就是你的福报，你赶紧趁这几年好好发展，即使在外地也没关系，只要加强和父母的交流。

如果父母身体不好，就尽量不要远行，把父母接到身边照顾。因为即使挣再多的钱，如果父母得不到关怀，后期就会有所遗憾。

另外一个非常重要的问题是30岁到40岁之间要想通和打通上升通道。所谓"想通"就是认清自己有几斤几两，工作能力如何，事业发展的方向是什么。所谓"打通"就是营造和创造本部门、本企业、本行业，甚至更高层面的人脉关系，为今后的发展打好基础。毕竟一个人的职业生涯有其黄金期，错过了这个时期，那些"后浪们"就会很快涌上来。

4. 品德能力与职业匹配度

我们不妨问自己一个问题，那就是目前具备的能力和当前的工作是否匹配。

一个刚参加工作的人和工作十年、二十年的人是不一样的，在思考角度、应变能力、经验判断等方面都有很明显的差距。

按照常规推理，工作年限越长，意味着你的能力越强，对这个行业的了解越多，实际处理事务的经验越丰富。如果你经常换工作，缺乏长期在一个领域坚持的经历，你就很难获得用人单位的认可。

不要老觉得公司对不住你，给你的薪酬低，也不要觉得自己什么都可以，公司离开了你就转不动。我们要给自己一个清晰的定位，包括能力、忠诚度、责任和担当。除了能力和岗位、薪酬待遇的匹配，还要考虑能力和品德的配位问题，如今的用人单位更多看重的是一个人的品德和能力双重条件。

5. 女性要处理好职业发展与家庭责任的关系

对于女性而言30岁之后的职业规划是非常慎重的一件事情，家庭女性和20多岁刚从学校毕业参加工作的女孩相比差异很大，其中最大的考虑因素就在于家庭，家庭中最主要的考虑因素是孩

六、安静地读书，快乐地追梦

子。不管是上幼儿园，还是中小学，女性通常把照顾和培养孩子放在第一位。当然，这里面排除了条件优越的职业太太和事业女强人。

现在的教育要求年轻的家长们参与到孩子的日常功课辅导、心理疏导、课业检查、兴趣班陪学陪练，以及学习习惯的培养上，这需要家长倾注足够的时间和精力，而这项工作往往落在了妈妈身上。因此，一个想要兼顾家庭的女士，在工作选择上就要充分平衡工作强度、压力、上班时间、出差频率与照顾家庭之间的关系。因为家庭的和睦会给人生带来更多帮助。

6. 职业发展需要传承和创造

纵观身边的优秀人士，不论是企业家、专家、艺术家，都是至少付出了长达十年、二十年甚至更长时间的沉淀才颇有收获，有的甚至退休了还在持续努力。

贝多芬有一句名言："运气就像一个球那样圆圆的，所以很自然地，它并非总是滚落在最善良、最高贵的人的头上。"

有一年在德国的时候，我顺着莱茵河走进贝多芬的故居参观，那是一栋经典的欧式建筑，里面呈现了他的祖父、父亲世代从事音乐事业的物品，包括钢琴、小提琴、乐谱等，家族都是宫廷乐师，都是接受了历代的传承和艰辛的练习才造就了贝多芬的成就。

哲学之父弗朗西斯·培根说过："智者创造的机会比他得到的机会要多。"依我看来，事业常青的秘密在于传承并创造，只要你在一个方向上坚持和传承十年以上，大大小小的机会都会陆续垂青于你。

7. 关于面试那些事

今天参加完公司组织的校园招聘会面试，让我感触颇深，有欣慰也有感叹。

欣慰的是"90后"的年轻人已经不同于"80后"，他们有思想、有胆识。记得一个女孩说就要去苏州工作，问她为什么，她说就是觉得苏州好，其他地方不想去。还有一个男孩说几家知名企业已经给 offer 了，如果你们不录取，我就会去其他公司。

换做当年的我是绝对不敢说这样的话，我只能说听从公司安排，即使我已经有了备选单位，我也不敢告诉新面试的单位，避免人家认为我高傲和浮躁。

这完全可以看得出年轻人的自信和率真。

但也有失望的地方，也有些许感伤。其中一个来面试的小伙子是即将毕业的研二学生，从相貌上来看有些沧桑，头发也少了很多。我原以为是一个非常专注于学习和科研的学生，了解以后才发现他的路子走错了。

他报考的是研究生招生制度改革之后学术型硕士，也就是读三年，相对于应用型硕士研究生多了一年。他既然选择的是学术型硕士，按理说应该在课题研究上有一定的成绩，但是发现他的科研水平和能力并不占优势，他在近三年里只发了一篇中文核心期刊论文，没有 SCI 文章，没有专利，没有创新性研究成果。我问他为什么当时选择学术型研究生，是不是要继续读博深造，他说不想读博。既然这样，我问他为什么不选择两年就毕业的应用型硕士，这样好找工作，他说自己也不知道为什么。

从人事选择角度来看，公司更倾向于应用型和实干型人才，

六、安静地读书，快乐地追梦

真正搞研究要选择博士及以上学历的人才，同时具备创新能力的人才。就像我的一个同学，博士毕业前就出版了一本全英文著作，发表了三十多篇高水平英文论文，毕业后就作为重点引进人才并破格晋升为研究员和博导。对于今天面试的这个小伙子，接下来对他来说是尴尬的，他自己对自己的认识很不清晰，对自己人生的定位也不清楚。当了几次面试考官之后，我总结了几条要点，和大家分享一下。

（1）优秀人才对自己的能力和特长较为了解，定位清晰，未来发展目标明确。

（2）一半以上的毕业生不愿意到基层和项目公司去锻炼真本领，都想做设计、研发、行政、人事、管理等坐办公室的工作，都愿意挤在大城市。

（3）当过学生干部的要比没当过学生干部的情商较高，处事和待人接物更有章法。

（4）党员比非党员更有责任感和担当意识。

（5）农村来的孩子更懂得珍惜和具有吃苦耐劳的精神。

（6）有过国内国外综合教育经历的人，更能够从国际全局视野看待问题。

（7）如果要从事研究型、技术型工作的话，专业方向本硕博要连贯，互为加强，不可互不相关，跨专业太远。

（8）社会实践很重要，要找到与未来工作方向一致的两家以上单位去从事半年以上的实践，对正式入职极有帮助。

（9）导师是行政领导，有多项横向合作课题的，学生参与得多更有助于就业衔接。

（10）性格对职位和岗位的选择有很大影响，有些人对自己不了解，又缺乏必要的职业规划。

如果有梦就去追

霍金是继爱因斯坦之后全球最伟大的物理学家之一，这位伟人留给我们两个思考，一个是未来的人工智能，第二个是地球的寿命。

一个人如果按照一百岁来算的话，在世界上也就三万多天，除去三分之一的休息，三分之一工作和处理生活闲杂事务，剩余的一万多天是极其宝贵的。就像你手上有一万块钱，对花钱我们是有概念的，钱花着花着就能知道快没了，但是对生命时光的流逝有时却感觉没那么强烈。

有一天儿子在玩孵小鸡的游戏，让我配合他一起玩。我开始觉得有点无聊，但突然想到自己小的时候也玩过这样的游戏，孩子邀请，我就配合一下。孩子其实心里明白人是孵不出小鸡的，但总想试试看，想体验一下这种乐趣。

人类因梦想而伟大，从这种小小的游戏到切实可行的目标，只要一个人朝着理想和目标前行总能有所收获。

人生每个年龄段都要有自己的职责，活出自己的快乐。每个年龄段都有属于那个年龄段的经历，在我们有限的生命岁月里有梦想就去追，让精神尽情地去释放，让我们无愧于生命的历程。

我有时候在想如何丰富自己的生活，是走遍所有的好地方吗？是吃遍所有的美食吗？还是挣很多钱？还是别的什么？

我想起了以前爬山的感受，我想爬到顶峰上，可爬到一半时我已经明白我是不可能一鼓作气到达心里的目标的，我的眼睛能看到的地方并不是我的身体能承受的。我想超越前面的一座山，可等我到了那一座山时才发现原来还有比它更远更高的山。等到我真正接近顶峰时，我觉得顶峰并不是我想象中那样，顶峰没有那么好看，景色没有半山腰好，反而风特别大。

我们大多数人都是不自由的，要一周上五天班，只有公休假、法定假期、年休假时才能自我放松一下。有时羡慕做生意的朋友们有相对自由的时间可以支配，在固定单位和企业上班的人时间没法自己控制，有人说内心的愿望只能等退休后去实现，我认为不一定如此。

看到新闻说作家村上春树 69 岁开始做电台 DJ，对于节目中选择什么样的音乐风格，他表示希望播放一些其他节目不太会放的音乐，希望这些音乐尽量能让听众感觉轻松。

众所周知，村上春树是知名的作家，但他也是一个地道的爵士乐爱好者，家里收藏了六千多张爵士乐唱片。当年，他和比他大一岁的阳子结了婚，婚姻没有得到父母的祝福和支持。为了维持生计，他向众人借钱在东京西郊的国分寺开了一家爵士酒吧，开始了创业历程。正是这段开酒吧的经历，让他体会了各种各样的人生滋味。于是一边开酒吧一边写小说，村上春树就这样完成了《且听风吟》这部作品。

可见只要我们想过好属于自己的人生，从何时开始都不晚。有研究表明，人一生中最后悔的事情就是有愿望但没有勇气去追求。所以说，不管我们的梦是大还是小，如果能真正迈出第一步，那么我们的精神境界就会和别人不一样。

现在和以后

老狼在《关于未来》这首歌里写道："关于未来你总有周密的安排，然而剧情却总是被现实篡改，关于现在你总是彷徨又无奈，任凭岁月黯然又憔悴地离开。"

未来是一个时间的概念，也是一个空间的概念，更是一个涉及心理的概念。

未来的路是需要一步一步走出来的，因此不要焦虑未来。

公司招来的几个新同事都是刚刚大学毕业，没有买房，没有买车，没有结婚。他们说想到以后要在省会买房买车，压力大到气都喘不过来了。其中一个同事和我说一想到生活中的这些压力，他有时就会失眠，一天上班结束后，又开始了新一晚的焦虑。

其实，焦虑是解决不了任何问题的，它只会搅乱我们的脑袋，偷走我们的快乐。与其这般忧虑未来，不如立足于当下，做好手头的工作，做好实现未来理想的相应储备。路要一步一步走，本领和能力需要一点一滴地累积。

曾经，我也有过这样一段极其焦虑的日子。

创业的那几年，精力和财力都分散出去了，付出总见不到成效，明明觉得已经很努力了，但还是不如意。于是就会焦虑，有时候往床上一躺，思维瞬间变得活跃了，天马行空的什么都想，越想就越焦虑。

没有谁能料定自己未来会过成什么样，最终的情况谁也不好下结论，只能边走边看。

就如领导提拔前传得最真实的不一定是最终的结果，没有透露很多信息的，反而稳稳地上了；很多党政领导因党性意识薄弱，纪律坚守不强，出现了很多原则性错误；有很多白手起家的企业家飞黄腾达，赫赫有名，但对财富把握不住，后来也有落寞无助的结局；也有很多不起眼的小兵，几年间迅速成长为一匹黑马。

每个人都一样，在整个一生中总有不如意的地方，也有非常自豪和满意的地方，对于未来，我曾经年少时会彷徨，工作十年后依然会有彷徨，我可以预想再过二十年还会有彷徨，只是每个人彷徨、担忧、焦虑的事情不同、程度不同而已。

很多人小的时候玩过一个叫"大富豪"的游戏，这个游戏就是在一张纸上设置了很多的场景，还有很多财富的增减过程。通过掷色子，每一次都会闪出不同的数字，然后向前跨越或者后退，有的时候你会一步跨越很多，实现财富的积累。有的时候也会倒退很多，成为穷光蛋，甚至有的时候会被抓到警察局，人生的不确定性有时就像这个游戏一样。

我天生是个不安分的人。

我过去以为这种不安分是不应该的，是不好的。但是现在朋友圈信息越来越多，我会发现有很多类似我这样的朋友。我在《喜马拉雅》中听王石先生的传记，王石先生也曾说他自己是一个不安分的人。正是这种不安分，让他骨子里不服输，不管是成就人生事业，还是挑战自然险峰，他都像一个少年，充满着激情和能量。

举个例子，我有一个朋友过去在学校里面当老师，后来又做律师，开过园林公司，挣了钱之后又做保险代理项目，而且前面的事情他并没有放弃，他在原来基础上又开辟了新的领域，过去的经历为他目前新的领域做了很多铺垫。

所谓不安分，我认为并不是真正的不安分，而是一个人对自我价值在寻求新的突破。

周国平先生说："人人都在写自己的历史，但这历史缺乏细心的读者。我们没有工夫读自己的历史，即使读，也是读得何其草率。"趁着现在还年轻，我们还在书写自己的历史，要学着边书写边解读。这个社会中有很多不安分的人，我们要让自己的不安分转变成为个人价值，让不安分和社会价值完美融合，只有这样才可以让人生书写得不那么草率。

七、身轻松，心自由

健康才是真的奢侈品

现在的人越来越注重健康，但是有的人光说不做，有的人已经付诸行动。

我一个朋友 50 多岁，看起来像 40 多岁的样子。这个朋友每天坚持走路和跑步，每年还参加无锡环太湖马拉松，现在身体很棒。但是还有两位 50 多岁的朋友，过年前因糖尿病引起并发症均做了手术，生活质量受到了影响。

有时候我们都太忙，为了实现梦想，为了挣钱，每天都不按照生物规律来起居，都是在透支着自己的身体。经常听老板们讲"人没了，一切都是别人的了"这样的玩笑话，可见我们要爱自己，只有这样我们才能更好地去回报关心我们的人。

每天抽出一点时间来运动，保证充足的睡眠时间，形成习惯，为了你，也是为了你的家人。

我在 20 来岁的时候体力充沛，那个时候还参加学校里的体育运动会，到了研究生阶段，每天早上八点准时到实验室，晚上十一二点再从实验室回到宿舍，每天不是在做实验就是在看文献、写材料、写文章，那个时候从来没有累这个概念。

30 岁以后，尤其快接近 40 岁的时候，感觉每天不午休的话下午就会累。我在上大学的时候听班主任说人一到了 40 岁就明显感觉体力不如从前，工作后听到另一位 40 多岁的教授说他自己经常颈椎痛，体力开始下降。我那个时候不以为然，现在确实验证了这一点，偶尔会得知某些朋友身体出现了毛病，更有一些突如其来的不好消息，深感生命之脆弱。

有了健康的身体，我们就有机会继续感受这个世界，感受人生。

我不是医生，不是健康专家，我只有一点感悟。我们每天不论多忙，都要给自己的身体留出足够的休息时间，同时也要给自己的心灵留出自我独白的时间。

我好久没有强烈地运动了，都要忘记原来在运动中那种愉悦感。在运动中能够感受生命，感受力量，感受自己的身体，热爱或者审视自己的身体，那是一种超然的感受。

我们大多数人总以太忙来给自己找借口，在办公室里不怎么运动，一坐就是一整天，有些工作类别几乎是一直对着电脑。

我们要把运动当成一种习惯，就像呼吸一样，每天都要让肌体有活力。

人总有生病的时候，有句话说："生病一周才知道亲情可贵，生病两周才知道金钱不能缺。"不管怎么样，我们基本都成家立业了，虽然还是爸妈心中的宝贝，但是一旦倒下了，父母、妻儿都在伤心，给他们带来的心灵创伤将是极大的。

我在 2017 年那段时间太忙了，又是招待国外的朋友，又要招待北京来的专家，晚上回家洗漱睡觉就凌晨一两点了，早上起来又继续忙碌，随后又出差一周，结果就病倒了，住院三周多才康复，那个时候才体会到了健康的重要性。

其实有些朋友比我还辛苦，越是大企业的大老板，越是时间排得满满的，他们基本都是超负荷工作。有一次听一个老哥讲，

七、身轻松，心自由

父母在的时候他经常回老家，父母不在了其实心中的那个家也就不在了。如今，我自己既是父母的孩子，也是自己孩子的父亲，人生才刚刚开始进入深度体验期，并且只有一次体验的机会。

今天就是今后最年轻的一天，谁也不知道接下来的变化是什么。年轻人不缺的是精力和时间，但是这些宝贵的东西更容易被轻易地忽略。

我身边一些60多岁的朋友说他们现在就是要快乐，我和他们说我现在最需要的是钱。他们哈哈大笑，说他们30多岁的时候也是和我的想法一样，只是二三十年过去了，才知道比钱更重要的是健康和快乐。

所以，别羡慕那些住豪宅开名车的人，那不是真正的奢侈品，因为有了一定的条件享受好的生活是绝对没问题的。但唯有"时间和健康"是人生真正的奢侈品，是最容易被忽视的，也不是人人都能一直享用的。

只有越活越老的人才能感觉到这两样东西是多么的珍贵和奢侈，年轻的时候你对"时间和健康"不以为然，觉得时间超级多，时间无穷尽，一分一秒就像你的呼吸一样，轻轻松松，毫无察觉。

人们对待健康也是如此，经常熬夜吃夜宵，通宵达旦地打牌、唱歌、玩网络游戏等等。以为还年轻，不会有任何问题。但经常会看到年轻人熬夜饮食不规律导致胃癌或者心脑血管疾病的新闻报道，让人深感遗憾。

有一次在一个朋友公司举办的活动上，他邀请了一位老者为我们做太极拳表演。别看这位老先生身体瘦弱，但是打起太极拳来一点都不含糊，一招一式，刚柔并济。感觉假如一个年轻小伙子去和他打斗，都不一定是他的对手。我顿时扫视了一遍我桌上的朋友们，才发现过半的男士基本都是啤酒肚，身体虚胖，一看就是平日里烟酒穿肠过，饱食终日，对运动和健康没有自我要求的人。

佛学中的"因果关系"也是如此，有前因必有后果，平时我们不去为健康做努力，到疾病来临的时候就会感叹和后悔，悔恨当初大好的时光都用来挥霍，而没有给健康留出足够的时间。

殊不知有量变引起质变这个简单的科学道理，任何东西，在积累到一定程度的时候肯定会引起某些本质的变化，时间和健康也是如此，你浪费时间，时间就会浪费你，你忽略健康，健康也会忽略你。

抑郁

为什么提到"抑郁"这个词，那是因为我听说我的某个同学因抑郁没法去工作，后来又跳楼的事情，这让我心生波澜。

我算是幸运的，因为我曾经也抑郁过。那是在读初三的时候我生病请了好几个月假，面临中考的压力，那个时候我整天发脾气、失眠、心情沮丧，现在判断下来应该是接近中等程度的抑郁，但是对我来说已经是很可怕的，爸妈带我到精神专家门诊去咨询、调理。加上老师和同学们的鼓励帮助，我又回到了那个青春阳光的自己。

我经历过这样的感受，我懂得某些痛苦，所以我会微笑地去

七、身轻松，心自由

面对所有。

在我读大学的时候，某天上课时听老师说某学院院长十五岁的孩子跳楼自杀了，很多人听了都感到很惊诧。一方面是对一个年轻生命的逝去而惋惜，一方面是对这位老师的情感伤痛表示同情。

这让我想到有记者采访金庸先生时，他说自己的儿子在美国自杀了，自己挣的那么多钱，买的那么多房子都没有用了。

其实人活着，怎样才算是幸福呢？

现在看来，并不是一个人的事业多么辉煌，财富多么富足就代表幸福。

一味忙碌工作，忙碌积累财富，而耽误了身体健康，耽误了子女教育，耽误了家庭融洽就得不偿失了。

还记得我在婚姻迷茫的时刻，经常打扰的就是我的一位同学，她是心理学博士，这位同学给了我很多良好的建议。我建议我们的生活中有心理咨询师朋友，有医生和律师朋友，那样我们就会多一些解决身体和心理问题的渠道。

让人产生心理疲惫的原因一方面是承受压抑和压力，另一方面是对现状的不满。

记得鲁豫女士对郑钧老师的一次采访中问到关于幸福的话题，郑钧说早年的时候主要是对一些欲望的追求而空耗人生，会有烦恼。他几次强调是因为有欲望才有烦恼，我想似乎是这样的。

我们总是非常容易烦恼，比如为抉择而烦恼，为不尽如人意的结果而烦恼，为感情而烦恼，为不确定的未来而烦恼，等等。

如果你为现状感到烦恼和不满，并且积极地去改变，这样的烦恼其实是有益的，因为不满足和欲望正是人类进步的动力。

问题是很多情况下，我们都在产生毫无意义的烦恼。我们对自己的情绪缺乏控制能力，任负面情绪在我们脑海滋生蔓延，最后彻底毁掉我们原本良好的工作和生活状态。

更糟糕的是我们不仅为自己的错误而懊恼，还为别人犯下的错误而烦恼。

有时候，我们没法让事情变好，但负面情绪需要得到宣泄，不能让情绪控制我们。连自己的情绪都总是控制不好的人，往往也驾驭不了其他事情。

我曾经看到一句话："超过百分之八十的痛苦源自欲望和能力的不匹配。"

在我们痛苦纠结的时候，需要找个平静的环境客观分析一下现状，重新审视一下自己的内心。或许可以发现事实并没有自己想象的那么糟糕，痛苦更多来自于自己想要的太多，欲望超出实际情况和自己能力范围。

有时痛苦也来自于我们对别人的不理解和嫉妒，比如看到别人的进步或者行业竞争伙伴的提升会感到内心不悦。我们要仔细分析人家在这方面的积累、投入的人力物力、遇到的时机等各种因素，要客观地研究和分析别人的优势，不要用情绪来评判一切。

中国有句俗话讲："烦恼是自找的。"让没有意义的烦恼和忧虑尽量远去，让理性和努力成为一种积极的常态。

七、身轻松，心自由

平衡

不快乐的原因大多是我们内心不平衡，内心的欲望得不到满足。

有时，人的情绪和快乐很大程度上和自己的欲望有关，有时也很难分清愿望、理想、欲望之间的界限。人的情绪与自身对事物和事情的态度有关，也与人的性格有关。

飞机起飞前只有做到了平衡才能安全起飞，人只有做好各方面的平衡才能心态顺畅。

以前听一个老哥说，当他没钱的时候他求着领导办事，追随行业领头人，当小弟当了很多年。等他自己的事业做得风生水起时，身边都天天围绕着很多真真假假的朋友，只要他一个电话，行业的小弟们都会放下手头事情响应他的号召。这就是要找到一个从小到大，从弱到强的一个动态平衡的过程。

我参加过一个心理培训的活动，主持人把大家分成不同的角色，需要大家找到各自合适的位置，结果我会发现不管站的位置是靠近窗户，还是靠近门，也不管是站着还是坐着，包括和某些人距离的远近都会影响到我内心的舒适度和安全感。那么时间久了，我感觉不舒服的时候就要去调整自己的位置，或者希望别人调整他们的位置，直到彼此感觉到空间、环境、人达到和谐时才实现一种平衡。

这就像太阳系里的几颗行星如果位置发生了偏移，那么地球的运行轨迹必然会发生改变，自然界很多现象会失去平衡。我们人类也是如此，彼此的位置和状态发生了改变就导致内心的不平衡，因此我们一辈子都在寻找和调整自己的状态，以寻求一种内心的自在。

幸福是一个难以定义的概念，我认为不一定追求十分的幸福，但可以追求八分的美好。

幸福没有标准，只在于内心的满足，在于和理想的匹配度，幸福也存在于比较之中，幸福还存在于心态平衡之中，我们往往找不到这个平衡，因此会失落和迷茫。

要听自己内心深处的声音

为什么有的人会成为商业奇才，有的人是体坛明星，有的人是影视红人，有的人是科学巨匠，有的人事业路途越走越顺，有的人多年不得志。

当我 30 岁的时候，我就已经开始意识到我不会有什么大的成就了。但也并不是说一点希望都没有，只是说生活中平淡的份额会多一些。

人就是要尊重自己内心深处的声音，要问自己到底想要什么，真正喜欢什么。

有些路选定了就没法回头，因为前路漫漫，各种联系和纠葛，各种权益和平衡都摆在面前。

当然，人一辈子就是摸着石头过河的一段历程，不同的人对不同的事物、事件、事情有不同的人生阐释，社会大家庭中密密麻麻的人群过着形形色色，丰富多彩的生活。

我一直喜欢用正弦函数曲线描述人的轨迹，横轴是生命长度，纵轴是人生追求的价值和发展目标，而曲线就是现实的生活。

只是人生没有回头路，得要向着横轴的方向一直向前。

我们年轻的时候，总想着奋力向前，以为受伤了也没有什么，甚至还有无所谓不怕牺牲的态度。但是如今看来，人生没有太多的回头路可走，而且是越到后来越无法用悔恨二字来挽回。很多青春时候欠下的账，甚至需要用今生大把的时间来追回。

到了一定年龄后，你会发现每一天过得都很快，每年过着过着就很快到了十二月，刚过完新的一年的元旦，来年的元月已经在那边等你了，新的一年充满期待，有时也让你恐慌。

人生的路子走过了就没法再回头。

人生究竟是怎样，人人都在思索这个问题。

事情在不断地变化，很多变化都是从过去一点一滴的积累产生的，只是这些慢慢的变化不会让人一下察觉，等真正察觉的时候为时已晚。

人生旅程就像在海中航行，方向要看清，既要远行又要靠岸，还不能触礁，你可以欣赏风平浪静的美景，也可以感受海浪激荡的豪情。

我们的一生就如驶向大海的船，最后在哪里靠岸有时不是我们之前设想的那样。有的时候虽然依照之前的规划推进，但意外事件会将它改变得面目全非。有的驶向了目标的海岸，有的找到了新的港湾，有的偏离了航线迷失在大海，有的被海啸吞没而消失。

有些事儿不用那么在意

著名青年表演艺术家，中国歌舞剧院国家一级演员李玉刚老师因男扮女装，曾遭遇无数次质疑，他说："我的艺术不是混搭，是精心创造出来的新形式，人就是不能拧巴，不要活在过去的阴影里，要做一朵迎风盛开的花。"多么好的话语，激励年轻人敢于创新，不要畏首畏尾。

我在南京的时候与中科院南京分院两个博士住在一个宿舍，他们其中一个成家了，一个没成家。于是我们两个已成家的隔一段时间就要问问另外一个没成家的谈恋爱的情况。正在谈恋爱的舍友也是患得患失，经常感慨为什么不能和追求的女孩尽快确立关系。

我这个舍友似乎特别急，今天对女孩有感觉明天就想确立关系。我们给他的建议是不要急，要享受这个过程，有些事不要在意，努力追求喜欢的女孩子，即使不成功也不遗憾。

另外一个舍友已经成家了，是辞职后读全日制博士。课题的压力、毕业的压力、家庭的压力都统统压在身上，几次想退学，都被导师劝了回来。我也劝他既然已经选择就不要患得患失，忽略掉当前的困惑，展望美好的未来。

我深刻理解他们的感受，因为一张文凭让多少人魂牵梦绕又为此付出太多。

其实所有的情况都是一个过程，现在回头来看，不管在国内还是国外读书都是艰难的过程。人人都要经历发文章的压力，做实验的压力，和人相处的压力，找工作的压力，工作中出成绩的压力，这些都是要经历和承受的。

谈恋爱也是如此，校园中的恋爱清纯，彼此都是发自内心的喜欢。到了社会上谈恋爱相对现实一些，处在特定环境中的人永远都是深陷其中的，只有离开那个环境或者时隔多年后再回顾才能看明白一些道理。

在工作中发展也是如此，要想干事、能干事，还要干成事，有了成绩，还要深得领导的信任和赏识，还要排除竞争者的干扰，到了副科还想上正科，到了副处还想上正处，晋升为副总还想成为总经理，晋升为副总裁还想成为总裁。有目标就会有压力。

原来听过一句话，说一艘巨轮不会在意刮伤一条小鱼的鳞片，同样，我认为一条小鱼也不要在意是否掉落一片鳞片。

超载乐队高旗先生的《如果我现在死去》有几句歌词我很喜欢，歌词写道："终止我每丝呼吸，让心灵穿透最深的秘密，指引我抓紧生命的美丽，如果我现在死去，明天世界是否会在意，你梦里何时还会有我影迹。"

每个人都有属于自己的路。

我们都是这个大时代下千千万万人的一个缩影。无论从事什么行业，收入高低，我们都有些类似的人生角色，那就是上有父母养老的需求，下有儿女成长教育的支出，身份在子女、父母、上司、下属之间不停转换，既要兼顾家庭和事业，还要考虑自己的健康和晚年，用一己之力要兼顾全局。

活着活着我们就老了，更不敢想象自己倒下去之后是亲人的片片哀号，还是路人的无知无觉。

在我们生活的这座城市，一半人在拼命，一半人在认命；一半人在抢时间，一半人在耗时间；一半人在燃烧青春，一半人在虚度青春。

这几年来，我的工作生活都在发生着变化，日常的忙碌掩盖了心中的安静，当某一事或某一个人叩响心灵的时候，才恍然觉得内心其实是需要寂静安稳，需要踏实和温暖。

人有不同活法，就有不同死法，如激昂地死去，挣扎地死去，安详地死去。有些事情不用那么在意，我们要试着达到一种境界，若佛说："放下执着，无牵无挂。"

徒步

几年前，我参加了一场徒步活动，目的地就在丽江，四天三夜，行程 108 公里。

我起初非常犹豫要不要去参加，后来还是鼓起勇气买了登山鞋、徒步鞋、登山手杖、速干衣、旅行背包等等装备。坐着飞机到了昆明之后，又从昆明坐飞机到丽江。

丽江果然是一个休闲的地方，只是比想象中的游人要多了很多，但此次的目的并不是来旅游。头一天晚上我们住在酒店，开动员大会并分组，大家靠着缘分抽签分到了一个组。

那几天，我们经历了草地、陡坡、公路、泥泞地，遇到了艳阳高照，也遇到了倾盆大雨，好像天气是特地为我们做徒步体验而准备的。

那几天最大的一个信念就是坚持。不知道是否是方向错误，我们小组走到了一片泥地里，那里没有其他的路径，只有那么一条必经之路，我的脚下在打滑，眼睛已经被雨水淋得模糊。当时已经顾不得什么，只能坚持往前走，那个时候我似乎想到了当年红军过草地的艰辛。

按照要求，除第一天和最后一天住酒店外，以后每天晚上都要住帐篷。晚上我们搭起了帐篷，还能看到点缀在夜幕中的繁星，伴着阵阵清凉的微风酣畅入睡。

我们分了四个小分队，各队都有向导带队，前面还有马队，每个小分队都很团结。在第三天行程中有一个小插曲，我们队在前一阶段处于落后状态，但是走在最前面的小分队突然迷路了，他们转了两圈才回到原来正确的路途上来。而我们虽然慢，反而走到了他们前面，成了第一名。

有时候觉得事情都有意料不到的变化，徒步只是户外活动的一种形式而已，因为参加了这项活动后，身边有很多朋友陆续走了不同的路线，比如说有的人走"戈壁沙漠"，有的人走"热带雨林"，有的人走"雪域高原"等不同主题的路线。这种行走的过程会让人感受到自然的魅力，能够检验自己的体力和耐力，检验出自己人性中的一些弱点，思想性格中的一些问题，能够看到伙伴的优点和不足，体验到团队合作的精神。

佛曰："命由己造，相由心生。"

人生就是这样，不到最后一刻，谁也不知道远方是鲜花满地还是荆棘丛生。行走的路上你曾遭遇过百般挫折和坎坷，但迈过去之后就是不悔年华。

我遇到困难的时候，就会想想之前徒步的经历，那个时候走过草地、林地、泥潭、公路、山坡、峡谷等各种天气情况和道路情况，这些体验会潜意识地鼓励自己不要害怕困难。

短短几天之中，我们都要经历不一样的环境，不一样的状况，有的时候路途惊险，有的时候路途平坦。一整天的徒步虽然劳累，但夜晚也有篝火晚会，有欢聚，有烧烤，有打牌唱歌，大家完全忘却了白天的艰辛。在这个过程中，每个人都会遇到困难，个别人掉队、生病，各种情况都会出现。

工作和户外徒步有相似之处，会遇到各种环境变化和挑战，你总要跨过高山，走过泥泞，还得等待雨过天晴。

我们都奔跑在自己人生的路上，每个时期都给自己设定终点，沿途的风景大多时候都来不及欣赏，直到抵达的时候才知道原来错过的再不会回来。

我徒步的第一天不知道如何设定自己的行走速度，有经验的朋友说不要快也不要慢，找到一个自己感觉最舒适的速度并坚持走下去。行走之后，我觉得人生的秘诀就是要测试出一种最适合自己的速度，并按照这个规律走下去，既不能因疾进而不堪重荷，也不能因懈怠而消耗生命。

七、身轻松，心自由

幸福感

我之前看到一句话，大概意思是幸福是用来感觉的，而不是用来比较的。

我觉得既对又不对。

我认为人的幸福感是多种复合因素汇聚起来，并在体内发生生理生化反应后让人获得的一种感觉，这种感觉是一种舒适的愉悦感和满足感。但这种幸福感需要每个人自己去领悟和体会，幸福也要靠自己去创造。

单纯的靠比较获得的幸福感，有时候是不真实的，也是短暂的。

反回来讲，如果不去比较就很难以去评判哪种感觉是自己需要的和适合的。简单地讲，例如看到别人住别墅，自己住高层，你的幸福感不那么强。但是，你突然发现住别墅的夫妻天天吵架，感情不和谐，反而你在自己家里与爱人孩子都其乐融融，你会感觉其实自己看重的并不只是房子，而更在乎自己家庭的美满。

例如，你虽然经过几年的拼搏，公司做得很大，曾经是别人羡慕的对象，但是现在发展遇到了瓶颈，外贸订单受国际环境或者疫情影响较大，传统制造业受环保压力要转型发展，此时你发现你的同学在一家大型国有企业是一位副总，虽然挣钱没你多，但是收入稳定，社会地位还可以，在某些领域也能叱咤风云，此时你发现自己这几年原来过得是那么累，幸福感好像瞬间下降很多。

再例如，你是一名医生，需要经常值班，一路从主治医师提升到副主任医师，工作强度越来越大，主任会把很多工作交给你来做，你是中流砥柱，每天重复不断地出门诊，病房值班，做手术，你过去对职业的憧憬和向往好像一下子变得这么机械化。但是每当你看到很多病人忍受病痛折磨，经受生命意外的时候，你就会感觉到虽然累一些，能救死扶伤也是一种幸福。

单纯讲"幸福感"这三个字可能有点空洞，有点理论化和抽象化。幸福既需要在对比中找到答案，也需要在感知中体验答案。

自律

最近连续几场酒后，我每天早上醒来总是无比愧疚，想想不应该这样虐待自己的身体。

晚上应酬喝酒要占据很长一段时间，睡眠时间不够，第二天又要匆匆忙忙起来工作。

总体来说身体得不到良好的休息和锻炼，晚上的饮食太过油腻，作息时间也不规律，这样的生活经常下去着实不是很健康的状态。

身边有好多朋友已经开始坚持锻炼，坚持多吃素，少吃肉。

我发现能够按照一定规律约束自己的人，都是内心有强大意志力的人，这样的人非常值得敬佩。

我有个律师朋友坚持学萨克斯，两三个月过后，从刚开始的简单音符吹奏，到现在已经会演奏完整的几首曲目了。我还有一个朋友是电台主播，基本每天都会坚持练习咏春拳，这几年下来他已经是师傅级别的人物了。

很多小朋友们在业余时间报一些辅导班，我发现只要是孩子的兴趣点所在，不管是钢琴、吉他、舞蹈、爵士鼓、围棋、足球、篮球等传统兴趣班，还是击剑、滑雪、高尔夫等特色运动的兴趣班，一个孩子即使有天赋潜能，但在少年时期都普遍缺乏主动坚持能力，因此家长要善于要求和引导。随着时间的推移和不懈的坚持，孩子们都会有长足的进步。

自律能力要从儿童时期培养。儿子每天饭前我让他看 10 分钟动画片，看完以后他就自动关机来吃饭，形成自我规律，后来学会打手机上的小游戏了，我只允许他玩一小会儿，他也很守规矩。随着年龄的增长，孩子会受到班级同学的影响，会越来越摆脱家长的管束。这个时候，家长们要坚持立场，提出要求，立好规矩，孩子还是会收敛和听话的。

为什么大人抵制不了各种诱惑，我猜想其中一部分原因是小的时候没能养成良好的习惯。成年后，对于美食、金钱、美色等都没有节制，大脑指令中没有拒绝或者克制的概念和习惯。

一个有较强自制能力的人会合理地安排自己的时间，会规避各种风险，会坚定信心朝着目标走去，人的很多成功和失败都与自律能力紧密相关。

散落在天涯的兄弟

我今天从南通回无锡，上高速前看一下朋友圈，看到研究生同学在国外发了一张朴树之前演唱会的照片。

恰巧我车上也正好在听朴树的歌曲《那些花儿》，突然想到这10年之内好多同学和朋友都散落在国内外不同的角落。我在想此时此刻他们在做什么，也像我一样在高速路上奔忙着，或者在吃饭，或者已经要睡觉了，或者在谈生意，或者在陪家人。

有一次，我翻书柜看到初中毕业、高中毕业的时候同学们互赠留言的毕业纪念册，突然感慨万千。那个时候流行这种册子，每个人都相互给同学们留言和寄语。

看到那些熟悉的文字，我突然想说："我很想你们，我的小伙伴们。"虽然距离不是问题，但是每个人能拿出大把的时间却很难。

生活中大部分人是后期认识的，如果你结识了有能量的人，一次相聚之后总希望能再次相聚，因为彼此印象都特别好，都互相惦念，感情越处越深。

大家虽然都知道暂时不一定有什么项目可以合作，但是图的不完全是眼前那份利益，有能量的人追求的其实是一份内心彼此的信赖和情谊。

有些人一年四季天马行空到处跑，可能他到达你这座城市的时候你正好已经在别的地方落脚。有时你到达他们所在城市的时候，他们不凑巧也在别的地方出差。因此，难得再次相聚的时候就要痛快淋漓地喝上一顿酒，让彼此难忘。

总体来说相聚一次，就要珍惜一次，因为相聚总是不易。

我喜欢夕阳，喜欢太阳落山时的温暖、安静与闲适，今天的夕阳比较柔和，没那么刺眼，迎着夕阳开车，特别放松。

思绪转回，车里仍旧播放着朴树的歌曲，我继续开着车回家，回家后主动和几个要好的老同学联系一下。

悟与空

路遥先生的《平凡的世界》里面有一句话："人处在一种默默奋斗的状态时，思想就会从生活的琐碎中得到升华。"周国平先生的《人生因孤独而丰盛》也讲到了很多关于寂寞和能量的关系。

人太忙碌的时候就没有闲暇的空间来思考，只有在默默奋斗的时候才会有思想迸发，因为默默的过程就是一个为了完成目标，承受很多别人无法承受之压力的过程。

孤独和寂寞是一把双刃剑，它可以让一个人在孤独中消沉，也可以让人在孤独中爆发。

在这个过程中，一个人能够越来越懂得自己的内心，可以爆发更多的力量，拿出更多的智慧，让人生在前行的过程中有更多的勇气、从容和自信。

我这几年几乎一大半以上的时间都在出差，突然有一天晚上很晚回到南京以后，自己在问自己，每天这样的生活有意义吗？

我有时不爱去思考，因为考虑了很多，现实还是照旧；我有时又突然会顿悟，会想到一些奇怪的问题。

我晚上睡不着，脑海里蹦出了"悟空"这两个字来，当然这个悟空并不是《西游记》里面的孙悟空，我理解的"悟空"是"悟"和"空"两个字。

人要先悟才能空，彻悟了以后心境就会放空了，"悟空"虽然是孙行者的一个法号，但是在我看来，这两个字还有它的特殊意义，如果没想明白，很多事情就是一团乱麻。

这种想通，并不是凭空而想，而是对很多现象的观察、分析、了解和参透。像佛家所说的一样，很多事情它是有因缘的，有因果关系的，有前因必然有后果。

孤独有其孤独的原因，寂寞有其寂寞的来由。

我们都在追求一种"空"，这种空是放松、释怀、安静。是心灵的自我解读，情绪的自我释放。辛晓琪唱道"多么痛的领悟"，我不希望所有的领悟都是痛的，我希望所有的领悟都来自我们的智慧和心灵。

不焦虑的活着

我身边的朋友会时不时抱怨一些事情，或因为焦虑或因为烦恼，当然这是一个正常的动物个体应有的反应。

一个人在地球上活着，就要与自然环境相适应，也要与人类社会相和谐，这是一个多么朴素的过程。

古人讲："读万卷书，行万里路。"走的路多了，看的事物多了，接触的人多了，看到的风景多了，听到的新闻多了，就会对这个世界有更清楚的认识，活着就更自然和从容。

经历得多了，你就会发现还有很多美好的事物没来得及去发现和体验，哪里还有时间去浪费在那些琐碎的事情上。你会看到越是大的企业家越谦逊平和，那是因为他们经历的事情太多，他们知道时间花在哪些事情上会让人更开心和有意义。焦虑的状态只会让人心情烦躁，思想混乱，身体状况受到影响，不焦虑地活着其实是一种智慧的活法。

写到这里，我突然想起来交往了近20年的一位患有小儿麻痹症的大姐，那个时候我们还在上大学，我们在团日活动中坚持帮扶这位大姐还有她年迈的父亲。大姐坚韧的品格和求知上进的精神深深感染着我们。那个时候大姐没法上学，都是在家自学成才，先后拿到了大学英语四级考试证书和计算机等级证书，还在图书馆从事一些翻译工作，业余做做家教。想到我们有些同学大学毕业还没有通过英语四级考试，甚至留级，真是惭愧。

当然，我是知道大姐内心的孤独、自卑和压抑，当时我们几个班的支部书记和大姐接触较多，我们能切身感受到这一切。只因大姐有一颗自我激励的心鼓舞她一直向前，她能这样坚强和上进地活着，我们这些身体健全的人又为何经常杞人忧天，焦虑不安？想一想反差真是很大。

世界上千奇百怪的生物个体与各种各样的自然现象组成一个庞大的系统，这个系统已经运转了几十亿年，根据人类掌握的研究成果，地球至少还有几十亿年要正常运行，不可能因为一个个体停止运转，人类社会还要继续进步。

古人讲"杞人忧天"，那是因为科技不发达的原因。我认为聪明的现代人更需要学会用心理的办法结合科技的办法来让自己避免很多忧伤，哪怕有现实中的忧伤和痛苦，也要用积极的心态去调整和面对，活出一个不一样的人生。

我们普通人活着就已经是非常幸福和幸运的一件事情，比起那些在痛苦中挣扎并向往美好的人们，平常的这些忧愁和烦恼又算得了什么呢？

我有一段时间持续有几周会出现焦虑状态，当我意识到这样不好的时候，就试着转移自己的注意力，选择去逛街或者锻炼身体。我发现大街上、商场里都有形形色色的人，看着他们我似乎就不再关注自己。每周坚持锻炼，不管是跑步、爬山、打球，还是散步，都会让身体有属于自己的感觉。运动之后回家往床上一躺，身体累了很快就睡着了，早睡早起，就会感觉身体越来越精神。

从生物规律讲，早睡早起，身体精神，这是从焦虑到不焦虑的第一个关键点。

从心理规律讲，就是对这个世界、社会和自我有较为客观的认识并学会自我调节，这是从焦虑到不焦虑的另一个关键点。

村上春树说："有限的目标，能让人生变得简洁。而我们的人生，之所以那么沉重繁复，就是因为我们给自己定的目标太多，也太远了。"我们活得太注重结果，欲望很多，野心很大，当我们得不到一个好的结果时，我们内心充满焦虑，不愿意承认这个结果。

我读研究生的时候，带我做实验的师姐对我有一定的认识和了解，她觉得我这个人带有不安分的因子，我觉得用"因子"这个词来表述非常贴切。我要折腾，我不安于现状，这也就是我为什么会有压力和焦虑的原因。

我见过很多六七十岁的企业家，他们几十年前带领村民兴办实业，他们都曾是历经风雨沧桑的人，都是精神矍铄的企业家。相比之下，我现在遇到的这些困难充其量也就是磕磕碰碰，根本说不上什么遍体鳞伤，粉身碎骨，对于那些有资历的过来人而言只是伤点皮毛而已。

后来我又找了一位非常要好的老师去咨询，她建议我把很多要素写出来，做个梳理，比如我的特点是什么，擅长什么，我有什么资源，我的目标是什么。把这些要素都梳理出来以后，就容易找好自己的定位。

因为在别人眼中的自己往往要比自己眼中的自己更加精准，自己对自己的认识和评价往往是比较片面和带有主观意识的，要从不同人的眼里去认识自己，才能发现原来自己是什么样子。对自己能够全面科学认识的人，对别人的认识也相对会比较精准和客观。对自己都认识不清的人，对别人的评价和认识也难免有偏差。

我们大多数人最大的问题就是擅长给自己找借口，却不认真地发现问题、解决问题，不肯踏踏实实地付诸行动。我们这一生没有遇到好的运气是客观的，偶尔焦虑也是正常的，每每焦虑时我们多想想曾经的不易，想想身边的人也在坚持，心里自然会宽慰很多。

豁达和长寿

爷爷和奶奶都活了89岁，奶奶是1918年出生的一位小脚老太太，在我看来算是长寿了。

上高中的时候，我就留意和观察奶奶的生活习惯。除去基因遗传以外，我总结了三点好习惯。一是心态好，不争强好胜，不胡思乱想；二是科学饮食和医疗结合；三是始终保持手上做些家务和运动。

历史故事中，无数的人追求长生不老。现实中的人们信仰各种宗教，其中也包含着信徒们对人生归属的一种期许和相信。

我了解自然科学对生命的阐述，所以我知道长寿是可以实现的，但是生命规律又是不可违背的，有了自然科学基础，再懂点哲学，很多事情就容易理解了。

人人都知道身体健康的重要性，但是很多人又容易忽视这个问题，不爱惜自己的身体。我有一次在项目工地上看到工人们裸着膀子在搬卸材料，突然觉得劳动真好，又可以锻炼身体又能挣钱，城市的白领只能下了班以后花钱到密闭的空间去健身。

这几日又听到央视某知名主持人生病的噩耗，真是让人惋惜。人一生中可以创造很多有价值的东西，生命在，创造就在，创作就在。大诗人白居易活了74岁，他晚年创作出了大量的闲适诗，在那个时代，人过七十古来稀，正因为相对长寿，他的诗词数量为唐代诗人之冠，这些诗歌后来传到四域八方，一时间洛阳纸贵。

　　　　　　　　　　　　　　　　　　七、身轻松，心自由

某位富商在接受媒体采访的时候说过这样一段话："在一个人的生命中，最要紧的是内心的快乐。一个人有了衣食住行这个条件之后，应该对社会多一点关怀，或者说义务，或者说责任。"

我一个朋友小时候就住在杨绛先生家附近，他说，这位长寿的世纪老人生活很简朴，家里从来没怎么装修过，布置极其简单。当年钱钟书先生去世后，杨绛先生以全家三人的名义将高达八百多万元的稿费全部捐给母校清华大学，设立了"好读书"奖学金。杨绛先生曾说："上苍不会让所有幸福集中到某个人身上，得到爱情未必拥有金钱；拥有金钱未必得到快乐；得到快乐未必拥有健康；拥有健康未必一切都会如愿以偿。保持知足常乐的心态才是淬炼心智，净化心灵的最佳途径。"我发现凡是长寿的智者，都对健康和人生有深刻的理解。

医学家指出，乐观的精神状态能极大地活跃人体内的免疫系统，使身体抗病能力大大增强，有利于防病治病。

我认为最好的养生是养心。一个人如果活得很好，不一定是拥有多少物质财富，而是因为内心的慈悲和富足。

人生苦短，到了老年，已知天命，正所谓"夕阳无限好，只是近黄昏"，但黄昏依然有黄昏的美。人在中年，要体现豁达、真挚、奉献的伟大生命力量。人到老年应该学会遵从自己的本心，心胸开阔，心态坦然，能保持最佳的心理状态，则有助于长寿。

学会创建幸福人生

今天是中秋节，我基本没安排任何工作上的事情，一早带着孩子到公园里逛一逛。今天的太阳特别温暖，又伴着初秋的凉风，让人心旷神怡。

父子俩在公园里打打闹闹，格外开心。公园里有块特别大的石头，我爬了上去仰面躺着，感受石头被太阳烘烤的温度，仰望着湛蓝的天空，看着飘浮的白云，想象自己也是一个小孩子，无忧无虑，那时那刻顿觉无比幸福。

每个人都想追求幸福的人生，但是幸福的人生其实是需要一个创建的过程。

我前几年一直在做"双创"的工作，就把这个双创的概念引申到幸福人生的创建上来。

不管是创新还是创业，都是在原有的基础上进行技术提升，工艺改进，模式调整，将原有的资源进行嫁接和整合，实现更大的效益。

幸福的人生不是等来的，也不是自然产生的，而是需要创造的。我们需要在原来的基础上进行思考，求变，付出努力，激发自己原有的活力和能量，让工作更有进步，让家庭更有温度，让生活更有满足感。

幸福人生，不是干瘪的口号或者想象。我认为幸福人生既要有物质基础又要有精神世界，这两点并没有上限和下限。它与每个人在社会中成长、生存的状态有关，这种状态包括一个人的自我定位、自我修养、自我要求、自我发展、自我满足等。

幸福人生是一个相对的概念，所谓创建是需要一个过程的。这个过程不仅仅是经历上的推移和积累，还需要用前一个阶段的感悟启迪下一个阶段的感悟，形成自己的幸福思想体系。

创建自己的幸福生活我认为没有特定的时间要求，随时随地都可以，只要你思想到位了，行动自然会跟上。就像在公园里，有的人在草坪上休息，有的人在空旷的地方放风筝，有的人带着孩子在扎帐篷，有的人在树荫小憩，有的人在河边钓鱼，你很难说哪个地方更适合他们。每个人选择的地方，选择做的事情都是当下最适合他们的。

创建自己的幸福生活就要从打好根基做起，因为根是万物的基础，参天大树必有深厚的根基，家族的兴衰和事业的发展也要有牢靠的基础。

先讲树木的根，从植物学角度来看，植物的根部从土壤中吸收水、无机盐和养分，由木质部和韧皮部输送到枝干和树叶，再进行光合作用，然后再补给全身，根茎叶完成一套互相支撑的过程。一棵树要想屹立不倒，必须要有深厚和发达的根系。

再来讲家庭的根，我认为一个家庭的根就是一个家庭的家风和传承。从古至今，很多政客文人都非常注重家风家教。一个家庭要传承祖上的思想文化、道德观念、做人原则、经商理念等等。家庭的根是社会的基础，只有牢牢地延续家庭的根基和脉络，才能对社会稳定、经济发展有更多的贡献。

第三个根是社会关系的根，任何一个人的发展和前途都有他一脉相承的根基的，不管这个根基是发源于源头，还是中途汇流，它总有一个来龙去脉。社会中的根脉建立就像是植物中的匍匐茎无性繁殖，我们没有足够的精力播撒大量的实生种去培育一个个小苗，我们只要选择一条优质的茎条，将现有抽生出的匍匐茎移栽到自己的苗圃中，这个资源就得到了强化和延续。

我所说的根茎一定是正能量的根茎，只有这样才可以得到更多能量，更多养分的积蓄，才能确保人生、事业、家庭的永续发展。

创建幸福人生就要有深厚的基础，这个基础包括知识学问基础、社会交往基础、健康保障基础、财富财力基础等。如果没有牢靠的根基等于海市蜃楼，虚幻之后就有涣散和坍塌的风险。

前半场和后半场

我之前想到这个题目，所以把它记了下来，但是不知道内容怎么写，直到今天晚上我才有了答案。

有些比赛分两场进行，上半场赢了不见得下半场能一直保持赢的状态，上半场输了不见得下半场就扭转不回来。

有一天我要净化一下心灵，连续看了六期倪萍大姐主持的《等着我》这档寻亲节目。

其中一期节目令我深受感动，讲述的是一个被遗弃的小女孩得了地中海贫血症，收养他的家人一直不离不弃地帮她治疗，养父母关爱呵护着这个孩子，社会爱心人士也在关爱着她。他们把这个女孩当自己的亲生女儿一样对待，甚至比亲生女儿还

七、身轻松，心自由

付出得更多。

每当周末，生活在城市中的孩子们各种课程班、兴趣班排得满满的，这些孩子得到了无微不至的关怀和培养。但是电视节目中这些孩子的童年是灰暗的、痛苦的，甚至是悲伤绝望的，他们在忍受中度过自己的童年和青少年。比如被遗弃后找不到亲人的痛苦；个人成长中被欺凌、被鄙视、被排斥的那种心酸；成长中自我流浪、自我放弃的那种悲哀。

每个人的前半生都有着非常大的差别，受过挫折的孩子在长大成人以后都会格外懂得珍惜身边的一切，他们都会结婚组建家庭，生儿育女，他们也会为人父母，懂得这个社会中爱和被爱的关系。因此，他们在人生的后半场会格外地珍惜这种亲情和友情。

人生的前半场其实并不需要多么的出彩辉煌，更重要的是要有一个幸福快乐的成长环境，有一个健全的人格，积极的心态，上进的精神，热爱社会、热爱人生的态度，这才是最真实和最重要的。因此，为人父母后我们更加懂得给孩子创造一个美好健康的成长环境是多么的重要。

每个人的前半场都不一样，不如意者十有八九，所以大多数人都在期待后半场能出彩。

剖析现象，我认为人的一生中除了挣钱维持生活，改善生活，提升生活品质外，我们更多的时候是为了圆心中的梦，实现一种尊严，一种责任，一种使命，目的是为了让自己的后半生变得更强大、更独立、更完整。

看似追求物质财富，实则追求自我成长。我们走过一段路途后才发现当内心足够强大时，挣钱只是顺带的事，而人的成熟比成功更重要。

说到后半生，就会提到"死亡"二字。

我这几天在思考这个问题，人寿命的长短都不是自己能决定的，从自然角度来讲受基因和环境相互作用的影响；从社会角度来讲会受到意外、疾病、灾害等因素的影响。

在某些国家，把死亡看作是一种解脱，是人生的新方向；在有些国家，死亡是一件痛苦的事，一件悲伤的事。不管如何理解它的含义，我认为人和自然的交往是一个主旋律。人和自然其实就是一个打太极的过程，只有和自然界打过交道，和疾病打过交道，和艰险打过交道，和很多人很多事打过交道，才可能更真切地理解生命是什么。

结尾篇

珍爱今天的你，寻找明天的你

有一则故事——

小和尚问："师父，人活着怎样才舒服？"

老和尚说："舒"字由"舍"和"予"组成，就是告诉我们，人要想活得舒服，就需要"舍"和"予"。"舍"就是舍得、放下。"予"就是给予、付出。付出才有回报，为别人付出就是给自己铺路，给别人提供方便，别人才会给你提供方便，凡事要学会舍得给予别人。

我们往往关注、在意、羡慕别人的幸福，却常常忽略了自己生活中的美好。

幸福并非是获取得最多，而是用感恩和踏实的心对待自己每一天的生活，获得精神的愉悦和自我的肯定。

人生中所有的决定就像过了河的卒，卒子一过河，就没有回头的路。

我们就像一匹小马，摸索着过人生之河，一人一辈子，很快就到头了。

苏轼中秋夜大醉后作的《水调歌头·明月几时有》中写道："人有悲欢离合，月有阴晴圆缺，此事古难全。但愿人长久，千里共婵娟。"

明代大学问家杨慎的《临江仙》写道："白发渔樵江渚上，惯看秋月春风，一壶浊酒喜相逢，古今多少事，都付笑谈中。"

张爱玲说："时代是这么的沉重，不容我们那么容易就大彻大悟。即便懂得了太多的道理，却依旧过不好这一生。这是人生最无可奈何的真相。"

我们这个时代不是沉重的时代，而是焕发着活力和光彩的时代，我们对人生的思考从没停滞过。先人和智者对人生的感悟已经到达了极点，无须吾辈再去复述，但每个人在生命中都会不自觉地拷问自己。

我们每个人都是一个卒子，都在自己的人生轨道上一步步向前移动，不管现状怎样，不管终点是哪里，不管前方会遇到雷电交加还是绚丽阳光，都必须向前行。

我们改变不了太多，有时候也承载不了太多。

我们对所有的事情总希望有个美好的开头和完美的结果。所以很难用一个篇幅、几个段落或者多少文字来做好总结，愿这些比较平淡而朴实的文字和故事，能够记录一些成长，记录一些情感，激发一些思考，让比我小的朋友们看了有所启发，让比我年长的朋友们看了有所回忆。

峻峰 2021 年 10 月

跋

一个来自塞北高原的青年，长得清秀俊朗，一副江南书生的气质，骨子里却留存着内蒙古草原与生俱来的纯朴和豪情。

他十年前只身南下，太湖之畔的温润滋养着他，长三角地区的市场大潮激励着他不断迈出稳健的步伐。

峻峰，这位兼备理工科和文科特质的青年，他用清新的文笔，如歌的语言，书写当代青年成长的故事和情感的世界，让读者共同沐浴在蓬勃向上、惠风和畅的春光之中。更让曾经沧桑、阅历甚丰的长者似乎回到了朝气蓬勃、活力无限的少年。

《打理好我们的生命花园》这部浸润着作者真情、真意、真我的作品，一定能够引起读者，尤其是青年朋友的共鸣，对他们产生启迪，激发出对生命的热爱，激励出对未来梦想成真的冲动和追求，从而一往无前地开启美好的明天！

吴亚东

2021.10.13

全国政协研究室原副主任

图书在版编目（CIP）数据

打理好我们的生命花园 / 峻峰著. -- 北京：作家出版社，2022.1

ISBN 978 - 7 - 5212 - 1611 - 0

Ⅰ. ①打… Ⅱ. ①峻… Ⅲ. ①散文集 - 中国 - 当代 Ⅳ. ①I267

中国版本图书馆 CIP 数据核字（2021）第 232910 号

打理好我们的生命花园

作　　者：峻　峰
责任编辑：李亚梓
出版发行：作家出版社有限公司
社　　址：北京农展馆南里 10 号　　邮　　编：100125
电话传真：86 - 10 - 65067186（发行中心及邮购部）
　　　　　86 - 10 - 65004079（总编室）
E - mail: zuojia@zuojia. net. cn
http: // www. zuojiachubanshe. com
印　　刷：唐山嘉德印刷有限公司
成品尺寸：145 × 210
字　　数：200 千
印　　张：9.75
版　　次：2022 年 1 月第 1 版
印　　次：2022 年 1 月第 1 次印刷
ISBN 978 - 7 - 5212 - 1611 - 0
定　　价：49.00 元